Harper
Collins

Tanja Wekwerth

Madame Cléo und das große kleine Glück

Roman

Harper Collins

HarperCollins®
Band 100053

1. Auflage: Februar 2017

Deutsche Originalausgabe

Erschienen bei: HarperCollins Germany GmbH

Umschlaggestaltung: any.way, Barbara Hanke / Cordula Schmidt
Umschlagabbildung: Patric Johansson / Link Image
Redaktion: Anna Hoffmann
Satz: GGP Media GmbH, Pößneck
Printed in Germany
Dieses Buch wurde auf FSC®-zertifiziertem Papier gedruckt.
ISBN 978-3-95967-062-3

www.harpercollins.de

Pour ma mère et ma tante Jacqueline.
Merci.

Vögel im Käfig sprechen vom Fliegen.
Freie Vögel fliegen.

Aus China

EINS

Cléopâtre Aglaïde Victorine de Pierret-Monchouaris, kurz Cléo genannt, sammelte antike Vogelkäfige. Da ihr aber nichts auf der Welt so grausam erschien wie ein eingesperrter Vogel – und die damit verbundene Symbolik –, waren die sieben Käfige unbewohnt geblieben, was mit der Zeit ziemlich langweilig geworden war. Deswegen (und auch um der Idee Käfig ein Schnippchen zu schlagen) hatte Cléo die Vogelbauer auf den Balkon gebracht, die Türchen abmontiert und Futter hineingestreut. Seitdem erfreute sie sich jeden Tag über das Hinein- und Herausgefliege der Spatzen, Meisen und Grünlinge.

Während die zweckentfremdeten Käfige an einer straff gezogenen Wäscheleine im Sommerwind schaukelten, wässerte Cléo drei weiße Geranien und einen Kübel mit Pfefferminze und Schnittlauch. Dann schaute sie auf die Akazienstraße hinab, in der sie seit 1984 lebte. Dieser Teil von Schöneberg war einigermaßen bewohnbar geblieben, während die angrenzende Hauptstraße im Laufe der Jahre ziemlich heruntergekommen war. Von der Potsdamer Straße ganz zu schweigen. Ein-Euro-Läden waren irgendwann wie Champignons aus dem Boden geschossen. *Geiz ist geil* schien das Lebensmotto der Jahrtausendwende geworden zu sein.

Anfang der Neunzigerjahre hatte es im Haus noch eine Schneiderwerkstatt gegeben. Dort war jetzt ein indisches Restaurant. An manchen Tagen roch es bis in den dritten Stock hinauf nach Kardamom und Curry. Inzwischen hatte sich Cléo daran gewöhnt und den Geruch sogar lieb gewonnen. Chicken Tikka Masala war eine ihrer Leibspeisen geworden.

Sie streute noch ein paar geschälte Sonnenblumenkerne in die Käfige, dann ging sie in die Wohnung zurück. Dort wanderte sie etwas ziellos mit einem Staubtuch herum und fuhr über die Oberflächen der wenigen antiken Möbel, die ihr noch geblieben waren. Sie schämte sich, in der Vergangenheit vieles verkauft zu haben, um über die Runden zu kommen. Besonders geschmerzt hatte sie der Verlust einer Spiegelkommode aus dem achtzehnten Jahrhundert, die immer in Familienbesitz gewesen war. Sie hatte Cléos Mutter gehört und davor ihrer Großmutter. Aber was nutzten die Sentimentalitäten? Eine Spiegelkommode konnte einem die Miete nicht bezahlen. Zumindest nicht, solange sie nicht verkauft war.

Im Korridor war Cléo vor drei Fotografien stehen geblieben, die, hinter Glas gerahmt, in einer Reihe hingen. Sie selbst war darauf zu sehen: neunzehn Jahre jung und bildschön, auf dem Laufsteg im Hause Chanel. 1963. Nachdenklich betrachtete sie dieses beneidenswert attraktive Geschöpf, das sie gewesen war. Sie trug ein Tweedkostüm und zweifarbige Slingpumps. *Très Chanel.*

Es war vor allem ihr Gesicht, das sich verändert hatte, groß und schlank war sie immer noch, doch nun zogen sich Falten über ihre Stirn, die einst ganz glatt gewesen war, und ihr Mund schien irgendwie schmaler geworden zu sein. Auf dem Foto sah er aus wie eine entzückende Kirsche, die man küssen wollte. Ihre Augen waren katzenhaft geschminkt, mit einem schweren, schwarzen Lidstrich. Damit würde sie heutzutage aussehen wie eine traurige Eule. Cléo seufzte. „Altwerden ist nichts für Schwächlinge“, murmelte sie. Von wem war das? Bette Davis? Oscar Wilde? Sie zuckte die Schultern. Wenn es nicht bereits jemand gesagt hätte, dann hätte sie es haargenau so formuliert.

Ihre Frisur war dieselbe geblieben: ein adretter Pagenkopf, wie ihn Mademoiselle Chanel selbst auch getragen hatte. Damals hatte Cléo blondes Haar gehabt, inzwischen war es silbrigweiß. Sie half diesem Zustand ein wenig nach, es gab ja heutzutage recht preisgünstig Haarfärbemittel in der Drogerie zu kaufen. Wenn sie etwas besonders verabscheute, dann waren es graue Haare. Sie wusste um ihre Eitelkeit, aber so war sie eben. Ein gepflegtes Aussehen war ihr wichtig.

Auf dem nächsten Foto führte sie ein schwarzes Musselin-Kleid vor. Sie konnte sich ganz genau daran erinnern. Es war einfach hinreißend gewesen. Wie eine nächtliche Fee war sie sich darin vorgekommen. Auf der Schwarz-Weiß-Fotografie konnte man deutlich ihre hellen Augen leuchten sehen. Mit stolzem, herausforderndem Blick schaute sie direkt in die Kamera. Cléo konnte sich vage an ein Techtelmechtel mit einem der Fotografen erinnern. Jean? Pierre? Sie lächelte. Das war natürlich, bevor sie ihren Mann kennengelernt hatte.

Cléo sprühte etwas Glasreiniger auf das Tuch und fuhr behutsam über das dritte Bild. Es zeigte sie in einem Nachmittagskleid aus Chiffon, aber darauf kam es nicht an. Das Wichtigste, Spektakulärste, um nicht zu sagen: das Heiligste auf diesem Foto war die Person, die neben ihr stand.

Es war Mademoiselle Chanel höchstpersönlich! An einem weißen Seidenband trug sie ihre Schneiderschere um den Hals. Sie blickte an der Kamera vorbei, als sähe sie in der Ferne etwas, das sie weit mehr interessierte als dieser Moment des Fotografiertwerdens.

„Ach, Mademoiselle“, murmelte Cléo, „wenn Sie mich jetzt sehen würden …“ Sie schlug sich das Staubtuch vor den Mund. Mademoiselle Chanel hätte diesen Jammerton verabscheut. Außerdem waren Gespräche mit alten Fotografien oder Spatzen auf dem Balkon oder (am allerschlimmsten) Gespräche mit sich selbst, etwas, das wirren, alten Frauen vorbehalten war. Und da war sie noch nicht.

„Noch nicht“, murmelte Cléo, dann ging sie in die Küche,

um sich noch einen Kaffee zu kochen. Es war ja erst zehn Uhr am Vormittag. Sie seufzte. Viele Stunden lagen noch vor ihr. Ziemlich genau fünfzehn. Sie brauchte nicht mehr viel Schlaf, ging spät zu Bett, schlief tief und traumlos und stand früh auf. Früher hatte sie bis mittags schlafen können. La grasse matinée. Herrlich war das gewesen. An dieser Stelle hatte sich Mutter Natur wohl etwas vertan: Junge Menschen schlafen viel, alte kaum noch. Was sollten alte Leute mit so viel Zeit, während die Jungen ihr hinterherjagten?

Cléo goss den Kaffee auf, erfreute sich kurz am Duft, dann setzte sie sich an den Küchentisch und studierte die Werbeprospekte, die vorhin im Briefkasten gesteckt hatten. Der Supermarkt um die Ecke pries hochwertig verarbeitete Damenslips mit Spitze und eleganter Zierschleife an. Cléo schnaubte abfällig, dann kreuzte sie das Sonderangebot mit den italienischen Strauchtomaten an. Vielleicht würde sie sich noch einen Topf mit frischem Basilikum gönnen und dafür auf die Butter verzichten? Sie hatte noch ein Eckchen übrig, das würde reichen. Zu viel Fett war ja sowieso nicht gesund. Und sie hatte auch noch zwei Büchsen Thunfisch in der Speisekammer. Es war besser, vorher genau zu wissen, was man kaufen wollte, um dann nicht abgelenkt zu werden und mit lauter unnützem Zeug nach Hause zu kommen. Man sollte auch nie mit hungrigem Bauch in den Supermarkt gehen, dann waren die Versuchungen zu groß.

Genussvoll trank Cléo einen Schluck Kaffee, blätterte um und … stutzte. Da lag ein Umschlag, an sie adressiert. Der musste zwischen die Seiten geraten sein. Ihr Herz begann zu klopfen. Wer schrieb ihr denn bloß? Eigentlich gab es niemanden, der infrage käme. Ihre Schwester Mathilde war vor zehn Jahren gestorben. Mehr Familie hatte sie nicht. Mit zitternden Händen riss sie das Kuvert auf und begann zu lesen:

Sehr geehrte Frau Perret-Monchoari,

wir möchten Sie darüber informieren, dass demnächst Sonnenkollektoren auf dem Hausdach installiert werden. Diese Modernisierungsmaßnahme verbessert die Umweltverträglichkeit: Ihr warmes Wasser und die Heizung werden in Zukunft mit Sonnenenergie erzeugt beziehungsweise durch Sonnenenergie unterstützt.

Darüber hinaus werden die sechs Fenster (und die Balkontür) in Ihrer Wohnung durch Kunststofffenster mit Isolierverglasung ersetzt.

Die dafür notwendigen Arbeiten beginnen im gesamten Wohnhaus in der Zeit vom 10. Juni. Die Fenstererneuerung in Ihrer Wohnung dürfte sich binnen eines Tages durchführen lassen. Bezüglich eines Termins setzen wir uns zeitnah mit Ihnen in Verbindung.

Bitte gewähren Sie den Handwerkern Zugang zu Ihren Räumlichkeiten. Wir haben die Firma Schulz & Schultz Fensterbau GmbH mit der Ausführung dieser Arbeit betraut. Die Mitarbeiter können sich ausweisen.

Des Weiteren ist der Einbau eines Fahrstuhls geplant und die Renovierung bzw. Sanierung des gesamten Treppenhauses.

Nach Abschluss dieser notwendigen Maßnahmen werden wir eine Mieterhöhung geltend machen.

Diese beträgt nach einer vorläufigen Berechnung ca. 120 EUR. Den genauen Betrag und eine detaillierte Aufrechnung teilen wir Ihnen demnächst mit.

Sie sind verpflichtet, diese Maßnahmen zu dulden.

Mit freundlichen Grüßen,

Ihr Vermieter
Karl Baseliz

Cléo schloss die Augen. Sie schwankte und musste sich an der Tischkante festhalten, um nicht vom Stuhl zu fallen. Ihr war schrecklich übel, als wäre sie seekrank geworden, als wäre ihr Lebensschiff urplötzlich in raue Gewässer geraten. Das war's, schrie eine hässliche Stimme in ihr, jetzt gehst du unter. Erschrocken riss sie die Augen wieder auf.

„Ich muss etwas tun", murmelte sie, „ich muss ..." Sie würde woanders hinziehen. Aber wohin denn bloß? Seit 1984 waren die Mieten in Berlin bestimmt überall angestiegen. Das stand jedenfalls in der Zeitung. Sie wollte eigentlich gar nicht fort. Auch wenn die Billigläden das Straßenbild verändert hatten, doch hier kannte sie Leute. Sie mochte die türkischen Obst- und Gemüsehändler, die sie so respektvoll mit *Madame* ansprachen und ihr stets die frischesten Äpfel und Salatköpfe heraussuchten. Und auch Metzger Kapotzke hatte sich mit seinem kleinen Laden halten können. Er stellte nun mal die besten Wiener Würstchen der Stadt her. Dagegen kam kein Aldi an. Und Cléo liebte die Kinder aus der Kita Stadt-Schlümpfe, die ihr immer so fröhlich durch das Fenster zuwinkten.

Mit beiden Händen wischte sie sich die Tränen von den Wangen. Dann umklammerte sie schnell wieder die Tischkante. So blieb sie sitzen, bis es an der Haustür klingelte. Cléo schreckte auf und sah auf die Uhr. Hatte sie eine geschlagene Stunde hier gehockt, wie ein erstarrtes Kaninchen vor der Schlange? *Unbezahlbare Mieterhöhung?*

„Contenance!", rief sie sich zur Ordnung und erhob sich ächzend. Ihr Rücken schmerzte, ihre Finger waren taub geworden. Sie trank noch schnell einen Schluck von dem kalt gewordenen Kaffee, dann ging sie, um ihrem Französischschüler Kurt Kronwall die Tür zu öffnen, einem übergewichtigen Rentner, ohne jegliches Talent für Sprachen, der nach Schwefelseife und Zitruspomade roch (was überhaupt nicht gut zusammenpasste).

„Bonschur!“ Er hielt ein Sträußchen rosa Nelken in den feisten Händen und strahlte sie an. „Einer schönen Frau muss man Blumen schenken“, sagte er.

„Charmeur.“ Sie lächelte gequält. „Aber herzlichen Dank.“

Kurt Kronwall war seit über drei Jahren ihr Schüler, und mit geisttötender Beharrlichkeit überhäufte er sie mit Komplimenten, Blumen, Einladungen zum Kaffee (die sie selbstverständlich alle ausschlug) und Pralinen.

„Ihre Augenfarbe! Einfach unglaublich, Madame Monschu… Monscha…“

„Pierret-Monchouaris.“

„Genau. Gletscherblau. Eiswasserblau.“

„Auf Französisch, bitte.“ Cléo war vorausgegangen und setzte sich im Wohnzimmer an den Esstisch. Sie würde versuchen, sich jetzt auf ihren Schüler zu konzentrieren und nicht an die nahende Katastrophe zu denken.

Kurt Kronwall hatte die Stirn in Falten gelegt.

„Blö!“, rief er triumphierend und versuchte, seine schwitzige Hand auf die ihre zu legen.

Als hätte sie einen Stromschlag erhalten, zuckte Cléo zurück.

„Nicht so schüchtern, junge Frau“, murmelte Kronwall.

„Ich bin im letzten Jahr siebzig Jahre alt geworden und alles andere als eine junge Frau“, wies Cléo ihn kühl zurecht. „Bitte schlagen Sie das Buch auf Seite zwölf auf.“

Er rückte ein wenig näher an sie heran.

Hastig stand Cléo auf und ging zum Fenster. „Übersetzen Sie“, rief sie von dort.

„Eine Fabel von Jean de La Fontaine“, deklamierte Kronwall. „Der Korb und der Fuchs.“

Cléo schaute in die Äste einer Akazie. *Sie sind verpflichtet, diese Maßnahme zu dulden,* hatte der Vermieter geschrieben. Ob das stimmte? Hundertzwanzig Euro mehr im Monat? Wie sollte sie das schaffen? Ganz und gar unmöglich. Ihr wurde schon wieder übel.

„Ich verstehe den Zusammenhang zwischen dem Korb im Baum und dem Fuchs nicht“, riss Kronwall sie aus ihren Gedanken. „Wieso kann der Korb sprechen? Und warum singt er? Und wo kommt der Käse her?“

„Korb?“ Verwundert sah Cléo ihn an. „Käse?“

„Steht doch hier.“ Kurt Kronwall rümpfte die Nase. „Diese Fabeln sind einfach nicht mehr zeitgemäß.“

„Doch, das sind sie“, widersprach Cléo. „Sie haben es falsch übersetzt. Corbeau bedeutet Rabe, nicht Korb.“

„Na, das spricht man aber genauso aus.“ Kronwall schien verärgert.

„Nein“, erklärte Cléo. „Korb heißt auf Französisch corbeille.“

„Sind Sie sicher?“

Cléo nickte.

„Na, dann wollen wir es dabei belassen.“ Er erhob sich und kam auf sie zu. „Ob ich eine Tasse Kaffee bekommen könnte?“, fragte er mit tiefer Stimme. „Und einen Cognac?“

„Kaffee gern“, rief Cléo und flüchtete in die Küche. Ein wenig panisch schloss sie die Tür hinter sich.

So ein Kretin, dachte sie und legte beide Hände auf ihr wild schlagendes Herz. Sie überlegte, ob sie frischen Kaffee kochen sollte, doch sie wollte Kurt Kronwall in keinster Weise motivieren, deshalb goss sie den abgestandenen Rest vom Morgen in eine Tasse, trödelte noch ein wenig herum und kehrte schließlich ins Wohnzimmer zurück.

Ihr Schüler saß nicht mehr am Tisch.

„Wo sind Sie?“ Cléo stellte den Kaffee ab.

„Hi-ier!“

Sie fand ihn im Korridor, wo er die drei gerahmten Fotografien ausgiebig betrachtete.

„Sie waren wirklich ein heißer Feger!“ Mit seinem dicken Zeigefinger tippte er auf das Glas.

„Bitte nicht berühren!“, rief Cléo erschrocken. „Es sind Originale.“

Er sah sie eindringlich an. „Darf ich Sie Cléo nennen?“

Sie schüttelte den Kopf. Mochte es unhöflich erscheinen, aber sie konnte diese Vertraulichkeiten einfach nicht länger ertragen, und obwohl es wahrscheinlich der ungünstigste Zeitpunkt der Welt war, sagte sie, was ihr seit drei Jahren im Hals steckte: „Herr Kronwall, ich werde Ihnen keinen weiteren Unterricht mehr erteilen.“

„Was? Wieso denn nicht?“

Kerzengerade stand sie da und blieb ihm die Antwort schuldig. Sie schaute in ungefähr dieselbe Richtung wie Mademoiselle Chanel auf dem Foto neben ihr und hatte das Kinn auf ähnliche Weise in die Höhe gereckt.

„Sie haben mich noch nie leiden können!“, grantelte er.

Cléo öffnete die Wohnungstür.

„Sie halten sich wohl für was Besseres“, Kronwall war dunkelrot angelaufen, „nur weil ein paar Ihrer Vorfahren unter der Guillotine geendet sind, was?“

„Bitte gehen Sie.“

„Hochmut kommt vor dem Fall, Frau Monschi... Monschu...“

„Auf Wiedersehen.“

„Moment!“ Er griff in seine Brusttasche und zog ein Portemonnaie hervor.

„Nicht nötig!“, rief Cléo eilig. „Bitte, es ist schon gut.“

Doch Kurt Kronwall hatte bereits einen Zwanzigeuroschein herausgeholt und hielt ihn ihr vor das Gesicht.

Cléo wich einen Schritt zurück, dann gab sie ihrem flegelhaften Schüler einen kleinen, aber entschlossenen Stoß vor die Brust und knallte die Wohnungstür zu.

„Hey, verdammt!“ Er hämmerte gegen die Tür. „Cléo! Mach keinen Quatsch!“

Lautlos legte sie die Kette vor. Kurt Kronwall wütete noch ein Weilchen herum, doch schließlich gab er auf und ging davon.

Eine riesengroße Erleichterung durchflutete Cléo.

„Das habe ich gut gemacht, nicht wahr, Mademoiselle Chanel?“, sagte sie mit zitternder Stimme zu der Fotografie. „Diesen aufdringlichen Widerling hätte ich keine einzige Minute länger ertragen.“

Leider hielt das Hochgefühl nicht lange an. Achtzig Euro weniger im Monat und eine Mieterhöhung von hundertzwanzig Euro passten nicht gut zusammen. Cléo stöhnte. Nachdenklich ging sie ins Wohnzimmer zurück. Dort lag noch das achtlos weggelegte Blumensträußchen von Kurt Kronwall herum.

„Die Nelken können ja nichts dafür“, murmelte Cléo und stellte sie in ein Glas Wasser. Wie sollte es bloß weitergehen mit ihr? Sie besaß noch eine goldene Brosche, die könnte sie demnächst verkaufen. Aber weit würde sie das auch nicht bringen.

Unruhig lief sie auf und ab, dann ging sie hinaus auf den Balkon, um frische Luft zu schnappen. Eine Amsel saß zwischen Schnittlauch und Pfefferminze.

„Na, du?“ Cléo lächelte sie an.

Die Amsel legte den Kopf schief. Dann flog sie davon. Sehnsüchtig sah Cléo ihr nach.

In diesem Augenblick begann unten in der Akazienstraße ein Laster unaufhörlich zu hupen, als morste er dem Universum einen SOS-Code, und die warme Sommerluft trug einen Hauch von Curry in die Höhe. Cléo traten Tränen in die Augen. Sie wollte nicht fort von hier. Sie liebte ihre etwas zu dunkle Dreizimmerwohnung. Auch wenn sie eigentlich nur zwei Zimmer wirklich bewohnte.

Und als wäre das Fortfliegen einer Amsel, verbunden mit dem Erklingen einer Hupe und dem Aufsteigen von warmem Curryduft alles andere als eine zeitgleiche Zufälligkeit, entstand daraus ein flüchtiger, aber magischer Moment, der Cléo zu einem großartigen Einfall verhalf: Sie würde das Wohnzimmer untervermieten. Französischstunden konnte man auch am Küchentisch erteilen.

Dass sie nicht gleich darauf gekommen war!

ZWEI

Cléo betrachtete sich im Garderobenspiegel und war recht zufrieden. Das cremefarbene Kostüm mit schwarz abgesetztem Kragen saß noch genauso gut wie vor fünfzig Jahren. Und aus der Mode war es auch nicht gekommen. Chanel war und blieb eben Chanel. Der Rock endete genau unter dem Knie. Cléo musste lächeln. Mademoiselle hatte den Anblick von Knien verabscheut.

Es klingelte an der Tür. Das musste der schwedische Student sein.

Cléo schlüpfte in Ballerinas, bürstete noch einmal hastig ihr glattes silbriges Haar und sprühte sich einen Spritzer Chanel No. 5 auf den Hals. So viel Zeit musste sein. Sie atmete den vertrauten Duft tief ein. Er gab ihr Sicherheit. Prüfend warf sie einen letzten Blick in den Spiegel. Ihr Gesicht war leicht gepudert, ein Hauch Wangenrouge verlieh ihrem Gesicht Frische. Sie schenkte sich ein aufmunterndes Lächeln. Dann drückte sie auf den Türöffner.

Eine Woche war vergangen, seit sie den unglückseligen Brief in ihrem Briefkasten vorgefunden hatte. Daraufhin hatte sie einen Zettel im Supermarkt ans Schwarze Brett gehängt: *Untermieter gesucht. Möbliertes Zimmer mit Balkon. Akazienstraße, Schöneberg. 150 Euro.* Darunter hatte sie ihre Telefonnummer geschrieben. Es war nicht gerade eine Flut an Bewerbern gewesen, aber vier hatten sich gemeldet und die hatte Cléo für heute Nachmittag herbestellt. Im Vierzig-Minuten-Takt würden sie nacheinander eintreffen.

Cléo war aufgeregt. Die Idee ihre Wohnung (ihre Küche, ihr Badezimmer) mit einem wildfremden Menschen zu teilen, behagte ihr überhaupt nicht. Aber sie hatte keine andere

Wahl. Sie öffnete die Tür und sah einen blonden jungen Mann in Flip-Flops die Treppe hochkommen.

„Hej“, sagte er.

„Guten Tag, Herr Börklund. Bitte treten Sie doch ein.“

Wortlos folgte er ihr ins Wohnzimmer und ließ sich auf die Couch fallen.

„Kaffee?“ Cléo nahm neben ihm Platz und schob einen Teller mit selbst gebackenen Butterkeksen über den Sofatisch, auf dem noch immer Kurt Kronwalls inzwischen leicht verwelkte Nelken standen.

„Ju.“

Björn Börklund (ein Name wie ein Klischee, dachte Cléo, die wie hypnotisiert auf seine nackten Füße starrte) griff sich einen Keks.

So wie Mademoiselle Chanel eine Abneigung gegen Knie gehabt hatte, hatte Cléo eine regelrechte Fuß-Aversion. Insbesondere Männerfüße fand sie einfach schrecklich: groß, haarig und irgendwie viel zu … intim.

Da sie davon ausging, dass *ju* so viel bedeutete wie *Ja, vielen Dank*, schenkte sie dem Schweden Kaffee ein.

Björn Börklund häufte Zucker in seine Tasse, rührte eine Weile schweigend darin herum, dann tat er etwas Abscheuliches: Er schlüpfte aus seinen Flip-Flops, legte sich einen seiner riesengroßen, rosa Füße auf den Oberschenkel und begann, ihn zu … massieren. Und als er damit fertig war, griff er sich einen weiteren Keks.

Cléo konnte nicht glauben, was sie da sah. Nein, schrie es in ihr, neiiiiin!

Sie räusperte sich. „Sie sind zum Studieren nach Berlin gekommen?“

Er nickte kauend.

„Was studieren Sie denn?“

„Kommunikations- und Medienmanagement.“

„Ach“, machte Cléo erstaunt, und dann musste sie voller Grauen beobachten, wie er begann, mit seinen Zehen zu spielen.

Cléo fixierte die schlappen Nelken auf dem Tisch.

„Ich könnte gleich morgen einziehen“, sagte Björn.

„Wissen Sie was?“ Sie versuchte unverbindlich zu lächeln. „Ich rufe Sie an, sobald ich mich entschieden habe.“

Und bevor er anfangen konnte, seinen anderen Fuß zu befingern, war Cléo aufgesprungen.

„Ich guck mir die Bude noch schnell an, okay?“ Barfuß ging er in die Küche, schaute aus dem Fenster und öffnete die Speisekammer. Dann betrat er das kleine Zimmer, in dem Cléo ihre Kleider, ihren Schmuck, ihr Parfum, ihre Bücher, Schallplatten und alten Briefe aufbewahrte. Diesen dunkelrot tapezierten Raum, der voller getrockneter Rosensträuße und Erinnerungen war, nannte Cléo ihr Boudoir. Und es war ihr heilig. Nun stand ein nacktfüßiger schwedischer Lümmel darin herum.

„Ja, aber …“ Sie brach ab, denn Björn Börklund war soeben in das angrenzende Schlafzimmer vorgedrungen und sah sich neugierig um.

„Ich kriege aber das große Zimmer mit Balkon, oder?“, rief er.

Blass lehnte Cléo im Türrahmen und nickte.

„Wäre toll, wenn das klappt.“ Er ging zurück ins Wohnzimmer, schlüpfte in seine Latschen und griff sich noch einen Butterkeks.

„Warten Sie.“ Cléo packte ihm die restlichen Kekse in eine Papiertüte. Diese Käsefuß-Kekse konnte sie doch niemandem mehr anbieten, nicht einmal den Enten im Park.

„Tack!“, rief er, griff nach der Tüte und flipfloppte zur Tür hinaus. „Hej då!“, erschallte es noch einmal lautstark aus dem Treppenhaus, dann war er endlich weg.

„Puh“, machte Cléo.

Sie schaute auf ihre Liste. Lisa-Marie Engelhardt war die Nächste. Eine frisch geschiedene Bäckereifachverkäuferin, die Cléo bereits am Telefon ihre Lebensgeschichte erzählt hatte, zumindest lange Teile davon. Dass sie eine halbe Tonne wog, hatte sie allerdings ausgelassen, bemerkte Cléo, nachdem sie wenig später die Tür geöffnet hatte.

„Kein Fahrstuhl?“, keuchte Lisa-Marie.

„Bedaure. Noch nicht.“

Schwer atmend schälte sich Lisa-Marie aus einer sackartigen Jacke. Darunter kam ein merkwürdiges Outfit zum Vorschein: schwarze Leggins mit einem XXL-T-Shirt, das groß wie ein Zelt war.

Da könnte Mademoiselle Chanel wohl auch nicht mehr viel ausrichten, dachte Cléo und wusste nicht, ob es ein Schluchzen oder ein Kichern war, das sie zu unterdrücken versuchte. Ihre Nerven lagen offensichtlich bereits blank.

„Bitte hier entlang“, sagte sie und ging voraus.

„Hm, riecht lecker, haben Sie gebacken?“

„Ja. Aber der Vorbewerber hat leider alles aufgegessen.“

„Schade.“ Lisa-Marie plumpste aufs Sofa, das einen gequälten Laut von sich gab. „Schöne Wohnung haben Sie.“

„Vielen Dank.“

„Hundertfünfzig Euro sind mir aber zu viel.“

„Oh.“

„Mein Exmann ist echt ’ne Pfeife. Der hat mir Schulden hinterlassen.“

„Ja, das erwähnten Sie bereits am Telefon.“ Cléo nickte mitfühlend. Vielleicht sollte sie den Preis ein wenig senken? Doch bevor sie weiter darüber nachdenken konnte, hatte sich Lisa-Marie nach hinten gelehnt und die Aufschrift auf ihrem T-Shirt wurde lesbar: *COCO – WHO?* stand in schwarzen Lettern auf lappiger lila Baumwolle.

„Was … was wollen Sie damit ausdrücken?“, fragte Cléo und deutete auf Lisa-Maries üppigen Busen.

„Nichts Besonderes.“ Lisa-Marie zuckte mit den Schultern. „Ist einfach witzig.“

„Was ist daran witzig?“

„Ich habe nicht groß darüber nachgedacht, es ist ja bloß ein T-Shirt-Spruch.“

Cléo räusperte sich. „Sie laufen mit einem Satz auf der Brust durch das Leben und haben sich keinerlei Gedanken dazu gemacht, dass Sie die Überbringerin dieser ominösen Botschaft sind, über die Sie nicht einmal nachgedacht haben?“ Ihre Stimme zitterte. Was sie hier gerade erleben musste, war schlimmer als jeder bleiche Männerfuß. Insupportable.

„Na ja, es soll halt bedeuten, dass …“ Lisa-Marie brach ab. „Keine Ahnung.“

„Dass es Ihnen egal ist, wer Coco Chanel ist? Dass Sie nicht wissen, wer Coco Chanel ist?“

„Wo ist denn jetzt das Problem?“, fragte Lisa-Marie.

Cléo schwieg kurz.

„Sie machen sich wohl nicht viel aus Mode?“, fragte sie dann zurück.

„Geht so. Es ist oberflächlich und unwichtig.“

„Oberflächlich und unwichtig?“ In Cléos Ohren begann es zu pfeifen.

Plötzlich hatte sie das Atelier im Obergeschoss der rue Cambon 31 wieder vor Augen, wo Dutzende Schneiderinnen ihrer präzisen Arbeit nachgingen. Hier wurden die legendären Tweedkostüme geschneidert, mit Sternen und Löwenköpfen verzierte Messingknöpfe angenäht, Abendroben mit Pailletten, Perlen und Brokat bestickt, Mäntel mit Seide gefüttert und Kettchen in die Säume der Jacken genäht, damit sie makellos saßen.

Jede Tasche musste eine echte Tasche sein, in die man seine Hand stecken konnte, darauf hatte Mademoiselle Chanel immer bestanden, und jeder Knopf musste auch ein Knopfloch haben. Keine halben Sachen, das war nicht ihr Stil gewesen. Sie war besessen von perfekten Ärmeln, eine Jacke ließ sie sieben- oder acht- oder fünfzehnmal wieder auftrennen, bis sie überzeugt war. So manch eine Schneiderin hatte Mademoiselle damit zum Weinen gebracht. In Erinnerungen versunken, musste Cléo lächeln. Sie hörte wieder das Rattern der Nähmaschinen, das Klappern der Schneiderscheren … Und schließlich: Was für ein erhabenes Gefühl war es stets gewesen, der Kundschaft die neue Kollektion vorzustellen, wenn sie mit den anderen Mannequins die verspiegelte Wendeltreppe hinab in den Vorführsalon schwebte, dem gespannten Publikum entgegen, und ihre Spiegelbilder, unendlich wiederholt, in stetiger Bewegung und sich wandelnden Blickwinkeln, ein brillantes Sinnbild für den unsterblichen Mythos der Grande Mademoiselle darstellten.

„Es tut mir leid, das Zimmer ist bereits vergeben."

„Wieso sagen Sie das denn nicht gleich?" Mit vorwurfsvoller Miene hievte sich Lisa-Marie aus dem Sofa und stampfte hinaus. „War mir sowieso zu teuer!", rief sie noch, dann krachte die Haustür zu.

„Ich glaube, ich brauche jetzt einen Schnaps", flüsterte Cléo und schenkte sich einen Pfefferminzlikör ein. „Cocowho. Ist denn das die Möglichkeit?"

Sie trank das winzige Kristallglas leer.

In einer Viertelstunde würde sich eine weitere Frau vorstellen. Sie hatte am Telefon nicht viel von sich preisgegeben, nur dass sie Schlafstörungen hätte und einen Händewaschzwang. Und eine französische Bulldogge namens Heidi.

Cléo setzte sich wieder auf das Sofa (weit entfernt von der

Mulde, die Lisa-Maries gewaltiges Gesäß hinterlassen hatte) und blickte in den Kronleuchter über sich. Wenn die Sonne darauf fiel, was leider nur am frühen Morgen geschah, schoss er mit funkelnden Kristallblitzen nur so um sich und übersäte die Wände mit regenbogenfarbenen Tupfen. Ein richtiges Schauspiel war es und für Cléo jedes Mal der gelungene Auftakt eines sonnigen Tages, eine Symphonie für die Augen, die sie in Zukunft nicht mehr sehen würde. Es war ja das Wohnzimmer, das sie vermieten wollte, und ihren geliebten Balkon dazu. Ihre Vögel würden ihr fehlen und die Blumen, der Mond und die Sterne. Wenn das Wetter es zuließ, saß sie gern noch lange draußen, in eine Decke gehüllt, mit einer Tasse heißem Kakao in der Hand. Die Straßengeräusche hatte sie auch gern, besonders das Stimmengewirr der Café-Gäste, die bei schönem Wetter auf der gegenüberliegenden Seite auf dem Bürgersteig saßen.

„Na ja“, murmelte Cléo, „ich kann ja in meinem Boudoir das Fenster aufmachen und mich dorthin setzen.“

Doch das Boudoir und ihr Schlafzimmer gingen auf einen recht finsteren Hinterhof hinaus, und den Anblick von Mülltonnen und Brandmauern fand Cléo nicht besonders erhebend.

„Wo bleibt denn die dritte Bewerberin?“ Cléo kniff die Lippen zusammen. „Hörst du wohl auf mit dir selbst zu reden, altes Mädchen!“

Am liebsten hätte sie noch einen Pfefferminzlikör getrunken, aber dann wäre sie beschwipst. Unruhig begann sie auf und ab zu laufen, bis klar war, dass die Frau mit dem Händewaschzwang wohl nicht mehr kommen würde.

Inzwischen war es Zeit für den letzten Bewerber, ein Italiener namens Adamo Savelli. Am Telefon war er ausgesprochen höflich gewesen, und eine sympathische Stimme hatte er gehabt. Was, wenn er nun auch nicht kam? Dann würde sie sich zwischen dem Schweden und der Mode-Resistenten entscheiden müssen. Nein, dann würde sie einfach noch einen Zettel schreiben und Metzgermeister Kapotzke bitten, diesen in seinem Laden aufzuhängen, und dann könnte sie …

Es klingelte.

Mit einem kleinen Aufschrei stürzte Cléo zur Tür.

„Ruhig, Cléopâtre“, ermahnte sie sich. „Bleib ganz ruhig.“

Sie öffnete.

Vor ihr stand ein groß gewachsener, schlanker Mann, den sie auf ungefähr fünfunddreißig schätzte. Er trug einen grauen Nadelstreifenanzug mit hellblauer Seidenkrawatte. Dass es Seide war, hätte Cléo auf hundert Meter Entfernung sagen können. Und an seinen Füßen trug er Socken und festes, zugeschnürtes Schuhwerk. Cléo atmete auf. Die erste Hürde war genommen.

Er hielt ein kleines Mädchen an der Hand. Ihr zum Pagenkopf geschnittenes Haar war genauso dunkel wie ihre Augen. Sie trug ein einfaches schwarzes Kleid.

„Guten Tag, Signora Pierret-Monchouaris“, sagte Adamo Savelli mit wohlklingender Stimme.

Alle Achtung, dachte Cléo, das schaffen die wenigsten auf Anhieb.

Er reichte Cléo die Hand und verbeugte sich leicht.

„Guten Tag, Herr Savelli.“

„Darf ich Ihnen meine Tochter Magdalena vorstellen?“

„Oh, guten Tag, Magdalena.“ Cléo sah Adamo Savelli erstaunt an. „Wollen Sie denn zu zweit hier wohnen?“

„Ja.“

„Ach so, ich weiß nicht, ob es nicht zu eng wird, ich habe doch nur ein Badezimmer und …“ Cléo brach ab. „Entschuldigen Sie. Wie unhöflich von mir. Kommen Sie doch bitte erst einmal herein und wir besprechen alles.“

„Vielen Dank, Signora." Die beiden traten ein.

Hübsches Kind, dachte Cléo und lächelte Magdalena zu, doch das blasse Kindergesicht blieb ernst.

Wenig später saßen sie im Wohnzimmer. Cléo hatte frischen Kaffee gekocht und dem Mädchen ein Glas Apfelsaft hingestellt. Sie ärgerte sich, dass der stupide Schwede alle Butterkekse abbekommen hatte.

„Wir wollen hier in Berlin neu anfangen", erklärte Adamo Savelli. „Meine Frau ist vor einem Jahr gestorben."

„Nein!", rief Cléo und begann sich fürchterlich zu schämen. „Mein herzliches Beileid." Sie legte eine Hand auf den Arm des Mädchens, das wie eine Puppe reglos in der Sofaecke hing.

Er nickte. „Wir haben bis vor Kurzem in Düsseldorf gelebt, aber dort erinnert uns einfach zu viel an sie. Ich habe über meinen Cousin eine Stelle als Kellner in einem italienischen Restaurant am Kudamm bekommen. Bis wir uns eine eigene Wohnung leisten können, wird es aber dauern. Deswegen würden wir gern erst einmal zur Untermiete wohnen."

Er holte kurz Luft. „Auch um zu sehen, ob wir hier überhaupt zurechtkommen, nicht wahr, Mimi?" Er strich seiner Tochter über den Kopf.

„Mimi?" Cléo lächelte mit feuchten Augen. „Wie nett."

Sie schwiegen kurz.

„Wird Ihnen dieser Raum denn reichen?", fragte Cléo.

Er sah sich um. „Ich schlafe auf dem Sofa, und Mimi bekommt ein Klappbett."

Das Mädchen war aufgestanden und zur Balkontür gegangen.

„Darf ich aufrichtig sein?", fragte Adamo Savelli leise.

„Ich bitte darum." Cléo sah ihn an.

„Meine Arbeitszeiten sind schwer zu vereinbaren mit den Bedürfnissen eines achtjährigen Kindes. Ich komme meist erst nach Mitternacht nach Hause und muss mittags schon wieder los. Noch hat sie keinen Schulplatz bekommen, aber nach den Sommerferien geht es los und ich …"

„Machen Sie sich darüber keine Sorgen!", rief Cléo, obwohl es eigentlich gar nicht ihre Art war, Leute zu unterbrechen. Doch diese Geschichte hatte sie mitten ins Herz getroffen, und mit vollkommener Klarheit wurde ihr bewusst, dass sie ihre Untermieter gefunden hatte. „Ich habe viel Zeit."

Adamo Savelli beobachtete seine Tochter, die sich auf dem Balkon umschaute. Mit dem Zeigefinger tippte sie vorsichtig gegen einen venezianischen Vogelkäfig, in dem vor über hundert Jahren mal ein unglücklicher Sittich gelebt hatte, aber das konnte Mimi natürlich nicht wissen. Sie schnupperte an der Pfefferminze, dann kletterte sie auf die alte Bank aus geflochtenem Korb, in der Cléo so gern saß, und schaute in den Himmel.

Adamo Savelli schien nachzudenken.

Bitte sag zu, versuchte es Cléo mit Telepathie, ich weiß, dass wir uns guttun werden. War denn das die Möglichkeit? Da flehte sie in Gedanken einen wildfremden Mann an, dass er mit seiner Tochter bei ihr wohnen sollte. Sie verstand sich selbst nicht mehr, sie wusste nur, dass sie diese beiden Menschen gern besser kennenlernen wollte, und sie wusste auch, dass es etwas gab, das sie tun konnte, etwas Sinnvolles.

„Signora."

„Ja?"

„Ich habe ein gutes Gefühl."

Sie strahlte ihn an. „Ich auch."

Adamo Savelli strich seine Krawatte glatt. „Bevor wir zu Ihnen kamen, haben wir uns noch ein anderes Zimmer angesehen, es war etwas größer, aber ohne Balkon, und die Vermieterin hatte eine Tochter in Mimis Alter." Er räusperte sich. „Ich möchte, dass meine Tochter mitentscheidet."

„Selbstverständlich", sagte Cléo. Ihr Herz begann wild zu schlagen.

Bestimmt will Mimi lieber dort wohnen, dachte sie und ein Gefühl maßloser Enttäuschung überrollte sie. Dort hätte sie eine Spielkameradin. Warum sollte sie bei einer alten Frau wohnen wollen? Einer langweiligen, alten Frau ...

„Mimi!", rief Adamo Savelli. „Komm mal her."

... einer langweiligen, alten Frau, die kein Spielzeug besitzt und die eigentlich gar keine Ahnung von Kindern hat.

„Wie gefällt es dir hier?", fragte Adamo Savelli seine Tochter.

Sie zuckte mit den Schultern. „Gut."

„Wo möchtest du lieber wohnen? Bei dem kleinen Mädchen, das wir eben besucht haben, oder hier bei der Signora Pierret-Monchouaris?"

„Hier", antwortete Mimi und ging zurück auf den Balkon.

„Ja, also dann ..." Adamo Savelli lächelte Cléo an.

„Dann ist es abgemacht", erwiderte sie und bemühte sich, ihre Stimme unter Kontrolle zu bekommen.

„Ich freue mich, Signora."

„Ich mich auch." Sie reichte ihm die Hand. „Benvenuti."

DREI

Viel war es nicht, was Adamo Savelli in Cléos Wohnung gebracht hatte: zwei Koffer, eine Espressomaschine und ein Klappbett. Im Wohnzimmer, das inzwischen das Gästezimmer war, stand nun eine kleine Marienstatue aus Porzellan. In der Küche gab es drei neue Pfannen und eine Flasche Olivenöl, und auf dem Balkon hatte sich ein Topf Rosmarin zum Schnittlauch gesellt.

„Ich werde heute für uns kochen", sagte Adamo Savelli, als alles ausgepackt war, „es ist mein freier Abend."

„Wunderbar", freute sich Cléo, „kann ich helfen?"

„Ja." Er lächelte sie an. „Trinken Sie ein Glas Wein mit mir, Signora."

Kurz darauf stießen sie an, Mimi hatte Limonade bekommen.

„Auf unsere Wohngemeinschaft", sagte Cléo und alle nahmen einen Schluck.

Dann begann Adamo Savelli wie besessen Knoblauch, Sardellen und Petersilie zu hacken. „Es gibt Spaghetti alla puttanesca", rief er.

„Oh", machte Cléo und fühlte sich erröten. War *puttana* nicht das italienische Wort für Hure? Nun benimm dich doch nicht wie eine alte Jungfer, tadelte sie sich.

„Es heißt so, weil …", Mimi hob den Zeigefinger, „weil Puten es auch gern essen."

„Puten?" Verwirrt sah Cléo zu Adamo Savelli hin. Der zuckte mit den Schultern und grinste. „Puten lieben Spaghetti, wussten Sie das nicht?"

„Nein, das wusste ich nicht", antwortete Cléo schmunzelnd. „Man lernt nie aus."

„So ist es", murmelte Mimi, die wieder ihr schwarzes Kleid trug und darin wie eine altkluge Mini-Nonne aussah. Cléo hätte sie am liebsten fest an ihr Herz gedrückt.

„Schauen Sie nur, wie die Sardellen im heißen Olivenöl schmelzen!" Hingerissen blickte Adamo Savelli in die Pfanne. „Man könnte meinen, sie würden der Soße einen fischigen Geschmack verleihen ..." Er fuchtelte mit dem Kochlöffel durch die Luft. „Aber nein! Überhaupt nicht! Gute Sardellen geben eine ganz besondere Würze, eine intensive Finesse."

„Sie kochen wohl gern?", fragte Cléo und nippte an ihrem Weinglas.

„Kochen ist Liebe, Essen ist Glück." Er gab den gehackten Knoblauch zu den Sardellen. „Eines Tages möchte ich mein eigenes Restaurant haben! Trattoria Adamo!"

„Das wird wunderbar", sagte Cléo.

In Windeseile würfelte er einige Tomaten. „So, jetzt noch die Kapern", murmelte er. „Weißt du denn, was Kapern sind, Mimi?"

„Elefantenpopel."

Cléo unterdrückte ein Lachen.

„Nein, pfui, Magdalena." Adamo Savelli sah seine Tochter streng an. „Kapern sind Blütenknospen."

„Weiß ich doch", murrte Mimi.

„Und was sind Sardellen?"

„Fischlein."

„Sehr gut!"

Wenig später war das Essen fertig.

Adamo Savelli stellte eine große Schüssel auf den Tisch, aus der es dampfte und köstlich duftete. Er schenkte Wein nach, dann befüllte er drei Teller und strahlte Mimi und Cléo an.

„Buon appetito."

„Guten Appetit."

Cléo war gespannt, wie sich die geschmolzenen Fischlein mit den Blütenknospen verstehen würden. Sie kaute und konnte nur mit Mühe ein Stöhnen unterdrücken. Das war mit Abstand das Köstlichste, das sie seit Jahren gegessen hatte.

Adamo Savelli hatte sie erwartungsvoll angeschaut. „Ist es gut?", fragte er. „Schmeckt es Ihnen?"

„Mehr als das, es ist einfach himmlisch."

„Mein Papa kocht immer himmlisch", bemerkte Mimi mit rotem Tomatensoßen-Schnurrbart.

„Davon bin ich überzeugt." Cléo schob sich eine weitere Gabel Spaghetti alla puttanesca in den Mund.

Eine genussvolle Stille trat ein, alle ließen sich ihr Essen schmecken.

„Herr Savelli", sagte Cléo schließlich feierlich, „das war einfach grandios."

Er lächelte. „Wer von meiner Pasta gegessen hat, muss mich Adamo nennen."

„Oh! Ich ... aber gern ... aber nur, wenn Sie mich dann Cléo nennen."

„Abgemacht, Signora Cléo."

Er hob sein Weinglas.

„Auf Ihr Wohl, Adamo."

„Prost!", krähte Mimi in ihre Limonade.

Cléo ließ ihren Blick durch die Küche schweifen (benutzte Kochtöpfe, verschüttetes Olivenöl auf der Arbeitsplatte, gehackte Petersilie in der Spülbürste) und fühlte sich so glücklich wie schon lange nicht mehr, und das lag definitiv nicht an dem kleinen Schwips, den sie nach dem Genuss eines halben Glases Rotwein hatte.

„Prost, ihr Lieben", murmelte sie, „santé."

Nach einem erfrischenden Zitronensorbet bot Cléo an, die Küche aufzuräumen.

„Nein, auf keinen Fall", rief Adamo entsetzt, „das mache ich. Aber könnten Sie vielleicht Mimi zu Bett bringen?"

„Komm, Mimi, ich zeige dir, wo du Zahnpasta und Seife im Bad findest.“

Mimi folgte ihr über den Korridor ins Bad. „Ich lege dir alles hierher“, sagte Cléo, „und wenn du Hilfe brauchst, rufst du mich, in Ordnung?“

„Okay.“ Mimi schlüpfte aus ihrem schwarzen Kleid, und Cléo ging ins Wohnzimmer, um die Balkontür zu öffnen und Mimis Bett aufzuschlagen. Ein Teddybär saß darauf. So einen hatte ich auch mal, dachte Cléo, wo ist er bloß geblieben? Sie konnte sich nicht erinnern, wann er ihr abhanden gekommen war. Er war ein Geschenk ihrer Mutter gewesen, ihrer lieben Maman. Die Traurigkeit, die sie plötzlich übermannte, war so heftig, dass sie nach Luft ringen musste. Maman. Sie hatte so große Sehnsucht nach ihr.

In diesem Moment kam Mimi nach Zahnpasta riechend und mit strubbeligen Haaren herein. Sie trug ein T-Shirt ihres Vaters, das ihr bis zu den Knien reichte. Ich weiß, wie du dich fühlst, ma petite, dachte Cléo und reichte ihr den Teddy.

„Bist du müde?“, fragte sie das Kind.

„Nein, du?“

„Nicht besonders.“

Sie schwiegen kurz. In der Küche klapperte Adamo mit dem Abwasch herum. Er hatte das Radio eingeschaltet und pfiff eine Melodie mit.

„Wollen wir uns noch einen Moment auf den Balkon setzen?“, fragte Cléo.

„Au ja.“

Sie kuschelten sich mit dem Teddy unter eine Decke und lauschten den abendlichen Stadtgeräuschen. Autos rauschten vereinzelt vorüber, jemand lachte, eine Fahrradklingel erklang, ein Hund bellte.

„Ich mag das“, flüsterte Cléo.

„Ich glaube, ich auch“, erwiderte Mimi. Ihre Augen waren schwer geworden. „Warum hast du so viele Käfige?“, fragte sie.

„Jeder leere Käfig bedeutet einen freien Vogel.“

„Schön“, murmelte Mimi schläfrig.

Ein leichter Wind ging durch die Äste der Akazie und ließ die Blätter rauschen.

Cléo wagte kaum weiterzuatmen, als Mimis herabsinkender Kopf ihren Oberarm berührte und dort liegen blieb. Ganz still saß Cléo da, eingehüllt in die vertrauten Laute der Akazienstraße und die vielen neuen Geräusche, die aus ihrer Küche klangen.

Aber am schönsten waren die kleinen Wolken von Zahnpasta-Duft, die Mimis tiefen Atemzügen entstiegen.

❋

„Signora Cléo! Es ist ganz einfach. Hier muss das Wasser hinein, dort der Kaffee und so schäumt man die Milch.“

„Hm“, machte Cléo. Sie fühlte sich beim Anblick der vielen Knöpfe und Hebel an der Espressomaschine etwas überfordert. „Und was ist das da?“

„Das ist der Dampfdruckregler.“

„Ah ja.“

„Ich kann es ihr erklären“, sagte Mimi.

„Kinderhände gehören nicht an Espressomaschinen!“, rief Adamo. „Du könntest dich verbrühen.“

„Ich fasse ja nichts an, ich erkläre ihr bloß, wie man es macht.“ Mimi schob die Unterlippe vor.

„Wir kommen schon zurecht“, sagte Cléo, „machen Sie sich keine Sorgen, Adamo.“

„Gut.“ Er atmete tief durch. „Dann gehe ich jetzt.“

Sie brachten ihn zur Tür.

Auf der Treppe drehte er sich noch einmal um. „Und

wenn etwas ist, rufen Sie mich an, Sie haben ja meine Mobilnummer."

Cléo nickte. „Mache ich."

Er stieg ein paar Stufen hinab und blieb wieder stehen. „Mimi, du bist artig!"

„Bin ich doch immer."

Er lachte. „Na ja."

„Ciao, Papa!"

Sie schlossen die Tür.

Eine Minute später klingelte das Telefon.

„Signora Cléo?"

„Ja?"

„Vielen Dank."

„Sehr gern, Adamo." Lächelnd legte sie auf.

„So", wandte sie sich dann an Mimi, „wir beide haben jetzt viel zu tun."

Mimi hatte entschieden, dass ihre Kleidung nicht zusammen mit der ihres Vaters in den Garderobenschrank kommen sollte, sondern ins Boudoir.

„Ich mag dieses Zimmer", sagte sie und strich über die dunkle Rosentapete. „Es ist wie aus dem Kino."

Cléo öffnete ihren Kleiderschrank und reichte Mimi einige gepolsterte Bügel, die mit Satin überzogen waren. Wenig später hingen vier kleine schwarze Kinderkleider darauf. Nachdenklich betrachtete Cléo sie.

Ein merkwürdiger Anblick, dachte sie.

„Papa sagt, ein Jahr ist um, ich kann aufhören damit", sagte Mimi. „Aber ich will nicht aufhören."

„Jeder kann trauern, solange er will", antwortete Cléo, „und solange er es braucht."

Mimi nickte.

„Ich habe auch sehr lange um meinen Mann getrauert", sagte Cléo leise.

„Wann ist er denn gestorben?“

„Ach, das ist schon lange her, vor vielen Jahren in Paris.“

„Und warum ist er gestorben?“, wollte Mimi wissen.

„Er hatte einen Herzfehler, von dem niemand wusste. Eines Tages ist er einfach umgefallen und war tot.“ Cléo schaute Mimi in die Augen, um zu sehen, ob sie dem kleinen Mädchen nicht zu viel zumutete.

Doch Mimi schien zu verstehen.

„Da warst du bestimmt sehr traurig“, sagte sie mit ernster Miene.

„Ja“, antwortete Cléo, „ich habe ihn sehr lieb gehabt.“

Sie schwiegen kurz.

„Was hast du denn in Paris gemacht?“, fragte Mimi weiter.

„Ich habe als Mannequin gearbeitet.“

„Was ist das?“

„Ich glaube, heute sagt man Model.“

„Ah! Cool!“

„Hast du schon einmal von Coco Chanel gehört?“, fragte Cléo.

Mimi schüttelte den Kopf.

„Mademoiselle war eine berühmte Modedesignerin.“

„Was bedeutet Mademoiselle?“

„Es heißt so viel wie Fräulein. Sie war nie verheiratet.“

„Warum denn nicht?“

„Ach, weißt du, sie hat auch um jemanden getrauert, und deswegen trug sie auch gern schwarze Kleider. Schau, dieses hier hat sie entworfen, ist es nicht wunderschön?“ Cléo holte ein schwarzes Chiffonkleid aus dem Schrank.

„Oh ja!“ Bewundernd war Mimi näher gekommen.

„Es ist schon sehr alt, aber es wirkt immer noch genauso elegant wie vor vielen Jahren. Mit einem schwarzen Kleid kannst du nie etwas falsch machen“, erklärte Cléo, „es ist immer die richtige Wahl.“

Mimi hörte mit ernster Miene zu.

Ich habe dieses Kind noch nicht lächeln sehen, schoss es Cléo durch den Kopf.

„Weißt du, was wir jetzt machen?“, rief sie mit munterer Stimme. „Wir ziehen uns beide schwarze Kleider an, und dann gehen wir eine Kugel Eis essen. Wie wäre das?“

Mimis Augen blitzten auf. „Darf ich deine Perlenkette tragen?“

„Selbstverständlich!“ Cléo lachte. „Und einen Spritzer Chanel No. 5 bekommst du auch.“

Nicht wenige Passanten drehten sich nach ihnen um. Die schwarz gekleidete Dame und das schwarz gekleidete Mädchen, beide eine lange Perlenschnur um den Hals gewunden, beide ein Strohhütchen auf dem Kopf, waren ein ungewöhnlicher Anblick an diesem sonnigen Vormittag.

„Je eine Kugel Erdbeere, bitte“, bestellte Cléo beim Eishändler im Park.

Sie schlenderten weiter zum Spielplatz.

„Möchtest du auf die Schaukel?“

„Nein.“

„Du könntest andere Kinder kennenlernen.“

„Ich habe ja Papa und dich.“

„Es wird dir langweilig werden mit den Erwachsenen“, sagte Cléo.

„Gar nicht. Erzählst du mir was von dem Fräulein Chanel?“

„Ihre Mutter starb, als sie noch ein kleines Mädchen war.“

„So wie meine“, sagte Mimi, und ein wenig Erdbeereis lief ihr über das Kinn.

Behutsam wischte Cléo den Tropfen mit einem Taschentuch fort. „Ja“, sagte sie, „das stimmt. Aber die kleine Gabrielle, so hieß sie nämlich in Wirklichkeit mit Vornamen, hatte keinen lieben Papa wie du. Ihr Vater hat sie und ihre

Schwestern in ein Kloster gesteckt und ist nie wiedergekommen."

„Oh", machte Mimi betroffen.

„Komm", sagte Cléo, „jetzt zeige ich dir einen Hirsch, der auf einer hohen Säule mitten in einem Brunnen steht, und drumherum gibt es Wasserspeier und Fontainen, das sieht sehr hübsch aus. Und weißt du, was das Schönste daran ist?"

Fragend sah Mimi zu ihr auf.

„Der Hirsch ist aus Gold!", flüsterte Cléo.

„Uiiiii."

Sie spazierten gemächlich durch den Park, überquerten eine Brücke, die von Weitem aussah wie ein Schloss, gekrönt von Steinvasen und Skulpturen, und eigentlich nur die U-Bahnstation Rathaus Schöneberg war.

Schließlich erreichten sie den Brunnen.

„Eins, zwei, drei, vier …" Aufgeregt zählte Mimi die Wasserfontainen, die in die Höhe rauschten. „Zwölf! Und vier von der Seite." Sie nickte anerkennend. „Richtig toll hier!"

„Das freut mich, Mimi. Aber jetzt gehen wir nach Hause, ich habe gleich eine Französischstunde zu geben."

„Och, Menno."

„Komm schon, junge Dame."

Mimi zog einen beeindruckenden Flunsch, ließ sich aber von dem Brunnen fortziehen, worüber Cléo über alle Maßen froh war. Was macht man denn mit einem Kind, das nicht hört? Ich habe keinen blassen Schimmer, dachte Cléo und versuchte, sich ihre Erleichterung nicht anmerken zu lassen.

Pünktlich um halb zwölf traf Irene Fischer bei Cléo ein. Sie arbeitete bei der Berliner Kriminalpolizei und erzählte oft von den vielen mysteriösen Fällen, die durch ihren Scharfsinn aufgeklärt worden waren.

„Als man im Magen der Leiche Rattengift entdeckte, war mir klar, dass der Stiefvater etwas damit zu tun haben musste“, sagte sie und ließ sich eine Tasse Tee einschenken.

„Wie grauenvoll“, murmelte Cléo.

„Schlimmer war der Fall der Wasserleiche, die ohne Arme und Beine in der Spree trieb und …“

„Wir sollten mit der Stunde beginnen“, sagte Cléo, denn sie hatte einen Schatten hinter der Tür entdeckt. Dort stand bestimmt Mimi und lauschte.

„Auch in diesem Fall gab ich den entscheidenden Hinweis“, fuhr Irene Fischer fort, „es wurden nämlich zwei herrenlose Beine im Grunewald gefunden, und da wusste ich, dass …“

„Bein heißt auf Französisch übrigens jambe!“, rief Cléo. „Und Arm heißt bras. Sowohl in der Einzahl, als auch im Plural.“ Sie lächelte ein wenig angestrengt.

„Von den Armen fehlt noch immer jede Spur“, bemerkte Irene Fischer.

Cléo räusperte sich. „Nun, hier sind sie jedenfalls nicht. Schlagen Sie bitte das Buch auf Seite zwölf auf und übersetzen Sie.“

Während Irene Fischer nachdachte, tätschelte sie ihren grauen Dutt, der wie ein zusammengerolltes Murmeltier in ihrem Genick lag.

„Der Rabe und der Fuchs!“, rief sie schließlich triumphierend. „Eine Fabel von Jean de La Fontaine.“

Cléo klatschte in die Hände. „Großartig, Sie machen Fortschritte.“

„Tja.“ Irene Fischer lächelte geschmeichelt. Plötzlich fuhr sie auf. „Da hat sich was hinter der Tür bewegt.“

„Ja, ich weiß, das ist …“

„Jemand ist in der Wohnung!“

„Das ist Mimi.“

„Eine Katze?"

„Nein, ein kleines Mädchen. Die Tochter meines Untermieters."

„Sie haben einen Untermieter?"

„Ein sehr netter junger Mann, er heißt Adamo Savelli."

„Kennen Sie ihn?"

„Nun, wir lernen uns jeden Tag besser kennen und seine Spaghetti alla puttanesca sind ein Traum."

„Ist er neu in der Stadt?"

„Ja, er kommt aus Düsseldorf, weil …" Cléo brach ab. „Frau Fischer, soll das ein Verhör sein?"

„Sie nehmen kein geringes Risiko auf sich, wenn Sie einem wildfremden Mann Unterschlupf gewähren."

„Lassen Sie das bitte meine Sorge sein", erwiderte Cléo. Es war eine Strafe, Französischschüler zu haben. Nein, schlimmer: Es war der Vorhof zur Hölle.

Die Augen von Irene Fischer waren schmal geworden. „Ich frage mich: Warum wohnt ein …", sie hob beide Hände und malte mit den Fingern pantomimische Anführungsstriche in die Luft, „… *netter, junger Mann* mit einer Alibi-Tochter bei einer alten Dame?"

„Warum sollte er nicht?", fragte Cléo. „Und sie ist keine Alibi-Tochter, sondern eine echte und überaus reizende dazu. Nun zurück zu Jean de La Fontaine."

„Weil Sie ihm Unauffälligkeit verschaffen."

„Mir scheint, das Gegenteil trifft zu", widersprach Cléo. „Sie finden das Ganze ja höchst suspekt."

„Ich bin ja auch vom Fach."

„Richtig, ich vergaß. Bitte antworten Sie auf Französisch. Woher wussten Sie, dass der Stiefvater in den Mordfall verwickelt war?"

„Moi, je … hm. Le père avait … ähm, poisson, nee, anders …"

Vorhof zur Hölle? dachte Cléo. Ich verbessere mich: Es ist die Hölle.

Doch auch diese Stunde ging vorüber. Erleichtert ließ sich Cléo in der Küche auf einen Stuhl fallen. „Mimi!“, rief sie. „Wollen wir uns eine Zitronenlimonade machen?“

Alles blieb still.

„Mimi?“

Cléo stand auf, warf einen Blick auf den Balkon, ging ins Boudoir, schaute in den Kleiderschrank und hinter die cremefarbene Samtgardine. „Mimi! Wo bist du?“ Ihr Herz raste. Panisch begann sie herumzulaufen, immer wieder Mimis Namen rufend, sie schaute sogar über die Balkonbrüstung und musste sich fast übergeben bei der Vorstellung, dass das Kind aus dem dritten Stock gefallen sein könnte.

„Mimi!“, schrie Cléo. Sie rang nach Luft und versuchte nachzudenken. Gegen Viertel vor zwölf war sie noch da gewesen, sowohl sie, Cléo, als auch Frau Fischer hatten den Schatten hinter der Tür gesehen. Aber was war dann geschehen?

„Ich rufe die Polizei“, beschloss Cléo und wählte 110.

„Ein Kind wird vermisst!“, rief sie in den Hörer.

„Ihr Name?“

„Mimi, sie heißt Mimi.“

„Nein, Ihr Name.“

„Meiner? Ich heiße Cléopâtre Aglaïde Victorine de Pierret-Monchouaris und ich …“

„Moment. Cäsar, Ludwig, Emil …“

„Was? Nein! Cléopâtre Aglaïde …“

„Buchstabieren Sie, bitte!“

„Haben Sie nicht gehört, was ich gesagt habe? Ein Kind wird vermisst!“

„Seit wann denn?“

„Seit einer halben Stunde ungefähr."
„Nun beruhigen Sie sich erst mal."
Cléo schluchzte auf.
„Suchen Sie die Umgebung noch einmal ab. Fast alle Kinder tauchen in kürzester Zeit wieder auf."
„Und wenn nicht?"
„Dann geben Sie eine Vermisstenanzeige bei der nächsten Polizeidienststelle auf."
„Oh, mon Dieu", flüsterte Cléo.
„Auf Wiederhören."
Ihre Hände zitterten so stark, dass ihr der Hörer zu Boden fiel. *Ich bin nicht in der Lage, einen Tag lang auf ein Kind aufzupassen.*
Cléo verließ die Wohnung, rannte die Treppen hinab und wäre beinahe gestürzt. „Mimi!", schrie sie immer wieder. „Mimi!"
Auf der Akazienstraße kamen ihr einige Passanten zu Hilfe. „Wie sieht sie denn aus, die Kleine?"
„Sie hat dunkles kinnlanges Haar ... und trägt ein schwarzes Kleid. Sie ... ist ungefähr so ... so groß", stammelte Cléo, und wenn einer der Kellner aus dem indischen Restaurant sie nicht aufgefangen hätte, wäre sie der Länge nach auf den Bürgersteig geschlagen.
Als sie wieder zu sich kam, lag sie auf einer gepolsterten Sitzbank und blickte in das Antlitz von Ganesha.
„Bin ich tot?", fragte sie.
„Nein." Ein weiteres Gesicht erschien über ihr, dieses zum Glück ohne Rüssel. Es gehörte der Köchin Narami, die ihr half, sich aufzurichten, und ihr eine Tasse Chai-Tee reichte.
Cléo nahm einen Schluck. „Ich muss sie suchen", keuchte sie.
„Gehen Sie in Ihre Wohnung zurück", sagte Narami mit

sanfter Stimme, „ich glaube, ich habe eben ein kleines Mädchen in einem schwarzen Kleid ins Haus rennen sehen."

„Was?" Cléo sprang auf und lief, so schnell sie ihre wackeligen Beine trugen, zurück. Sie erklomm die Treppe, zog sich schnaufend am Geländer hoch, im zweiten Stock musste sie kurz pausieren, weil ihr Herz sich anfühlte, als würde es explodieren. Als sie den nächsten Treppenabsatz erreichte, sah sie Mimi, die lässig in der Wohnungstür lehnte.

„Wieso hast du es denn so eilig?"

Cléo gab einen Laut von sich, der sie selbst erstaunte. Eine Mischung aus Ertrinken und Achterbahnschrei.

„Ist was passiert?", fragte Mimi weiter. „Die Tür stand nämlich offen, und du warst nicht da, und ich habe mir Sorgen gemacht!"

Ein wenig vorwurfsvoll hörte sie sich an.

„Ich habe dich gesucht", keuchte Cléo und schleppte sich die letzten Stufen nach oben. „Wo warst du?"

„Ich bin noch mal zu dem goldenen Hirsch gegangen."

Gemeinsam betraten sie die Wohnung, Cléo schloss die Tür und lehnte sich dagegen. „Kind! Du kannst doch nicht einfach fortgehen, ohne mir Bescheid zu sagen. Ich bin beinahe gestorben vor Angst."

„Wirklich?" Mimi riss die Augen auf.

Wie schwarze Kirschen, dachte Cléo, und vor lauter Erleichterung begann sie zu weinen. Sie kniete vor Mimi nieder. „Tu das nie wieder, hast du verstanden?", schluchzte sie und nahm sie fest in die Arme. „Nie wieder."

„Nicht weinen …" Mimi streichelte sacht ihren Rücken. „Ich mache es ja nie wieder."

„Versprochen?", schniefte Cléo.

„Hoch und heilig." Mit dem Saum ihres schwarzen Kleides wischte Mimi die Tränen von Cléos Wangen. „Und jetzt möchte ich gern in dein Boudoir gehen und mir die Schublade mit den Seidentüchern und den Handschuhen anschauen."

„Das kannst du gerne tun", sagte Cléo, „aber bitte alles vorsichtig behandeln."

„Logisch."

„Ich setze mich für fünf Minuten auf den Balkon, Mimi."

Mimi war bereits im kleinen Zimmer verschwunden.

„Ich bin gerade um hundert Jahre gealtert", murmelte Cléo und ließ sich auf die Bank fallen. Sie atmete tief durch.

Allmählich beruhigte sie sich, ihr Herz schlug wieder ruhig und gleichmäßig, ihre Hände hatten aufgehört zu zittern.

Lächelnd schloss Cléo die Augen und empfand ... Dankbarkeit. Eine große, allumfassende Dankbarkeit, die wie eine Sonne zu leuchten begann, sich wärmend in ihr ausbreitete und ...

Ein Räuspern beendete diesen transzendentalen Augenblick. Cléo blinzelte.

„Es wäre wohl das Beste", sagte Mimi, „wenn mein Papa nichts davon erfährt."

„Ja", antwortete Cléo, „das wäre wohl das Beste."

VIER

Tage voller Sonnenschein und Leichtigkeit vergingen. Auf dem Balkon gedieh das selbst ausgesäte Basilikum. Adamo hatte Cléo einen Kübel mit Lavendel geschenkt, der Wohlgerüche verströmte, wenn man ihn streichelte. „Das riecht lila", bemerkte Mimi. Und das tat es. Die Quintessenz von Sommer, dachte Cléo verzückt, während sie Erdbeermarmelade und Johannisbeergelee kochte.

Eines Morgens saß ein Wellensittich in einem der antiken Käfige.

„Warum tut er das?", fragte Mimi fassungslos. „Warum ist er da reingeflogen?"

„Das ist seine Welt. Er kennt die Freiheit nicht", antwortete Cléo und beschrieb einige Zettel mit ihrer Telefonnummer, die sie dann im Viertel verteilte: *Blau-weißer Wellensittich zugeflogen!* Am nächsten Tag kam eine junge Frau ihn abholen.

„Wieso wollte er denn die Freiheit nicht?", fragte Mimi mit betrübtem Gesicht.

Cléo zuckte mit den Schultern. „Sie hat ihm wohl Angst gemacht."

„Jetzt kann er nie wieder fliegen." Mimis Unterlippe begann zu zittern.

„Ach was", sagte Cléo schnell, „bestimmt lässt ihn seine Halterin ein paar Runden im Wohnzimmer drehen. Und außerdem …", sie strich Mimi übers Haar, „hätte er den nächsten Winter in Freiheit gar nicht überlebt. Es ist viel zu kalt hier."

„Na dann." Mimi schien getröstet, verschwand im Boudoir und schloss die Tür hinter sich.

Es war ein außergewöhnlich heißer Tag. Cléo ging durch die Wohnung und öffnete ein paar Fenster. Ein kräftiger

Durchzug brachte Bewegung in die Zimmer: Die Tageszeitung auf dem Küchentisch schien zum Leben zu erwachen, eine Tarotkarte flatterte aus dem Bücherregal im Wohnzimmer, weiße Spitzengardinen begannen einen schwebenden Tanz. Etwas huschte über den Korridor. Cléo stutzte. Was war denn das? Eine Maus, dachte sie entsetzt. Aber … eine rosa Maus? „Ich sollte mehr Wasser trinken bei diesem Wetter“, sagte sich Cléo. Vorsichtig näherte sie sich dem … Ding, das wieder einen großen Satz gemacht hatte, und beugte sich darüber. Das war ja … Cléo zwinkerte ungläubig … ein Fünfhunderteuroschein! Mit spitzen Fingern hob sie ihn auf und hielt ihn gegen das Licht. Aber bevor sie irgendeine logische Erklärung finden konnte, sah sie einen weiteren rosa Schein herbeiwehen. „Ha-haha“, machte Cléo ein wenig hysterisch, und dann durchfuhr sie die Erkenntnis, dass sie ihren Verstand verloren haben musste. Ein dritter Fünfhunderteuroschein kam angeflogen. „Jetzt ist es aber genug“, murmelte Cléo, „so verrückt kann man ja gar nicht sein.“ Die Scheine kamen aus dem Wohnzimmer. Dort stand die Balkontür offen. Es musste etwas mit der Zugluft zu tun haben. Mit klopfendem Herzen betrat Cléo das Zimmer.

Zuerst fiel ihr nichts Außergewöhnliches auf. Adamo hatte sein Bettzeug ordentlich auf dem Sofa zusammengefaltet. Eine leer getrunkene Espressotasse stand auf dem Fernseher. Cléo bückte sich, um unter Mimis Klappbett zu schauen. Dort war nichts. Bloß ein geblümter Rucksack. Er war zur Seite gekippt und … Cléo fiel auf die Knie und schlug sich beide Hände vor den Mund. Ganze Büschel rosa Scheine ragten hervor, einige lagen auf dem Fußboden, andere wehten munter zur Tür hinaus. Sie zog den Rucksack zu sich heran. Er war prall gefüllt mit Geldscheinen, die verdammt echt aussahen.

„Nom de Dieu“, entfuhr es Cléo, „was ist hier los?“ Sie

begann am ganzen Körper zu zittern. Sogar ihre Unterlippe bebte, was ihr noch nie zuvor passiert war. Die Worte von Frau Fischer kamen ihr wieder in den Sinn. Hatte sie einem Kriminellen und seiner Alibi-Tochter Unauffälligkeit verschafft?

„Non!“, rief Cléo. „Non, non, non!“

Mühevoll erhob sie sich. Ihr Herz raste schon wieder. So viel Aufregung wie in den vergangenen Tagen hatte sie seit Jahren nicht gehabt. Als ob sich all die Geschehnisse und Begebenheiten ihres Lebens über lange Zeit in einer Ecke angesammelt hätten und jetzt alle auf einmal hervorkämen, um sich zu einem besonders großen Abenteuer zusammenzutun. Sie starrte auf den Rucksack. So viel Bares auf einen Haufen konnte nichts Gutes bedeuten.

Auf einmal gab es hinter ihr einen lauten Knall. Mit einem Schrei fuhr sie herum. Aber es war bloß die Tür, die in der Zugluft zugefallen war. „Ganz ruhig“, murmelte Cléo und setzte sich auf das Bett. Es musste eine logische, vollkommen harmlose Erklärung geben. Leider fiel ihr keine ein. Wie waren ganze Bündel Fünfhunderteuroscheine unter das Bett eines unschuldigen Kindes geraten?

Sie versuchte nachzudenken, beschwor Bilder herauf: Adamo in seinem dunkelblauen Anzug, am Tag des Kennenlernens, Adamo in Jeans und Schürze, Eigelb schaumig schlagend für eine Zabaglione, bei der Cléo die Knie weich geworden waren, Adamo, Rotwein einschenkend, Adamo, wie er Mimi auf seinen Schoß hob, ihre Stirn küsste, wie er sie anschaute … Mimi war sein Leben. Da war einfach nichts Suspektes.

Frau Fischer würde sicherlich sofort etwas finden. Lösegeld, Drogen, Geldwäsche, Prostitution. Cléo schüttelte den Kopf. Mehr als Spaghetti alla puttanesca war Adamo nicht anzulasten. Da war sie sich sicher. Sie mochte eine alte Frau sein, die etwas aus der Zeit gefallen war, aber sie hatte Lebenserfahrung und Menschenkenntnis. Adamo war kein Krimineller. Sie wusste es einfach.

In diesem Augenblick kam Mimi herein. Sie trug elfenbeinfarbene Glacéhandschuhe, die ihr bis in die Achselhöhlen reichten und fuchtelte mit einem Spitzenfächer herum. Als sie Cléo auf ihrem Bett sitzen sah, hielt sie inne.

„Möchtest du mir etwas sagen?", fragte Cléo und deutete auf die Geldscheine am Boden.

Mimi nickte, schwieg aber.

„Was denn, Kind? Nun sprich doch."

„Habe ich gefunden", nuschelte Mimi.

„Du musst jetzt die Wahrheit sagen!", rief Cléo eindringlich.

„Ist doch die Wahrheit."

„Du hast einen Rucksack voller Geld gefunden?"

„Ja."

Cléo seufzte. „Auf dem Balkon vielleicht?"

„Nein, natürlich nicht. Im Park."

„Ich kann mich nicht daran erinnern", widersprach Cléo.

„Kannst du ja auch nicht."

„Aber … ich verstehe überhaupt nichts mehr."

Mimi wand sich ein wenig. „Ich bin doch neulich alleine in den Park gegangen, als du die Französischstunde gegeben hast."

„Oh, mon Dieu."

„Da bin ich zum Gold-Hirsch gegangen und habe mir den Brunnen noch mal angesehen, und dann habe ich in einem Gebüsch den Rucksack liegen sehen." Aufgeregt fächerte sie sich Luft zu.

„Du hast den Rucksack im Gebüsch gefunden?"

„Hab ich doch eben gesagt."

„Und warst du ganz allein dort?"

Mimi dachte kurz nach. „Da war ein Mann, der hat Zeitung gelesen. Aber dann ist er gegangen.“

„Wann hast du denn festgestellt, dass der Rucksack voller Geld ist?“

„Gestern.“

„So so. Und warum hast du nichts davon erzählt?“

„Du hast dich in letzter Zeit genug aufgeregt“, erwiderte Mimi mit altkluger Miene.

Sie schwiegen.

„Wir werden das Geld zur Polizei bringen“, sagte Cléo.

„Schade“, erklang es dumpf hinter dem Fächer hervor, „können wir nicht ein bisschen behalten?“

„Nein, auf keinen Fall.“

„Lass uns das Geld einmal zählen!“, rief Mimi.

„Nun …“ Cléo räusperte sich und versuchte, das Kribbeln in ihrem Nacken zu ignorieren.

„Bitte!“

„Das ist nicht unser Eigentum, wir können nicht einfach darin herumwühlen.“

„Vielleicht ist eine Bombe drin?“, Mimi schien begeistert.

„Gott bewahre, das wäre wohl ein Grund mehr, den Rucksack nicht zu öffnen und …“

„Ist keine Bombe drin.“ Mimi winkte ab. „Hab schon nachgesehen.“

„Du hast was?“

„Ich habe auch angefangen zu zählen, aber so weit kann ich noch gar nicht zählen, wie da rosa Scheine drin sind.“

Stöhnend raufte sich Cléo die Haare.

„Los jetzt.“ Mimi hob den Rucksack vom Boden auf.

„Also schön“, sagte Cléo. „Aber eins noch, Mimi …“

„Hm?“

„Wir werden deinem Vater alles erzählen müssen, angefangen damit, dass du allein aus dem Haus gegangen bist.“

„Oh je.“ Mimi machte ein sorgenvolles Gesicht. „Das wird ihm aber gar nicht gefallen.“

„Das befürchte ich auch.“

Nachdem Cléo die Fenster geschlossen hatte, setzten sie sich an den Küchentisch und leerten den Rucksack. Bis auf sehr, sehr viele Fünfhunderteuroscheine war tatsächlich nichts darin. Cléo war erleichtert. Kurz hatte sie befürchtet, auf die vermissten Arme zu stoßen, von denen Irene Fischer so eifrig erzählt hatte.

„Wir machen Stapel von zehn Scheinen! Mimi, kannst du bis zehn zählen?“

„Ich bin doch kein Baby!“

„Entschuldige, natürlich nicht.“

Und sie begannen zu zählen.

Bald hatten sie zwanzig Stapel zusammen.

„Mimi“, flüsterte Cléo, „weißt du, wie viel das ist?“

„Trilli-Billi“, flüsterte Mimi mit weit aufgerissenen Augen zurück.

„So ungefähr.“ Cléo schnappte nach Luft. „Hunderttausend Euro sind das.“

Mimi deutete auf den Haufen Scheine, der noch auf dem Tisch lag. „Da ist noch mehr.“

Zwanzig weitere Stapel kamen zusammen.

„Das macht ...“ Cléo begann zu rechnen.

„Zweitausend!“, rief Mimi triumphierend.

„Ein bisschen mehr, meine Liebe.“

„Und es ist immer noch was da! Eins, zwei, drei ...“

Sie zählten weiter, Mimi mit ihren Glacéhandschuhen, Cléo mit wild abstehendem Haar, weil sie es sich immerzu raufen musste.

„Zweihundertneunundvierzigtausendfünfhundert Euro“, sagte sie schließlich mit zitternder Stimme.

„Den habe ich noch unter dem Tisch gefunden!“ Mimi

wedelte mit einem weiteren Fünfhunderteuroschein herum.

„Zweihundertfünfzigtausend!“ Cléo war schwindelig. „Das ist eine Viertelmillion.“

„Uiii, dafür könnten wir uns den goldenen Hirsch kaufen.“

Cléo nickte. „Und den Fernsehturm bestimmt auch.“

„Den will ich nicht, der passt nicht auf den Balkon.“

„Du könntest mit deinem Papa in eine eigene große Wohnung ziehen.“

„Will ich auch nicht.“

„Was würdest du denn wollen?“

„Ein Rennpferd, die Barbie-Superprinzessin und dass Papa sein eigenes Restaurant eröffnen kann.“ Mimi nickte eifrig.

„Das wäre wunderbar.“

„Und du?“

„Paris“, flüsterte Cléo. „Ich wäre so gerne noch einmal in Paris.“

„Kannst du doch. Ein Flugticket kostet bloß neunundvierzig Euro.“ Mimi war sichtlich stolz auf ihr Wissen. „Haben sie neulich im Fernsehen gesagt.“

Cléo stand auf und begann auf dem Korridor auf und ab zu gehen.

„Es geht um mehr, wie soll ich dir das erklären?“ Sie war kurz davor, sich wieder durch die Haare zu fahren, aber ein Blick in den Garderobenspiegel hielt sie davon ab. Stattdessen griff sie zur Bürste.

„Ich möchte noch einmal in eine ganz bestimmte Straße in Paris. Dort steht das Haus von Mademoiselle, in dem ich damals als Mannequin ihre schönsten Kreationen vorführen durfte.“

„Und was willst du da?“, fragte Mimi.

„Ich würde eine kleine Runde in der Chanel-Boutique

drehen und mir etwas Schönes kaufen und dann würde ich mich bei Mademoiselle bedanken."

„Wohnt die da noch?"

Cléo lachte auf. „Nein, sie ist schon lange tot. Es wäre eher ein symbolischer Akt, der mir persönlich wichtig ist. Aber diese Reise müsste würdevoll sein und Mademoiselle gerecht werden. Wenn ich in meinen abgetretenen Schuhen einfach so ankomme, als wäre es nichts Besonderes, und in einer billigen Pension wohne und nichts weiter im Bauch habe als ein Omelette, dann … passt es einfach nicht. Es soll eine Aufwartung sein."

„Ich verstehe", sagte Mimi mit ernstem Gesicht.

„Im zweiten Stock hatte Mademoiselle eine wunderschöne Wohnung, ein Appartement." Cléo begann ihr Haar zu bürsten. „Ein magisches Königinnenreich voller Fabelwesen. Die Statue eines venezianischen Mohrs empfing einen am Eingang, die Wände waren mit den Paneelen kostbarer Wandschirme verkleidet, darauf waren große und kleine Vögel zu sehen, Ranken und Kamelienblüten. Ich kam mir vor wie im Inneren eines chinesischen Lackkästchens.

Mademoiselle war sehr abergläubisch, sie glaubte fest an die Macht der Zahlen und Symbole. Im Salon kam vieles paarweise vor: Statuen von Löwen und Rehen, Kristallkugeln, Schälchen, Spiegel, Masken."

„Boah", machte Mimi beeindruckt.

„In einem winzigen juwelenbesetzten Vogelkäfig saßen … wie viele Vögelchen? Was meinst du?"

„Zwei", antwortete Mimi.

„Richtig."

„Das waren aber keine lebendigen Vögel, oder?"

„Nein, nur Dekoration."

„Gut." Mimi schnaufte erleichtert.

„Im Salon gab es noch mehr von den Wandschirmen, die

schon im Eingangsbereich die Wände verzierten, aber dort standen sie frei herum. Wenn Mademoiselle Gäste hatte, versteckte sie Türen dahinter und alles, was sie nicht zeigen wollte. Sie war sehr erfindungsreich."

„Willst du noch einmal in die Wohnung?"

„Oh!", rief Cléo. „Das wird nicht gehen. Das Appartement ist zwar noch genauso erhalten geblieben, aber nur auserwählte Leute dürfen hinein. Journalisten, Filmstars, Frauen von Politikern. Mir würde es vollkommen reichen, an der Fassade emporzublicken und noch einmal in Mademoiselles Nähe zu sein."

Mimi hatte sich vor die drei Fotografien gestellt. „Wie war sie?", wollte sie wissen.

„Sie war genial und … unverwüstlich."

„Aber sie ist trotzdem gestorben."

„Eigentlich nicht, denn was sie erschaffen hat, ist so lebendig wie am ersten Tag."

„Dann ist sie wohl ein Geist?"

„Ja, das ist sie womöglich. Die Mitarbeiter von Chanel stellen jede Woche frische Blumen in ihre Wohnung. Weiße, natürlich. Und ohne Duft …"

„Natürlich", bekräftigte Mimi.

„Und weißt du, was diese Mitarbeiter erzählen?", flüsterte Cléo.

„Was denn?"

„Dass man deutlich die Anwesenheit von Mademoiselle Chanel spüren kann. Sie scheint hinter einem zu stehen, und wer sich schnell genug umdreht, kriegt vielleicht noch den Umriss ihrer Silhouette in einem der vielen Spiegel zu sehen."

Aufgeregt fächerte sich Mimi Luft zu.

„Ich möchte auch einen Wandschirm", verkündete sie schließlich. „Den stelle ich vor mein Klappbett, und dann habe ich fast ein eigenes Zimmer."

„Mimi! Was für eine gute Idee! Wir werden ihn selbst verzieren."

„Mit Maiglöckchen! Und mit Goldfischen, ich mag Goldfische."

„Wir machen es genauso wie du möchtest." Cléo legte ihr eine Hand auf die Schulter. „Aber jetzt packen wir die Scheine wieder in den Rucksack. Heute Abend reden wir mit deinem Vater, und morgen bringen wir das Geld zur Polizei."

„Ja, ja", maulte Mimi.

Cléo ging zurück in die Küche und warf einen skeptischen Blick auf die Espressomaschine. „Ein Kaffee wäre wunderbar", murmelte sie, „aber welcher Knopf war es bloß?"

„Ooooh!", hörte sie Mimi aus dem Korridor rufen. „Hier liegt ja eine Tarotkarte!"

„Wo kommt die denn her?", fragte Cléo erstaunt.

Die Karte an ihr Herz gedrückt, trat Mimi ein und setzte sich auf einen Küchenstuhl. „Der Wind, der Wind, das himmlische Kind", raunte sie.

„Ich muss die Karten wohl das letzte Mal nicht in ihre Schachtel zurückgelegt haben", murmelte Cléo. „Hoffentlich flattern nicht noch mehr davon durch die Wohnung."

„War nur die eine", sagte Mimi. „Die will mir bestimmt was sagen."

Plötzlich überfiel Cléo ein ungutes Gefühl. Sie versuchte, möglichst beiläufig zu klingen, als sie sagte: „Es ist ja nur ein Aberglauben, Mimi, nichts weiter als eine Spielkarte."

„Aber sie ist uns zugeflogen mit einer Profezeitung."

„Prophezeiung heißt es", verbesserte Cléo und schimpfte sich im Stillen für ihre Nachlässigkeit. Warum hatte sie die Tarotkarten einfach lose herumliegen lassen? Mimi schob die Karte mit der Rückseite nach oben in die Mitte des Tisches. Da lag sie, neben einer Viertelmillion Euro.

Trotz der sommerlichen Temperaturen fröstelte Cléo. „Lass sie uns nicht umdrehen. Gib sie her, ich räume sie zurück in die Schachtel.“

„Nein!“ Mimis Augen glitzerten. Sie streckte die behandschuhte Hand aus und …

„Mimi!“

… drehte die Karte mit einer schnellen Bewegung herum. Im nächsten Augenblick begann sie zu schreien. Es war ein hoher, eindringlicher Laut, der Cléo durch Mark und Bein drang.

Auf dem Küchentisch lag *Der Tod*.

FÜNF

„Oh, Santo cielo!“

So etwas hatte Cléo noch nie zuvor gesehen: Innerhalb weniger Sekunden war die Farbe aus Adamos Gesicht gewichen. Als würde das Leben aus ihm herausgesaugt. Riesengroß und dunkel traten seine Augen hervor, während er Mimi so heftig an sich presste, dass sie einen japsenden Laut von sich gab.

„Wir bringen das Geld jetzt einfach zur Polizei, und dann ist das Thema durch.“ Cléo nickte ihm aufmunternd zu.

„Sie verstehen nicht!“, schrie Adamo und wurde noch etwas blasser. „Da steckt die Mafia dahinter!“

„Aber nein“, versuchte Cléo zu beschwichtigen, „wir sind doch hier nicht in Palermo, Sie brauchen wirklich keine …“

„Wer hat dich gesehen?“, schrie Adamo seine Tochter an.

Mimi schwieg.

„Wer?“, brüllte Adamo.

„Nur ein Mann, der eine Zeitung gelesen hat.“

Adamo sank vor Mimi auf die Knie. „Ist er dir gefolgt?“

„Keine Ahnung.“

„Adamo“, mischte sich Cléo ein, „es würde doch überhaupt keinen Sinn ergeben, Geld in ein Gebüsch zu werfen, einen Mann mit einer Zeitung daneben zu deponieren und dann ein Kind mit der Beute einfach weggehen zu lassen.“

„Wer weiß? Vielleicht eine Aneinanderreihung unglücklicher Zufälle? Womöglich waren Zeugen in der Nähe. Er wird Mimi hinterhergegangen sein, er weiß jetzt, wo sie wohnt, sie planen etwas, sie …“

„Ganz ruhig“, sagte Cléo, „bis jetzt ist doch nichts passiert.“

„Sie werden kommen!“, flüsterte Adamo. Inzwischen war sein Gesicht mit roten Flecken übersät. „Sie kommen immer!“

„Das könnte schon stimmen.“ Mimi nickte. „Ich habe nämlich eine Tarotkarte gefunden, auf der war …“

„Wir sollten uns alle beruhigen und einen schönen Cappuccino trinken!“, rief Cléo hastig und reichte Adamo die Hand, um ihm aufzuhelfen. „Würden Sie mir noch einmal zeigen, wie die Maschine funktioniert?“

„Signora.“ Adamo erhob sich keuchend. „Ich packe. Wir reisen ab, noch heute Nacht. Wir gehen zurück nach Neapel. Dort ist Mimi in Sicherheit.“

„Nein!“, schrillte Mimi. „Ich will aber hierbleiben!“

In diesem Augenblick klingelte es. Alle erstarrten.

„Sie sind da!“ Adamos Gesicht war vor Panik verzerrt.

„Dann geben wir ihnen eben einfach das Geld“, flüsterte Mimi.

„Ja, das werden wir tun. Hol den Rucksack, Magdalena. Schnell!“

Mimi flitzte davon.

„Ich gehe.“ Cléo straffte die Schultern.

„Nein, Signora! Das ist eine Männerangelegenheit!“

„Sie sind gar nicht in der Verfassung, einem Mafioso gegenüberzutreten“, widersprach Cléo. „Gehen Sie ins Bad und kühlen Sie Ihre Wangen. Ich regele das.“ Mit energischem Schritt ging sie zur Tür und öffnete. Vor ihr stand ein großer, dünner semmelblonder Jüngling.

„Firma Schulz & Schultz Fensterbau GmbH“, nuschelte er.

„Ja, bitte?“

„Unser Besuch ist von der Hausverwaltung angekündigt worden, wir möchten Ihre Fenster inspizieren und vermessen.“

„Nicht reinlassen“, zischte Adamo hinter dem Garderobenschrank hervor.

„Ganz richtig“, antwortete Cléo. „Können Sie sich ausweise, junger Mann?“

Der Junge errötete. „Ähm, nein. Ich … habe meinen Ausweis zu Hause vergessen, aber Sie können mir wirklich vertrauen, Frau …“ Er linste auf das Klingelschild. „Frau … Pirett…“

Das schaffst du nicht, dachte Cléo und verbot sich ein amüsiertes Lächeln.

„Mon… Monschischi…“

„Hier ist die Kohle!“, schrie Mimi und schleuderte den geblümten Rucksack an Cléo vorbei in den Hausflur. Mit einem dumpfen Geräusch landete er an der gegenüberliegenden Wohnungstür.

Der blonde Jüngling schaute irritiert von Cléo zum Rucksack und wieder zu Cléo. „Kohle?“, fragte er. „Was für Kohle?“

„Na, Sie wissen schon!“, krähte Mimi.

„Was weiß ich?“ Ratlos fuhr er sich durch seine strubbeligen blonden Haare.

„Das Geld!“, rief Mimi ungeduldig.

„Sie brauchen die Baumaßnahmen doch erst am Ende zu bezahlen“, murmelte er.

„Ja natürlich, es ist ja nur Spaß.“ Cléo ging an ihm vorbei, um den Rucksack zurückzuholen. Zum Glück war er fest verschnürt und die rosa Scheine waren alle drinnen geblieben. Lautlos atmete sie auf. „Dann seien Sie doch so freundlich und besorgen sich Ihren Ausweis oder schicken mir einen Kollegen, lieber Herr …?“

„Mein Name ist Malte März.“

Mimi grunzte.

„Herr März. Bis bald. Auf Wiedersehen.“

Cléo schloss die Tür. „Malte März klingt nicht nach Mafia.“

„Nein“, musste Adamo zerknirscht zugeben. „Aber sie werden bald hier sein.“

„Lassen Sie uns das Geld zur Polizei bringen", sagte Cléo, „uns ist doch nichts vorzuwerfen."

„Sie verstehen immer noch nicht!", brüllte Adamo.

„Dann erklären Sie es mir bitte!", erwiderte Cléo kühl. „Und wenn möglich nicht so laut. Ich bin nämlich nicht schwerhörig, und wenn Sie weiter so herumschreien, weiß bald ganz Schöneberg, dass wir hier eine Viertelmillion rumliegen haben!"

„Verzeihen Sie, Signora." Er versuchte sichtlich, sich zusammenzureißen. „Solange ich nicht sicher sein kann, dass die M… Mafia mit dem Geld nichts zu tun hat, kann ich das Geld nicht zur Polizei bringen."

Cléo schnappte nach Luft. „Sie haben vor, es zu behalten?"

„Wenn die … Mafia hier auftaucht und wir ihnen nicht geben können, was sie haben wollen! Mamma mia!" Er rang die Hände. „Sie haben ja keine Vorstellung."

„Ich habe *Der Pate* gesehen", murmelte Cléo etwas kleinlaut.

„Das ist Kindergartenkram dagegen."

„Oh."

„Verstehen Sie jetzt, Signora Cléo?"

„Spannend", rief Mimi aus der Küche, wo sie die Espressomaschine eingeschaltet hatte.

„Und du machst keinen Schritt mehr aus dem Haus", begann Adamo schon wieder zu brüllen, „hast du verstanden?"

„Ich will aber in den Park!", schrie Mimi zurück.

„Absolut nicht! Verboten! Basta!"

„Bitte nicht so laut", rief Cléo, aber niemand hörte auf sie.

„Ich will aber!"

„Nicht einmal auf den Balkon darfst du mehr gehen!"

„Ich will aber auf den Balkon!"

„Wir reisen ab! Avanti! Pack deine Sachen! Es ist hier viel zu gefährlich!"

„Neiiiin!“, kreischte Mimi.

„Genug!“, hörte Cléo plötzlich ihre eigene Stimme gellen. Und was sie dann tat, erstaunte sie dermaßen, dass sie einen Schluckauf bekam: Sie schlug mit der Faust so heftig auf den Küchentisch, dass ein Schälchen mit gezuckerten Johannisbeeren erbebte. Adamo und Mimi verstummten auf der Stelle und starrten sie an.

„Hicks“, machte Cléo. Dann räusperte sie sich. „Kopfloses Davonrennen halte ich für unangemessen. Ich schlage vor, wir warten einfach ein bisschen ab und lassen Gras über die Angelegenheit wachsen. Sollte die Mafia hier auftauchen und den Rucksack fordern, geben wir ihn heraus. Wenn niemand kommt, gehen wir zur Polizei.“

Adamo nickte.

Sie schwiegen einen Moment lang.

„Hicks“, machte Cléo wieder, und damit war die Angelegenheit besiegelt.

*

Mit viel Getöse begannen die Bauarbeiten, und das alte Gemäuer, das seit 1909 keine nennenswerte Renovierung mehr erfahren hatte, erschauderte. Dachschindeln wurden in lange Rohre geworfen, durch die sie in die Tiefe fielen, um in einem Container ein klirrendes Ende zu finden. Im Treppenhaus wurden Leitern aufgestellt. Dann begann das große Klopfen: Farb- und Putzschichten der vergangenen Jahrzehnte polterten herab.

Im gewölbeartigen Entree stand nun ein Baugerüst. Hier wurden zwei Stuckengel restauriert. Seit jeher hatten sie die Eingangstür im Blick gehabt und könnten sicherlich die schillerndsten Geschichten über das menschliche Kommen und Gehen erzählen.

Eine schöne, groß gewachsene Frau war vor über dreißig Jahren in diesen Hausflur getreten, hatte sich unsicher umgesehen und dann die Engel erblickt. Ein Lächeln war über ihr Gesicht gehuscht, denn diese Engel schauten freundlich und behütend auf sie herab. Cléo hatte das Gefühl gehabt, ein Paar Extra-Schutzengel gut gebrauchen zu können. Sie wollte einen neuen Lebensabschnitt beginnen. Die Zeiten als Mannequin lagen schon lange hinter ihr, als sie in Berlin ankam. Nach dem Tod von Mademoiselle hatte sie geheiratet und ein paar glückliche Jahre an der Seite ihres Mannes Serge verlebt. Sie hatten eine kleine Wohnung im sechsten Arrondissement bewohnt, Cléo hatte Arbeit als Übersetzerin gefunden. Zu gern hätte sie Kinder bekommen, aber es war ihr nicht vergönnt gewesen. Dann waren die schlimmen Zeiten gekommen. Serge war gestorben, und sie hatte das Leben nicht mehr ertragen. Weder den Jardin du Luxembourg, wo sie oft gemeinsam spazieren gegangen waren, noch die kleine Wohnung. Der Anblick des leeren Sessels unter dem Fenster hatte jeden Tag aufs Neue geschmerzt. Trotzdem hatte sie in Serges Nähe bleiben und wie eine Blume ohne Licht verwelken wollen.

Schließlich hatte eine Freundin sie dazu überredet, nach Berlin zu ziehen. „Berlin ist eine große grüne und irgendwie recht ruhige Stadt", hatte sie zu Cléo gesagt, „im Vergleich zu Paris ein Dorf. Hier kannst du Frieden finden."

Die Vorstellung eines großen grünen Dorfes gefiel Cléo, und nach den langen Jahren der Einsamkeit in Paris hatte sie wirklich nicht viel zu verlieren. Sie sprach gut Deutsch, sie hatte ein paar Ersparnisse und sie war noch nicht so alt, dass es sich nicht lohnen würde, es wenigstens zu versuchen. Serge hätte es gutgeheißen.

Als sie 1984 zur Wohnungsbesichtigung in den Schöneberger Hausflur getreten war und die wohlwollenden Blicke der Stuckengel bemerkte, hatte sich etwas ganz Neues in ihrem Herzen geregt: Zuversicht. Und dieses Gefühl war seither bei ihr geblieben. Noch heute schaute sie dankbar zu ihnen hinauf.

„Sieh mal, Mimi“, Cléo deutete in die Höhe, „sind die nicht wunderhübsch? Sie sind meine Freunde.“

„Wie heißen sie?“

„Ich weiß es nicht.“

„Würden Sie bitte weitergehen?“, rief ein Bauarbeiter vom Gerüst.

„Verzeihen Sie“, antwortete Cléo in die Höhe. „Wir fragen uns nur gerade, ob diese Engel wohl einen Namen haben.“

Ein Kopf mit Helm erschien über dem Rand. „Einen Namen?“

„Ja!“, rief Mimi. „Einen Namen.“

„Sie haben doch auch einen Namen“, bekräftigte Cléo.

„Ich heiße Jussuf, aber ich bin kein Engel.“

„Wer weiß?“ Cléo lachte. „Sehr erfreut, Jussuf, wir lassen Sie jetzt in Ruhe weiterarbeiten.“ Sie schob Mimi vor sich her und zur Haustür hinaus. Eine Welle warmer Luft schwappte ihnen entgegen.

Nach langen Diskussionen hatte Adamo eingewilligt, dass Mimi in Cléos Begleitung einmal am Tag das Haus verlassen durfte. Er hatte allerdings darauf bestanden, dass sie einen wagenradgroßen Jeans-Schlapphut trug, den er (Gott weiß wo) eigens besorgt hatte.

„Damit fällt das Kind erst recht auf“, hatte Cléo eingewandt, doch als Adamo prompt wieder damit angefangen hatte, dass er zurück nach Italien gehen würde, schwieg sie.

„Ich sehe aus wie eine blöde Blaubeere auf Beinen“, jammerte Mimi.

„Du kannst gar nicht blöd aussehen und jetzt gib mir deine Hand, damit wir die Straße überqueren."

„Was hätte Mademoiselle Chanel zu diesem Hut gesagt?", wollte Mimi wissen.

„Sie hätte ihn bestimmt sehr … interessant gefunden", log Cléo und unterdrückte ein Lächeln.

„Wo gehen wir hin?"

„Ich muss etwas verkaufen." Zum zehnten Mal vergewisserte sich Cléo, dass das kleine Schmuckdöschen noch in ihrer Handtasche lag.

„Was denn?"

„Eine Brosche."

„Warum?"

„Weil ich Geld brauche."

„Aber wir haben doch ganz viel Geld!", rief Mimi. Ein Ehepaar drehte sich amüsiert nach ihr um.

„Schhhhht!", machte Cléo.

Wenig später betraten sie das Leihhaus.

Cléo holte das Schmuckstück heraus und legte es auf die Theke. Wehmütig betrachtete sie die goldene Brosche in Form eines geflochtenen Blumenkorbes. Kleine Rubine, Saphire und Brillanten stellten die Blüten dar.

„Ui, ist die schön", wisperte Mimi, „wo hast du die her?"

„Sie hat meiner Mutter gehört."

Mimi schnappte nach Luft. „Das darfst du doch nicht machen!"

„Mimi, ich brauche das Geld. Es kommt eine gewaltige Mieterhöhung auf mich zu, ich habe noch keinen neuen Französischschüler gefunden, und vielleicht will dein Papa nicht ewig bei mir wohnen und ich …"

„Nein, Cléo, das darfst du nicht machen!", wiederholte Mimi eindringlich.

Cléo seufzte. „Du hast ja recht. Aber im Leben muss man eben manchmal Dinge tun, die man nicht gerne tut.“

„Muss man nicht.“

„Doch.“

„Sie möchten die Brosche verkaufen oder beleihen?“, fragte ein schwitzender Herr. Auf seiner Krawatte befand sich ein Fleck, der Cléo auf unergründliche Weise sehr deprimierte.

„Verkaufen“, antwortete sie leise.

Mit spitzen Fingern griff der Mann nach der Brosche und begann sie mit einer Lupe zu untersuchen.

„Vierzehn Karat“, sagte er und hob den Kopf, „aber doch recht altmodisch.“

„Ich finde sie schön“, murmelte Mimi.

Die Brosche wurde auf eine Waage gelegt.

„Der aktuelle Goldpreis ist im Moment nicht so günstig“, sagte der Mann. Bedauernd zog er die Schultern in die Höhe. „Ich kann Ihnen hundertachtzig Euro dafür geben.“

„Was?“ Cléos Augen weiteten sich entsetzt. „Die Brosche ist mit Edelsteinen besetzt. Ich weiß, dass sie echt sind!“

„Nur der Goldwert zählt.“

„Und die Diamanten?“

„Sind zu klein.“

„Eine wundervolle Handarbeit aus Frankreich!“, rief Cléo.

„Nur der Goldwert zählt“, wiederholte der Mann. „Versuchen Sie doch Ihr Glück bei einem Juwelier.“

Die sind doch auch alle Banditen, dachte Cléo, die ihre Erfahrungen gemacht hatte. Traurig schüttelte sie den Kopf. „Geben Sie mir das Geld und …“

„Nein!“, schrie Mimi unter ihrem Schlapphut hervor.

„Kind, ich weiß, dass …“

Bevor der Satz beendet werden konnte, hatte sich Mimi

auf die Zehenspitzen gestellt, nach der Brosche gegriffen und war nach draußen gerast.

„Ja, aber …“ Cléo brauchte eine weitere Sekunde, um zu reagieren. Dann schnappte sie sich ihre Handtasche und rannte Mimi hinterher. „Mimi!“, schrie sie. „Mimi-Magdalena!“

Keine Spur von Mimi. Nicht schon wieder, dachte Cléo. Eine eigenartige Mischung aus Erschöpfung und Panik überkam sie, doch dann sah sie in der Ferne einen hellblauen Fleck auf und ab tanzen und hielt darauf zu. Kurz darauf hatte sie Mimi eingeholt.

„Ich bin extra langsam gelaufen“, erklärte Mimi, „damit du mich einholen kannst.“

„Wie überaus reizend von dir.“ Mit einem Taschentuch tupfte sich Cléo die Stirn. „Ich muss mich mal hinsetzen“, keuchte sie, und da sie zufälligerweise gerade unter der geblümten Markise vom Café Rosenbaum standen, brauchten sie sich nur noch auf die bereitstehenden Stühle fallen zu lassen. Sie bestellten hausgemachten Eistee mit vielen Eiswürfeln.

„Hier.“ Mit zerknirschter Miene schob Mimi die Brosche über den Tisch.

„Danke“, sagte Cléo und öffnete ihre Handtasche, doch dann überlegte sie es sich anders: Sie befestigte das goldene Blumenkörbchen am Revers ihrer Jacke.

„Sehr schön“, rief Mimi, und während sie in die Hände klatschte, verzog sich ihr Mund zu einem derartig wunderschönen Lächeln, dass Cléo der Atem stockte. Als würde die Sonne aufgehen, schoss es ihr durch den Kopf, und auch wenn sich diese Beschreibung anhörte, als wäre sie einem kitschigen Groschenroman entliehen, so traf sie doch haargenau, was Cléo empfand. Mimis stets ernstes Kindergesicht so verwandelt zu sehen, trieb ihr die Tränen in die Augen.

Sicherlich war diese Emotion auch verbunden mit der Erleichterung darüber, dass sie die Brosche ihrer Mutter niemals verkaufen, sondern eines Tages Mimi schenken würde.

Sie hoben die beschlagenen Teegläser, in denen Minzblätter schwammen, tranken einen Schluck von der eiskalten goldenen Flüssigkeit und besiegelten damit etwas. Ein Bündnis? Freundschaft? Liebe? Cléo konnte es nicht benennen und wollte es auch gar nicht, denn dieser Augenblick war einer der besten ihres Lebens.

„Prost, liebe Mimi. Ich bin froh, dass du da bist."

„Prost, liebe Cléo, ich hab dich auch lieb."

Und während sie so tat, als müsse sie sich noch ein wenig Schweiß von der Stirn wischen, trocknete Cléo verstohlen ihre nassen Augen.

SECHS

Zwei Wochen waren vergangen. Nichts war geschehen. Nur Malte März war mit seinem Ausweis vorbeigekommen, hatte die Fenster vermessen und sage und schreibe fünfzehn hausgemachte Butterkekse verdrückt. Mimi hatte mitgezählt. Wenig später standen zwei dunkelhaarige Männer vor der Tür.

„Sind das die Herren von der Mafia?", fragte Mimi erwartungsvoll.

„Nein", flüsterte Cléo, „das ist doch Jussuf, der Engel vom Baugerüst, mit seinem Kollegen."

„Ach, schade", murmelte Mimi und kehrte ins Boudoir zurück, wo sie eine Schallplatte auflegte. Zuerst kratzte es gewaltig, dann erklang die Stimme von Charles Aznavour. *La Bohème* sang er, und Mimi summte mit, während sie sich an Cléos Frisiertisch die Haare bürstete.

Jussuf stapfte durch die Wohnung, rüttelte an der Balkontür und hob das Küchenfenster aus seinen Angeln. „Komme gleich wieder", murmelte er und ging.

Cléo seufzte. Das Warten zermürbte sie. Sie hatte den Eindruck, sich strafbar gemacht zu haben. Der Rucksack lag in einer der vielen Hutschachteln unter ihrem Bett. Nachts starrte sie in die Dunkelheit. Ich liege auf einer Viertelmillion, sagte sie sich. Manchmal hatte sie das Gefühl, der Rucksack würde Geräusche machen. Aber dann ermahnte sie sich, dass sie wohl zu viel Edgar Allan Poe gelesen hatte. *Das verräterische Herz.* Sie schnaubte. „Sei nicht albern, Cléopâtre." Dieser Rucksack war nichts weiter als geblümtes Polypropylen, gefüllt mit … Papier.

Aber das war er eben nicht. Eine Viertelmillion, eine Viertelmillion … skandierte es in Cléos Kopf, und wenn sie dann doch endlich einschlief (was ihr meist nur mithilfe einer halben Schlaftablette gelang), dann träumte sie. Immer denselben peinlichen, albernen Traum, in dem sie in einem Meer von goldenen Talern schwamm. Wie Dagobert Duck. Schaudernd erwachte sie, schockiert von der Durchschaubarkeit ihres Unterbewusstseins, das so einfach gestrickt schien wie ein Kindercomic. Morgen rede ich mit Adamo, sagte sie sich, morgen gehen wir zur Polizei und geben das Geld ab.

Das Geld, das niemand zu vermissen scheint.

Das Geld, das unter meinem Bett liegt.

Dann schlief sie wieder ein, und sofort ging alles von vorne los: Ihr wuchs ein Schnabel, weißes Gefieder spross aus ihrer Haut, und selig sah sie sich durch goldene Taler schwimmen.

„Das muss ein Ente haben!“ Mit einem Ruck setzte sich Cléo auf und rieb sich die Augen. „Habe ich eben Ente gesagt?“, murmelte sie.

Es war noch früh, zehn vor sechs. Im Haus war alles still. Cléo lauschte, auch unter ihrem Bett rührte sich nichts. Auf Zehenspitzen schlich sie über den Korridor in die Küche und öffnete das neue Fenster, das Jussuf ihr am Vortag angebracht hatte. „Herrlich, so ein früher Sommertag.“ Eine Amsel sang. Melodiös und irgendwie sympathisch. Mit geschlossenen Augen hörte Cléo ihr zu.

Der liebliche Gesang erinnerte sie an den Garten ihrer Kindheit, der sehr groß und verwildert gewesen war. Amseln, Nachtigallen, Eulen und Tauben hatten darin gewohnt. Es war ein fantastisches Märchenreich gewesen, das Cléo gemeinsam mit ihrer Schwester Mathilde regierte. Sie waren die selbst ernannten *princesses du jardin magique* gewesen, die flüsternd unter uralten Rhododendronbüschen picknickten, die die Kaulquappen im Teich bewachten und weinend aus dem Nest gefallene tote Vogelbabys beerdigten.

Begierig hatten sie den Duft der Rosen in sich aufgesogen, weil sie davon überzeugt waren, er würde sie noch hübscher machen.

Cléo öffnete die Augen. „Schön war das“, murmelte sie. Dann setzte sie einen Topf mit Wasser auf und löffelte Kaffeepulver in die Glaskanne. „Ist ja auch viel leiser“, murmelte sie entschuldigend, während sie kurz darauf den aufgegossenen Kaffee mit dem Stempel herunterdrückte. Die Espressomaschine machte immer so einen Radau. Sie würde sich von Adamo nochmals erklären lassen müssen, wie das Gerät zu bedienen war. Aber Adamo hatte wenig Zeit, er arbeitete viel zu viel, kam spät in der Nacht nach Hause und war bereits am Vormittag wieder verschwunden. Schon lange hatte er nicht mehr pfeifend in Cléos Küche gestanden und mit Kochlöffeln oder Zitronen jongliert. Das schien irgendwie weit zurückzuliegen.

„Buon giorno.“

Cléo erschrak. „Guten Morgen, Adamo, ich habe gerade an Sie gedacht.“

„Nur Gutes, hoffe ich.“ Er setzte sich zu ihr an den Tisch.

„Nur das Allerbeste“, sagte Cléo und schenkte ihm Kaffee ein.

„Sie misstrauen der Maschine noch immer?“ Mit einem schrägen Lächeln sah er sie an.

„Ich wollte niemanden wecken.“

Er nickte und trank einen Schluck.

Was für ein hübscher Mann, dachte Cléo. Sein dunkles Haar war leicht gelockt, ihm fehlte noch die Morgenrasur, was ihm einen verwegenen Ausdruck gab. Aber er sah blass und müde aus.

„Wie gefällt Ihnen die Arbeit?“, fragte Cléo.

„Diese Frage stelle ich mir gar nicht.“ Über Cléos Kopf hinweg sah er aus dem Fenster. „Ich arbeite einfach.“

„Sind die Kollegen nett?"

„Ehrlich gesagt, nicht besonders."

„Oh."

Sie schwiegen.

„Meinen Sie …" Cléo betrachtete konzentriert die bordeauxfarbenen Streifen auf seinem Morgenrock, „… dass die Mafia noch kommen wird?"

Er zog Luft durch die Zähne.

„Es ist ja so viel Zeit vergangen", fuhr Cléo hastig fort, „ich glaube, wir brauchen keine Angst mehr zu haben."

Adamo sackte auf seinem Stuhl zusammen. „Ich weiß es einfach nicht."

„Dann warten wir noch ein bisschen." Cléo tätschelte seinen Unterarm. „Machen Sie sich nicht so viele Sorgen. Es ist alles in Ordnung, das spüre ich."

Er sah auf. „Sie sind sehr freundlich, Signora."

„Ach was, papperlapapp."

„Mimi ist glücklich bei Ihnen. Ich wüsste nicht, was ich ohne Sie täte."

Cléo fühlte sich erröten.

„Ich mache uns jetzt mal ein schönes Rührei", sagte sie und stand auf.

Er winkte lachend ab. „Nein danke, Italiener und Frühstück, das passt nicht zusammen."

„Sie sollten aber etwas essen."

Adamo erhob sich. „Ich gehe jetzt gleich zur Arbeit, dafür habe ich früher frei. Wäre es Ihnen recht, wenn ich heute Abend mal wieder koche?"

„Sie können wohl Gedanken lesen!" Cléo nickte begeistert. „Das wäre wundervoll."

„Dann bis heute Abend", sagte er im Hinausgehen.

„Was gibt es denn?", rief Cléo ihm hinterher.

„Sorpresa!"

„Oh, das kenne ich gar nicht, es klingt köstlich."

Lachend drehte sich Adamo vor der Badezimmertür um. „Sorpresa bedeutet Überraschung."

Cléo lachte aus vollem Hals. Es klang ein wenig rostig.

Später am Vormittag erschien Irene Fischer. Sie war längere Zeit krank gewesen.

„Bei einer Verfolgungsjagd habe ich mir das Schlüsselbein gebrochen", erklärte sie und tätschelte erregt ihren Dutt, „trotzdem habe ich den Juwelendieb gefasst."

„Le voleur", sagte Cléo, „der Dieb."

„Ja genau." Frau Fischer nickte bestätigend. „Er rannte mit seiner Beute die Schloßstraße hinunter, am helllichten Tag, das muss man sich mal vorstellen. Die Diebe werden aber auch immer dreister."

„Wie heißt Dieb auf Französisch?", hakte Cléo nach.

„Wo-wo-wo…"

„Sehr richtig, voleur."

„Sag ich doch. Wir waren über Funk alarmiert worden, fuhren im Streifenwagen die Schloßstraße hinunter, und auf einmal sah ich ihn. Ich habe einen untrüglichen Instinkt, müssen Sie wissen."

„Ich erinnere mich."

„Ich wusste einfach, dass er es war. Er rannte nicht mehr, sondern schlenderte eher, aber als er das Polizeiauto sah, duckte er sich so merkwürdig. Ich sofort raus! Da lief er schon los. Ich hinterher. Stehen bleiben, Polizei, habe ich gebrüllt, aber das hat eigentlich noch nie funktioniert. Er rennt in eine Seitenstraße, ich dicht auf seinen Fersen, bringe ihn zu Fall, stolpere selbst über eine Mülltonne und breche mir, nun ja …" Triumphierend strahlte sie Cléo an, „das Schlüsselbein."

„La clavicule", sagte Cléo.

„Wie bitte?"

„Clavicule heißt Schlüsselbein."

„Ach so."

Cléo schenkte Frau Fischer eine Tasse Tee ein. „Erzählen Sie mir doch mal auf Französisch, was der Dieb so alles gestohlen hat."

„Hm, Bisou."

„Nein", Cléo lächelte. „Bisou bedeutet Küsschen. Er hat wohl eher bijoux gestohlen. Schmuck."

„Ja klar." Frau Fischer schien verärgert.

„Wenn der Dieb seine Beute nun unterwegs verloren hätte …", sagte Cléo und bemerkte, dass ihre Stimme ein bisschen höher klang als sonst, „oder wenn der Dieb seinen erbeuteten Sack voller Geld wie im Film in ein Gebüsch wirft …"

Frau Fischer hob den Kopf.

„Darf man das dann behalten?" Cléo schaute so unbeteiligt sie konnte in ihre Teetasse. „Wenn man es findet? Also, jemand anders es findet?"

Was für ein Gestammel, schalt sie sich.

„Ab zehn Euro muss gefundenes Geld abgegeben werden", schnarrte Frau Fischer. „Sonst ist es nach Paragraf 246 Strafgesetzbuch Unterschlagung und eine Straftat. Warum wollen Sie das wissen?"

„Ach, nur so aus Interesse." Cléo machte eine wegwerfende Handbewegung und lächelte. „Lassen Sie uns doch diese überaus anregende Konversation auf Französisch fortsetzen."

Sie räusperte sich. „Gibt es solche Fälle? Dass ein unschuldiger Bürger Diebesgut findet?"

Frau Fischer zerrte an ihrem Dutt. „Barrinfermefach", stieß sie hervor.

„Pardon?"

„Goldbarren in einem Schließfach", übersetzte Frau

Fischer ihr eigenes Kauderwelsch. „Am Hauptbahnhof hat ein griechischer Tourist in einem Kofferschließfach hundert Fortuna-Goldbarren entdeckt."

„Gold heißt auf Französisch übrigens or", bemerkte Cléo mit milder Stimme.

„Ohr", wiederholte Frau Fischer gelehrig.

Cléo unterließ es, die Aussprache zu korrigieren. „Und passiert es auch manchmal, dass die Polizei eine Beute sucht und niemals findet?"

Frau Fischer schwieg.

„Chercher heißt suchen", sagte Cléo schnell.

„Scherscher."

„Hmpf. Sehr gut."

Frau Fischer fummelte wieder an ihrem Dutt herum, der inzwischen wie ein geräubertes Nest aussah. Sie schien übellaunig.

„Oui, das passiert auch. Seit Jahren fehlt von einer antiken Statue jede Spur. Sie wurde in einer Nacht- und Nebelaktion aus der Alten Nationalgalerie gestohlen."

„Une statue", rief Cléo heiter und schaute auf ihre Armbanduhr. Sie würde das Ganze ein wenig vorantreiben müssen. „Und wie ist es mit Geld?" Mit erstaunlich ruhiger Hand schenkte sie Tee nach. „Gibt es da vielleicht gerade einen aktuellen Fall?"

„Wie kommen Sie darauf?"

„Ach, ich liebe Kriminalgeschichten, das wissen Sie doch!" Cléo lachte glockenhell und ziemlich abgebrüht, wie sie fand. Allmählich begann ihr das Ganze Spaß zu machen. „In Spülkästen versenkte Plastiktüten voller Juwelen", fuhr sie fort, „ein Picasso, der auf einem Flohmarkt wieder auftaucht, ein Kinderrucksack voller Geld im Park, auf Friedhöfen vergrabene ..."

„Wieso Rucksack?" Frau Fischer sah ihr in die Augen.

Verflixt, schrie es in Cléo. Sie senkte den Blick schnell wieder in die Teetasse.

In diesem Moment löste sich mit einer trägen Umdrehung der Dutt von Frau Fischer, ein langer grauer Haarstrang fiel ihr über den Rücken, und sie hörte endlich auf, der armen Cléo ins Gesicht zu starren.

„Ist ja merkwürdig, dass Sie das ansprechen." Mit schnellem Griff hatte Frau Fischer ihre Haare wieder eingefangen und zu einem straffen Dutt verdreht, in den sie jetzt Haarnadeln rammte.

Cléo wurde ein wenig schwummerig, als sie das sah. „Wieso?"

„Da gab es vor einigen Wochen einen sehr mysteriösen Fall hier in Berlin. Eine Viertelmillion. Fünfhunderteuroscheine in einem geblümten Rucksack. Unauffindbar."

„Was Sie nicht sagen."

„Wir hatten eine heiße Spur."

„Wunderbar. Wohin führte sie?"

„Die Betonung liegt auf hatten, es ist wie verhext."

„Erzählen Sie! Racontez!"

Das Gesicht von Frau Fischer verschloss sich. „Laufende Ermittlungen."

„Oh wie schade." Cléo atmete tief durch. „Hatte die … Mafia vielleicht irgendetwas damit zu tun?"

Frau Fischer lachte heiser auf. „Wie kommen Sie denn darauf?"

„Haha. Nur so, es würde mich interessieren. Die Mafia soll doch in Berlin so präsent sein."

Frau Fischer erhob sich. „Wie gesagt: laufende Ermittlungen."

„Andererseits kann ich mir nicht vorstellen, dass die Mafia hier mitten in der Stadt herumwütet, oder?" Cléo begleitete ihre Französischschülerin zur Wohnungstür.

„Ich sage immer: Alles ist möglich“, erwiderte Frau Fischer und trat hinaus ins Treppenhaus. „Wenn man alle Möglichkeiten in Betracht zieht und selbst das Unmögliche für möglich hält, dann löst sich der Geist und macht sich frei von stereotypen Denkweisen. Nur auf diese Weise bekommt man ein Gespür für die Zusammenhänge und kann die ganz große Geschichte hinter der kleinen erkennen.“

„Bravo“, sagte Jussuf, der soeben mit einem Eimer Bauschutt vorbeikam.

„Da haben Sie sicher recht.“ Cléo reichte ihr die Hand. „Bis nächste Woche.“

„Und wenn Sie sich so sehr für die Mafia interessieren, dann schauen Sie sich doch mal *Der Pate* an“, sagte Frau Fischer mit einem Augenzwinkern, „oder *Scarface*. Großartige Filme.“

„Ja, herzlichen Dank für den Tipp. Au revoir.“ Cléo schloss die Wohnungstür. Sie ärgerte sich über sich selbst. Wie ungeschickt sie sich angestellt hatte. Sie war genauso schlau wie vorher.

Da bog Mimi um die Ecke. „Bedeutet der Tod, dass bald jemand sterben muss?“, fragte sie und wedelte mit der Tarotkarte herum. Mit der vermaledeiten Tarotkarte, wie Cléo sich hinreißen ließ zu denken. Warum hatte der Wind nicht einfach die Sonne (Nummer neunzehn) aus dem Stapel geweht? Das hätte gut zum Sommer gepasst und keinerlei Kopfzerbrechen bereitet.

„Nein, nein“, sagte sie schnell, „es bedeutet eher, dass etwas zu Ende geht.“

„Hm“, machte Mimi. „Ist das gut oder schlecht?“

„Ein Ende ist auch immer ein Anfang“, murmelte Cléo und verdrehte im Geiste die Augen. Dass sie derartige Plattitüden von sich gab!

„Gib mir die Karte bitte“, sagte sie und streckte die Hand aus.

„Die will ich behalten.“

„Such dir eine andere aus.“

„Ich will aber die.“

„Das ist viel zu morbid.“

„Was heißt das?“

„Gib sie mir!“

„Nein!“

„Mimi-Magdalena!“

„Nei-hein!“

„Wenn du sie mir gibst, fahren wir mit dem Bus zum Potsdamer Platz.“

Cléo wusste, dass man mit Kindern nicht verhandeln durfte. Sie hatte heimlich ein Buch über Kindererziehung gelesen. Von der 1-2-3-Methode war die Rede gewesen und von hundertprozentiger Konsequenz. Aber im Alltag taugte das Ganze nicht so viel.

Mimi schien nachzudenken. „Lieber nicht“, sagte sie schließlich und machte, mitsamt der Karte, auf dem Absatz kehrt.

Cléo seufzte.

Und als wäre der Tag nicht bereits anstrengend genug gewesen, kam mit der Post ein weiterer Brief von der Hausverwaltung. Vom *Echten Hausschwamm (Serpula lacrymans)* war die Rede und von *erheblichen Schäden im Dachstuhl,* die *nicht vorhersehbar* gewesen seien. Kurzum: Die Bauarbeiten würden sich verlängern, die Kosten sich erhöhen. *Mit freundlichen Grüßen.*

Cléo setzte sich auf den Balkon. Trotz der herrschenden achtundzwanzig Grad zitterte sie. Sie konnte Adamo unmöglich mehr Miete abverlangen, sie wollte nicht einmal mit ihm darüber sprechen, er hatte schon genug Sorgen. Sie würde einen Ausweg finden. Die kniffelige Frage war bloß: welchen? Selbst wenn sie noch mehr Französischstunden geben würde (sie war immer noch vergeblich auf der Suche nach einem Ersatz für Kurt Kronwall) – es war ja doch bloß ein Tropfen auf den heißen Stein. Sie hatte auch nichts mehr zu verkaufen. Cléo stöhnte leise auf. Es würde nicht mehr lange gut gehen. Wenn nicht bald ein Wunder geschah. Und nichts dergleichen zeichnete sich ab. Da war er also doch: *der Tod*! Das Ende von alldem. Adamo würde mit Mimi nach Italien zurückgehen, und ihr selbst bliebe nichts anderes übrig, als ein Sozialfall zu werden. Voilà! Das war die Zukunft.

Manchmal bedeutete der Tod eben doch, dass jemand sterben musste. Und in diesem Fall war das eindeutig sie selbst. Doch was sollte das Jammern? Sie war alt, sie hatte ihr Leben gehabt. Und nun kam ihr Ende.

Cléo schaute in die Äste der Akazie. War sie wirklich alt? Sie fühlte sich gar nicht so. *Die Tragödie des Alters ist nicht, dass man alt ist, sondern dass man jung ist.* So hatte es Oscar Wilde formuliert, und Cléo verstand nur zu gut, was er meinte. Im Herzen war sie keinen Tag älter als siebzehn und manchmal auch erst fünf, wenn sie beim Anblick von Entenküken im Park in Verzückung geriet oder auf dem Wochenmarkt einfach nicht am Bonbon-Stand vorübergehen konnte, ohne sich Schokorosinen oder Geleebananen zu kaufen. Sie grübelte. Alt zu sein war merkwürdig, aber die wahre Tragödie ihres Lebens war eigentlich eine andere. Sie würde ohne zu zögern zehn weitere Jahre hingeben, wenn sie nur mit Mimi und Adamo zusammenbleiben dürfte. Dann wäre sie sogar gern hundert und würde sich nicht beklagen.

Erschöpft schloss Cléo die Augen. Erst gab es nur Nebel, dann tauchten breite Boulevards auf, Lichter sprühten, rote und weiße, von Autos, Schaufenstern, Laternen, Leuchtschriften, grün, blau, gelb, Reflexionen in der Seine, und aus diesem Lichtermeer erhob sich funkelnd und prächtig: der Eiffelturm. „Paris“, murmelte Cléo und warf unruhig den Kopf hin und her.

Geld macht Träume möglich, sagte eine Stimme.

Cléo riss die Augen auf. Wer hatte das gesagt? Ihr lächerliches Dagobert-Duck-Unterbewusstsein?

Wie dumm muss man sein, jede Nacht auf einer Viertelmillion Euro zu schlafen?

Ich bin ein ehrlicher Mensch.

Der Ehrliche ist immer der Dumme.

Ich bin nicht dumm.

Sein Glück nicht zu wagen ist dumm. Du wirst nicht ewig leben. Willst du Paris nicht noch einmal sehen?

Aber es ist Diebstahl. Diebstahl.

Darauf wusste die geisterhafte Stimme offenbar nichts mehr zu erwidern und verstummte.

Cléo stand auf. „Reiß dich zusammen, Cléopâtre“, zischte sie. Ihre Knie knackten zustimmend. „Und hör in Gottes Namen endlich auf, Selbstgespräche zu führen. Das ist einfach zu albern.“ Mit entschlossenem Gesichtsausdruck ging sie zurück in die Wohnung und schloss die Balkontür hinter sich. „So!“

*

Wie versprochen kam Adamo am frühen Abend nach Hause, schwer beladen mit Einkaufstüten, die er in die Küche trug. Er wusch sich die Hände, dann band er sich eine Schürze um und entkorkte eine Flasche Rotwein.

„Und los geht’s!“, rief er.

„Was kochst du?“, fragte Mimi, die auf die Arbeitsplatte geklettert war, von wo aus sie alles beobachten konnte.

„Risotto mit Gemüse und Pecorino."

„Hmmm."

Cléo beobachtete, wie Adamo mit geradezu zärtlicher Hingabe Salz ins Kochwasser gab.

„Musik in meinen Ohren", rief er, als die fein gehackten Zwiebeln im Olivenöl schmurgelten. „Apropos!" Er rannte hinaus und kam kurz darauf mit einem CD-Player wieder, aus dem Andrea Bocelli bereits *Con te partirò* sang.

Mit leuchtenden Augen lauschte Adamo der Musik und fasste sich ergriffen ans Herz. „Was für ein wunderbarer Abend!"

„Nicht wieder mitsingen", ermahnte ihn Mimi.

Lachend fiel ihr Vater erst über sie her, um sie mit Küssen zu bedecken, dann über ein Büschel Petersilie, das er zerhackte, als ginge es um sein Leben. Fenchelknollen folgten, rote Paprikaschoten und Möhren. *Tock-Tock-Tock* machte sein großes Messer.

Ist das derselbe Mann, der mir heute Morgen so traurig gegenübergesessen hat, fragte sich Cléo. Er ist wie verwandelt.

„Prost, Signora Cléo." Er reichte ihr ein Glas Rotwein. „Auf die Küche, auf das Leben! Viva!"

„Erzählen Sie uns doch etwas von Ihrer Arbeit im Restaurant", bat Cléo, nachdem sie einen Schluck genommen hatte. Köstlich, dachte sie.

„Ach, es ist eigentlich bloß eine Pizzeria für Touristen. Nichts gegen Pizza! Verstehen Sie mich nicht falsch. Aber was dort produziert wird, ist ziemlich schlecht." Er senkte die Stimme: „Sie geben Sahne in Spaghetti carbonara!" Betrübt sah er sie an.

„Wollen Sie sich nicht nach einer anderen Stelle umsehen?"

„Nicht so einfach. Der Laden gehört doch meinem Cousin und der wäre mir sehr böse. Mir geht es hauptsächlich darum, genug Geld zu sparen, um eines Tages einen Kredit für ein eigenes Restaurant aufnehmen zu können."

„Trattoria Adamo", sagte Cléo lächelnd.

„Genau."

„Warum nicht Trattoria Magdalena?", fragte Mimi, die immer noch im Schneidersitz auf der Arbeitsplatte saß.

„Wir werden sehen." Adamos Gesicht hatte wieder einen angespannten Ausdruck angenommen, und Cléo bereute, dass sie ihn ausgefragt hatte.

„Das duftet aber herrlich!", rief sie und deutete auf den Herd.

Mit ruhiger Hand gab Adamo den Reis zu den Zwiebeln in die Pfanne, dann griff er sich einen Holzlöffel und rührte das Gemüse im kochenden Wasser um. „Ich mag die einfache, ehrliche Landküche, kein flambiertes Chichi."

„Was hat denn Mademoiselle Chanel gern gegessen?", fragte Mimi.

Cléo musste nachdenken. „Sie war sehr dünn und hat sich aus Essen nicht so viel gemacht. Aber ich weiß, dass sie gern Linsensalat aß."

„Hmmm", machte Adamo anerkennend, „mit Fenchelwurst, Balsamico und Staudensellerie. Ein Genuss. Das mache ich uns das nächste Mal."

„Und was war ihr Lieblingsdessert?", wollte Mimi wissen.

„Ich kann mich nicht erinnern", antwortete Cléo, „aber soll ich dir verraten, was mein Lieblingsdessert in Paris gewesen ist?"

Interessiert schauten Mimi und Adamo sie an.

„Mont-Blanc", murmelte Cléo, „ein Mont-Blanc bei Angelina, das ist einfach das Beste auf der Welt."

„Kenn ich nicht." Mimi zuckte die Schultern. „Was ist das? Und wer ist Angelina?"

„Angelina ist ein Salon de thé in der rue de Rivoli“, erklärte Cléo und unterdrückte ein wehmütiges Seufzen. „Man muss sich das so vorstellen, als wäre ein Stückchen vom Paradies auf die Erde gefallen.“

„Das haben Sie aber schön gesagt.“ Adamo schöpfte eine Kelle von der Gemüsebrühe auf seinen Risottoreis. Es zischte.

„Weiter erzählen“, forderte Mimi.

„Angelina ist ein Ort, an dem einem nichts passieren kann“, fuhr Cléo fort, „nichts Schlimmes jedenfalls. Wenn man dort an einem der grünen Marmortische sitzt, dann ist einfach alles gut.“

Mit großen Augen lehnte sich Mimi vor. „Echt?“

„Es gibt dort ein großes Gemälde, das sich über die ganze Wand erstreckt und …“

„Was ist da drauf?“, wollte Mimi wissen.

„Magdalena, lass die Signora aussprechen.“

Cléo lächelte. „Eine Meeresbucht mit Olivenbäumen davor.“

„Oh schön!“, freute sich Mimi. „Bestimmt Italien.“

„Ja, bestimmt. Das Café ist sehr alt, von 1903 glaube ich. Wenn man es betritt, bleibt der Lärm der Stadt draußen, man fühlt sich augenblicklich in die Vergangenheit zurückversetzt, in den Glanz der Jahrhundertwende.“

Cléo seufzte wieder. Sie wäre zu gern noch einmal dort. Ein einziges Mal.

„Und was genau ist ein Mont-Blanc?“, fragte Adamo interessiert.

„Maronencreme auf Baiser, gefüllt mit kühler, nicht zu süßer Sahne.“

„Oh du liebe Güte! Das klingt einfach umwerfend!“

„Ja.“ Cléo nickte heftig. „Und dazu würde ich uns afrikanische Chocolat chaud bestellen, heiße Schokolade, die es nur bei Angelina gibt. So dick, dass der Löffel in der Tasse steht, so betörend köstlich, dass einen wohlige Schauer durchlaufen."

Adamo lachte verstehend.

„Das Café Angelina liegt nicht weit entfernt von Mademoiselles Wohnung", fuhr Cléo fort. „Sie war manchmal dort. Ob sie Mont-Blanc gegessen hat, bezweifle ich allerdings."

„Ich will nach Paris!", krähte Mimi.

„Das wäre schön", sagte Adamo, der sich offenbar an seinen Nachtisch erinnert fühlte und begonnen hatte, Mascarpone mit Ricotta und Zitronensaft zu vermischen.

Cléo nickte beklommen. „Vielleicht irgendwann einmal."

„Und Neapel, Signora Cléo! Bella Napoli, meine Stadt. Die möchte ich Ihnen eines Tages zeigen."

Mimi nickte. „Sie muss Onkel Alfonsos Pizza essen."

Voller Ungestüm begann Cléos Herz zu rasen. Ja! Sie wollte Neapel kennenlernen. Und Onkel Alfonso auch. Und wenn man schon dabei war, könnte man einen Schwenk nach Sizilien machen. Von dort aus war es nicht weit bis nach Malta und Tunis, man bräuchte bloß ein Schiff zu nehmen, man würde das blaue Mittelmeer überqueren, könnte bis nach Mallorca fahren, die weiße Kathedrale von Palma besichtigen, dann in ein Flugzeug steigen und nach Paris fliegen. Was für ein fantastisches Abenteuer das wäre!

Cléo war aufgewühlt. Die letzten Jahre ihres Lebens waren ereignislos vergangen, und im Nachhinein kam es ihr so vor, als hätte sie die ganze Zeit bloß gewartet. Gewartet, auf diese beiden Menschen, die ihr die liebsten der Welt geworden waren, und sie wollte nichts weiter, als eine schöne, unbeschwerte Zeit mit ihnen verbringen. Reisen, lachen, essen, Mimi den Eiffelturm zeigen, erleben, wie Adamo auf einen reifen, dahinfließenden Saint-Marcellin-Käse reagieren würde, noch einmal nachts auf der Pont d'Alexandre stehen … Paris.

„Ach, Paris …“

Mimi sah sie fragend an.

Cléo räusperte sich. „Ich habe gerade geträumt.“

„Wovon denn?“

„Von all den schönen Dingen, die ich gern mit euch machen würde.“

Sie schwiegen. Im Hintergrund sang Andrea Bocelli *Love in Portofino.*

„Nehmen wir mal an“, sagte Cléo leise, „ich würde herausbekommen, dass das Geld nichts mit der Mafia zu tun hätte …“

Adamo sah sie durchdringend an.

„Wenn ich das ganz sicher wüsste“, fuhr Cléo fort und wünschte, ihr Herz würde nicht so schnell schlagen, „… dann …“

„Dann bringen wir das Geld sofort zur Polizei!“, unterbrach Adamo. „So haben wir es ausgemacht.“

„Selbstverständlich, selbstverständlich.“ Cléo nickte heftig.

„Mann!“ Mimi verdrehte die Augen. „Seid ihr doof.“

„Magdalena!“, rief Adamo und drohte ihr mit dem Kochlöffel. „Glaubst du, ich will in einem deutschen Gefängnis landen?“

„Wir könnten doch ein bisschen behalten“, schlug Mimi vor und deutete mit Daumen und Zeigefinger etwas Winziges an, „nur ein paar Tausend.“

„Ich will nichts mehr von diesem Unsinn hören!“, schrie Adamo. Wütend stocherte er in der Pfanne herum. „Jetzt ist mir das Risotto angebrannt!“

„Schön knusprig“, lobte Cléo wenig später.

Adamo knurrte. „Risotto muss sämig sein. Cremig! Wenn man es richtig zubereitet, tut es der Seele gut. Aber das hier …“, er schob den Teller von sich, „ist ungenießbar.“ Leider war auch das Gemüse zerkocht, Adamo hatte vergessen, es aus dem Wasser zu holen.

„Ich bin schuld“, sagte Cléo. „Ich hätte nicht so viel reden sollen.“

Adamo seufzte. „Dessert?“

Schweigend aßen sie die eiskalte Ricotta-Zitronen-Creme.

„Die schmeckt wundervoll“, sagte Cléo, doch Adamo winkte nur müde ab.

„Mimi, Zähneputzen und ab ins Bett“, sagte er kurz darauf.

So folgsam wie selten räumte Mimi ihren Teller in die Spüle und ging ins Badezimmer.

Eine Stunde später hatte sich auch Cléo zurückgezogen. Mimi schlief bereits in ihrem Klappbett, Adamo hatte die Küche aufgeräumt und mit grimmiger Miene die Pfanne geschrubbt. Jetzt war er auf einen Abendspaziergang hinausgegangen.

Cléo versuchte zu lesen, aber sie konnte sich nicht konzentrieren. Sie könnte eine Schallplatte auflegen. Jacques Brel wäre schön oder Juliette Gréco. Aber … nein, sie hatte keine Lust. Mit angezogenen Knien saß sie auf ihrem Bett und starrte an die Zimmerdecke. „Puh.“ Sie hatte den ganzen Abend verdorben. Was war sie nur für eine geschwätzige, unsensible Frau. Eine geschwätzige, unsensible, alte Frau. Am liebsten hätte sie sich selbst gekniffen. Ganz doll, in den Arm. Warum hatte sie nicht ihren Mund gehalten?

Cléo machte das Licht aus und ließ sich in die Kissen fallen. Nachdem sich ihre Augen an die Dunkelheit gewöhnt hatten, bemerkte sie ein merkwürdiges Licht. Ihr war so, als käme unter dem Bett ein rosa Leuchten hervor, und wenn sie sich nicht täuschte, war es genau der Farbton der Fünfhunderteuroscheine. Eine hübsche Farbe, dachte sie sich, und dann wurde ihr klar, dass sie wohl schon eingeschlafen sein musste.

SIEBEN

Die Temperaturen stiegen, es wurde heiß.

„Ich möchte zum goldenen Hirsch“, sagte Mimi.

„Wir haben deinem Vater versprochen, nicht mehr dorthin zu gehen.“ Cléo blickte auf. Sie versuchte Zeitung zu lesen, aber Mimi schien sich zu langweilen, und auch der Baulärm im Haus machte es schwierig, sich zu konzentrieren.

„Meinst du, die Mafia kommt noch?“, fragte Mimi.

„Ich bin dabei, mehr herauszubekommen“, antwortete Cléo und setzte die Lesebrille ab.

Ein metallisches Kreischen erklang.

„Grundgütiger! Es kann doch nicht so schwierig sein, einen Außenfahrstuhl zu installieren“, murmelte sie.

„Mit dem fahren wir dann immer rauf und runter, rauf und runter.“ Mimi hüpfte mit roten Wangen auf und ab.

Das bezweifle ich, dachte Cléo, wenn die Arbeiten fertig sind, werden wir hier ausziehen müssen.

Sie hatte angefangen heimlich die Wohnungsannoncen in der Zeitung zu studieren und war über die Preise schockiert gewesen. Seitdem versuchte sie es mit der Abwarten-und-Tee-Trinken-Methode, aber es ging ihr gar nicht gut damit.

„Rauf und runter, rauf und runter …“

„Kind, du brauchst frische Luft.“

„Jaaaaa!“

„Wir könnten ein Eis essen gehen“, schlug Cléo vor.

„Los geht's!“ Mimi lachte so fröhlich, dass sich Cléos Herz zusammenzog. Sie darf nicht wieder aufhören zu lachen, dachte sie. Ich muss Lösungen finden. Ich muss einfach.

„Wir machen uns noch etwas zurecht.“ Cléo stand auf. „Mademoiselle hat nie verstanden, wie eine Frau das Haus verlassen kann, ohne sich hübsch gemacht zu haben.“ Cléo schmunzelte. „Sie könnte gerade an diesem Tag ihrem Schicksal begegnen."

„Uiii!" Mimi riss die Augen auf. „Bestimmt hat es etwas mit der Tarotkarte zu tun."

„Nein", sagte Cléo schnell, „gar nichts. Es soll nur heißen, dass man sich gepflegt und gut riechend unter die Leute mischen sollte."

Sie öffnete den Kleiderschrank. „Hm, *was* ziehen wir an? Wie wäre es damit? Das würde dir gut stehen." Cléo hielt ein weißes Kleid in die Höhe, an dem noch das Preisschild baumelte. Sie hatte es am Vortag für wenig Geld bei Woolworth gekauft. Es war einfach geschnitten, aus reiner Baumwolle, ärmellos und wirkte frisch und sommerlich.

„Wo kommt das her?", fragte Mimi misstrauisch.

„Es ist ein Geschenk von mir. Wenn du es magst."

„Weiß?"

„Wenn es dir nicht gefällt, kann ich es zurückbringen. Kein Problem."

„Mochte Mademoiselle Weiß?"

„Oh ja, sehr sogar. Denk nur an ihre Perlenketten. Sie hat auch wunderschöne weiße Kleider entworfen. Als der Duke von Westminster sie zu einem Ball einlud, kam sie in einem weißen Abendkleid, das spektakulär gewesen sein muss." Cléo lächelte Mimi an. „Weiß macht aus schönen Frauen Lichtgestalten."

„Okay, ich kann es ja mal anprobieren."

Mit dem weißen Kleid stellte sich Mimi wenig später vor den Spiegel.

„Wie sehe ich aus?"

„Wunderschön, das Kleid lässt dich strahlen. Es passt hervorragend zu deiner Haut- und Haarfarbe."

Mit ernstem Gesicht starrte Mimi in den Spiegel. „Ob

meine Mama …“ Sie brach ab, und ihre Augen füllten sich mit Tränen.

Cléo kniete sich neben sie. „Weiß steht am Anfang“, flüsterte sie, „deine Mama ist gewiss sehr glücklich, dich so zu sehen.“

Aufschluchzend schlang Mimi ihre Arme um Cléos Hals. So blieben sie eine Weile. Cléo hielt Mimi fest, bis sie aufgehört hatte zu weinen. Dann wischte sie ihr mit einem Spitzentaschentuch das Gesicht trocken.

„Komm“, sagte sie, „jetzt gehen wir uns ein bisschen amüsieren.“

Nach kurzer Besprechung einigten sie sich auf ein blauweiß geblümtes Sommerkleid für Cléo. Mimi wollte einen Hut mit Netz tragen, weil sie diese Art der Vermummung dem Jeans-Schlapphut vorzug.

Cléo legte cremefarbene Häkelhandschuhe heraus, sie verabscheute die Altersflecken auf ihren Handrücken, Mimi durfte sich zur Feier des Tages eine perlenbestickte Handtasche aussuchen. Sie kämmten sich gegenseitig die Haare, dann griff Cléo zu dem eckigen Flakon Chanel No. 5. „Mademoiselle sagt, man soll das Parfum dorthin sprühen, wo man gern geküsst wird.“

Mimi dachte nach. „Ich mag es, wenn Papa mich auf die Nasenspitze küsst.“

Cléo lachte. „Das lassen wir besser. Auch Augenlider sind keine gute Idee. Gib mir deine Hände, Mimi, ich sprühe dir etwas auf die Handgelenke und ein bisschen hinter die Ohren.“

„Womit hat sich Mademoiselle parfümiert?“, wollte Mimi wissen.

„Mit No. 5 natürlich.“

„Ah, jetzt rieche ich wie Mademoiselle Chanel.“

„Ja, das tust du. Und weißt du was?“

„Was?“

„Ich werde dir eine schöne kleine Geschichte erzählen: In der rue Cambon 31, wo die Modenschauen stattfanden und das Schneideratelier untergebracht war, befand sich auch Mademoiselle Chanels Appartement, von dem ich dir schon erzählt habe. Dort empfing sie Gäste und arbeitete an ihrem Schreibtisch, aber sie übernachtete nie dort, es gab gar kein Schlafzimmer. Mademoiselle verließ jeden Abend das Haus und ging im Hotel Ritz schlafen, das nicht weit entfernt liegt."

„Warum?"

„Wahrscheinlich weil sie nachts nicht allein sein wollte. Und wenn sie am nächsten Morgen das Ritz wieder verließ und sich auf den Weg in die rue Cambon machte, rief schnell ein Hotelportier dort an, damit eine Mitarbeiterin im Treppenhaus No. 5 versprühen konnte, bevor Mademoiselle eintraf."

Mimi nickte mit großen Augen. „Wow. Große Klasse."

„Das will ich meinen."

Nachdem auch Cléo sich parfümiert und ihre Handschuhe angezogen hatte, verließen die beiden das Haus. Es war heißer als erwartet. Im Schneckentempo liefen sie durch die Häuserschluchten und versuchten im Schatten zu bleiben. Sie sahen sich Secondhandbücher an, bewunderten seidene Tücher in einem indischen Laden und beobachteten das Treiben bunter Fische in einem Fachgeschäft für Aquarien.

„Wir müssen noch meinen Wandschirm basteln", sagte Mimi. „Hast du das vergessen? Ich möchte doch den gleichen haben wie Mademoiselle, nur mit Goldfischen …"

„Wenn es nicht mehr so heiß ist", versprach Cléo und fragte sich gerade, ob sie nicht besser nach Hause gehen sollten.

„Schau mal, da gibt es Paradiesäpfel!", rief Mimi und deutete auf ein Feinkostgeschäft mit rosa-weiß gestreifter Markise.

Drei Euro fünfzig für einen kandierten Apfel, dachte Cléo

empört, das ist ja Wucher. „Magst du einen?“, fragte sie dennoch.

„Au ja.“

Cléo bezahlte und reichte Mimi den hübschen Apfel, der mit bunten Liebesperlen bestreut war. „Bitte schön.“

„Danke. Und du?“

„Ich habe keinen Appetit, Mimi.“

„Auch kein Eis?“

Cléo strich ihr über den Kopf. „Nein.“

Knirschend biss Mimi in den Apfel. „Hmmm, du mupft kopften.“

„Vielleicht ist dein Mund etwas zu voll für ganze Sätze?“ Cléo lächelte auf sie hinab.

Mimi schluckte. Dann hielt sie Cléo den Apfel vor das Gesicht. „Kosten!“

„Ist das ein Befehl?“

„Ja.“

Cléo lachte. „Nein, nein, vielen Dank.“

„Du musst, es ist so lecker.“

Und dann passierte etwas Fürchterliches: Cléo biss in den knallroten Apfel hinein und wieder knirschte es, doch diesmal war es nicht die Zuckerschicht, die das Geräusch verursachte, sondern Cléos überkronter Schneidezahn, der seinen Geist aufgegeben hatte. Sie sah ihn ziemlich schauderhaft aus dem Paradiesapfel herausragen, als sie die Süßigkeit voller Abscheu von sich streckte.

„Oh nein!“ Erschrocken ließ Cléo den Apfel fallen und hielt sich beide Hände vor den Mund.

„Der schöne Paradiesapfel!“, schrie Mimi und bückte sich.

„Nicht mehr essen“, befahl Cléo undeutlich hinter ihrer Hand hervor.

Mit der Zungenspitze ertastete sie einen Stumpf, und vor lauter Grauen wurde ihr schwindelig. Sie ging in die

Knie und atmete tief durch. Dann begann sie nach der Krone zu suchen, denn im Apfel steckte sie nicht mehr.

Unglücklich pustete Mimi auf den Zuckerguss.

„Wo ist sie?", nuschelte Cléo und war froh, sie nicht neben einem bräunlichen Haufen zu entdecken, dessen Wesenheit sie gar nicht genau identifizieren wollte.

Mimi half suchen. „Ist doch nicht so schlimm", tröstete sie. „Mir passiert das auch andauernd."

„Ach du süßes Kind, du verlierst deine Milchzähne, aber ich …" Cléo verstummte. Wie undeutlich sie sprach … und wie grässlich sich der Stumpf im Mund anfühlte.

„Hier!" Mimi hielt etwas in die Höhe.

Ein Glück, dachte Cléo, die nur noch das Nötigste sagen wollte, alles halb so wild. Die Krone wird einfach wieder eingesetzt, keine große Sache für einen Zahnarzt, und dann können wir darüber lachen. *Nicht immer gleich dramatisieren, altes Mädchen …*

„Leider sind es jetzt zwei Stücke", sagte Mimi und fügte, als sie Cléos Gesichtsausdruck sah, schnell hinzu: „Das kann man sicher kleben."

Cléo nickte und ließ sich aufhelfen. Mimi warf den Paradiesapfel in einen Mülleimer und griff nach Cléos Hand. Dann machten sie sich auf den Heimweg.

*

Nach dem Telefonat mit dem Zahnarzt hatte sich Cléo im Bad eingeschlossen. Mit gebleckten Zähnen starrte sie in den Spiegel. „Entsetzlich", lispelte sie. Zumindest würde sie sich auf diese Weise die Selbstgespräche abgewöhnen.

„Sie müssen mit circa tausend Euro für eine Vollkeramikkrone rechnen", hatte die Sprechstundenhilfe vor wenigen Minuten am Telefon gesagt.

„Zahlt denn die Krankenkasse nichts dazu?“

„Sind Sie zusatzversichert?“

„Ich glaube nicht.“

„Dann sieht es schlecht aus.“

Cléo klappte den Mund wieder zu und setzte sich auf den Badewannenrand.

Ich weiß, ich bin eine eitle Gans, aber ich kann so nicht leben. Ich sehe aus wie eine verwahrloste Alte, eine Hexe aus der Geisterbahn, eine Clocharde. Ich, Cléopâtre Aglaïde Victorine de Pierret-Monchouaris, Tochter aus verarmtem französischem Landadel, war mal Mannequin bei Chanel! Mademoiselle hat mich ihre schönsten Kleider vorführen lassen. Das war ein Ritterschlag. Kurz vor einer Modenschau hat sie mich einmal angesehen und „Tu es très belle, Cléopâtre“ gesagt. Ich muss die Stellung halten, ich kann mich nicht gehen lassen. Das bin ich ihr schuldig. Ich habe für die Göttin der Mode gearbeitet, für die Beste von allen zusammen. Da kann ich jetzt nicht so verlottert durch die Gegend laufen, es ist …

„Cléo!“, rief Mimi und klopfte an die Tür. „Komm raus. Schnell.“

„Ist schon wieder etwas passiert?“

„Vielleicht. Komm schon.“

Ächzend erhob sich Cléo und trat aus dem Bad.

Mimi stand vor ihr und starrte sie an.

„Was denn, Kind?“

„Merkst du nichts?“

Cléo blickte sich um.

„Na?“

„Ich weiß nicht …“

Mimi stemmte die Fäuste in die Hüften. „Riech mal.“

„Oh!“ Cléo hob die Nase und erschnupperte einen wundervollen, ungemein vertrauten, köstlichen, tröstlichen Duft. „No. 5“, flüsterte sie.

„Ich habe dir den Flur parfümiert“, erklärte Mimi und strahlte über das ganze Gesicht, „damit du dich freust.“

Cléo fühlte, wie ihre Unterlippe zu zucken begann. „Das … das ist einfach … so … zauberhaft, ach, meine Mimi, ich …“ Und dann brach sie in Tränen aus.

„Aber, aber, Signora Cléo“, sagte Adamo am späten Abend zu ihr, „mein bester Freund ist Zahnarzt, der bringt das in fünf Minuten für Sie in Ordnung.“

„Ich habe keine tausend Euro“, jammerte Cléo und versuchte, sich zusammenzureißen, was ihr den ganzen Tag lang nicht gelungen war. Immer wieder stiegen ihr Tränen in die Augen, teils aus Verzweiflung, dann wieder vor lauter Rührung und kurz darauf waren es die Tränen der Angst. Mademoiselle hätte den Kopf geschüttelt und „Contenance!“ gezischt.

„Machen Sie sich keine Sorgen. Dottore Crisafulli verhandelt wie kein Zweiter mit den Krankenkassen.“

„Hm“, machte Cléo zweifelnd.

„Die Krone wird Sie keinen Cent kosten.“

„Wenn Sie meinen, Adamo. Dann würde ich mein Glück sehr gern bei Dottore Crisafulli probieren.“

„Ich rufe ihn gleich an.“

„Vielen, vielen Dank.“

„Signora, ich habe Ihnen zu danken. Das ist doch das Mindeste, was ich tun kann.“ Er zog eine Grimasse. „Wenn ich Ihnen schon kein vernünftiges Risotto serviert habe.“

Cléos Augen brannten schon wieder. Ihr Kopf tat weh, die sommerliche Hitze, das viele Weinen und die Aufregung machten ihr zu schaffen.

Adamo überlegte nicht lange, er breitete die Arme aus und presste sie an seine Brust.

„Oh“, machte Cléo erschrocken über so viel Körperlichkeit. Aber dann erwiderte sie die Umarmung, die ungemein wohl tat.

„Gute Nacht, Adamo“, flüsterte sie.

„Buona notte, Signora.“

Schniefend ging Cléo in ihr Schlafzimmer und schlief sofort ein.

Tatsächlich hatte sie gleich am nächsten Tag einen Termin beim Zahnarzt.

„Sehr gepflegte Zähne“, lobte Dottore Crisafulli. „Und für den kleinen Bösewicht hier vorne mache ich Ihnen jetzt ein Provisorium. In einer Woche kommt die richtige Krone aus dem Labor, und dann ist der ganze Schrecken vergessen.“

So einfach lassen sich Probleme lösen, dachte Cléo selig, und ihr war, als schwebte sie nach Hause. Vielleicht blieb das Glück ihr ab jetzt hold? Sie sollte Lotto spielen oder … sie stutzte und blieb mitten auf der Treppe stehen.

Eine merkwürdige Gestalt im schwarzen Anzug mit Sonnenbrille klingelte gerade an ihrer Wohnungstür. Ein Mafioso, durchfuhr es sie.

„Kann ich Ihnen helfen?“ Cléo behielt den Wohnungsschlüssel in der Tasche. Mimi hatte sie eingeschärft, die Tür niemals zu öffnen. Allerhöchstens wenn ein Feuerwehrmann davorstand und Qualm durch die Ritzen drang.

„Das will ich hoffen“, sagte der Mann mit heiserer Stimme.

„Wer sind Sie?“

In diesem Moment ging die Tür auf und Mimi lugte heraus. „Kuckuck!“

„Nicht!“, rief Cléo. „Mach die Tür wieder zu.“

Jussuf kam die Treppe herauf. „Gibt’s Probleme?“, fragte er, mit viel Geklapper eine Leiter abstellend.

Und er ist doch ein Engel, dachte Cléo. „Dieser Herr hat sich nicht vorgestellt“, sagte sie.

Jussufs Gesicht verdüsterte sich auf dramatische Weise. „Was wollen Sie?“, rief er.

„Ich wüsste nicht, warum …“

„Was wollen Sie?“, brüllte Jussuf und ballte die Hände zu Fäusten.

„Ich komme zur Französischstunde“, wisperte der vermeintliche Mafioso.

Mimi begann zu kichern.

„Stimmt das?“, fragte Jussuf und sah Cléo fragend an.

„Ach ja, natürlich!“ Sie schlug sich mit der flachen Hand auf die Stirn. „Das habe ich ja ganz vergessen. Herr Walters! Mein neuer Schüler.“

Der Mann nickte furchtsam.

„Wenn mal wieder was ist“, Jussuf nickte ihr zu. „Ich war bei der TAF!“

„Wie bitte?“

„Turkish Armee Forces“, erklärte Jussuf und warf Herrn Walters einen finsteren Blick zu. Dann verschwand er mitsamt seiner Leiter.

Cléo atmete auf und ließ ihren Französischschüler herein. Ihr Leben wurde tatsächlich immer wunderlicher.

Herr Walters schien nachhaltig verschreckt. Er sprach kaum ein Wort (ein französisches schon gar nicht), umklammerte seine Teetasse und starrte aus dem Fenster. Nach einer Viertelstunde verabschiedete er sich. „Ich überlege es mir noch mal“, sagte er und verließ fluchtartig die Wohnung.

„Au revoir, Monsieur Walters“, rief Cléo ihm hinterher, erhielt aber keine Antwort mehr.

„Das war wohl nichts“, gluckste Mimi.

Cléo winkte ab.

Wieder verging die Zeit, floss träge durch heiße Nachmittage und nahm erst an den Abenden ein wenig Tempo auf, wenn Cléo mit Mimi auf dem Balkon saß und die neu angebrachte Lichterkette ihnen den Zauber einer Extraportion Sterne bescherte. Manchmal spielten sie Mensch ärgere dich nicht oder Monopoly. Cléo brachte Mimi die französischen Lieder ihrer Kindheit bei und während sie leise *Au clair de la lune* sangen, sahen sie den Mond durch die Äste der alten Akazie schweben. Manchmal erzählten sie sich gegenseitig Märchen.

„Die Königin gebar ein Mädchen“, flüsterte Mimi, „das war so schön, dass der König sich gar nicht mehr einkriegen konnte und ein großes Fest feiern wollte.“

Cléo nickte. „Wie schön.“

„Er ladete nicht bloß seine Verwandten, Freunde und Bekannten ein …“

„Er lud ein“, verbesserte Cléo.

„Im Märchenbuch steht aber *ladete*“, widersprach Mimi.

„Nun, wenn es im Märchenbuch steht, dann wird es auch richtig sein.“ Cléo schloss die Augen. „Erzähl weiter.“

„Er ladete nicht bloß seine Verwandten, Freunde und Bekannten, sondern auch die weisen Frauen dazu ein. Es waren ihrer dreizehn in seinem Reiche, und jetzt pass auf, jetzt wird es wichtig.“

„Ich passe ja auf.“

„Aber du hast die Augen zu, und gleich schläfst du ein, wie neulich vor dem Fernseher.“

Cléo öffnete die Augen. „Besser?“, fragte sie lachend.

„Viel besser.“ Mimi machte ein wichtiges Gesicht. „Also: Es waren ihrer wie gesagt dreizehn. Weil der König aber nur zwölf goldene Teller hatte, musste eine von ihnen daheim bleiben.“

„Oh weh.“

„Ganz genau: Die dreizehnte Fee wurde einfach nicht eingeladen. Und die hat dann jede Menge Ärger gemacht …"

„Na ja, das kann man ja verstehen."

„Aber sie muss doch nicht gleich das arme Baby verfluchen …"

„Nein, das hätte sie nicht tun dürfen."

„Das war etwas übertrieben, finde ich."

„Da hast du recht, Mimilein, sie hätte auch anders zum Ausdruck bringen können, dass sie beleidigt war."

„Sie hätte dem König ja auch eine gepfefferte Mail schicken können."

„Zum Beispiel. Aber dann wäre wohl kaum ein Märchen daraus geworden."

Mimi lachte. „Doch, aber ein anderes."

So ging es den ganzen Abend hin und her.

Wenn Mimi ins Bett gebracht worden war und schon lange schlief, kam Adamo nach Hause. Er machte sich ein Sandwich und setzte sich damit zu Cléo auf den Balkon.

„Essen Sie nicht im Restaurant?", fragte Cléo erstaunt.

„Er schüttelte den Kopf. „Wie geht es meiner Tochter?"

„Es geht ihr gut. Und Ihnen?"

„Was hat sie heute gemacht?", fragte er zurück und Cléo verstand.

Sie erzählte, dass Mimi eine Vorliebe für Chili-Schokoladen-Eis entwickelt und damit nicht auf ihr neues weißes Kleid gekleckert hatte und dass sie ein wunderbares, wohlerzogenes, charmantes kleines Mädchen sei, das sie sehr in ihr Herz geschlossen habe. „Sehr", betonte Cléo, „wirklich sehr. Und ich glaube, sie mag mich auch gern."

Lächelnd hörte Adamo zu. Er sieht erschöpft aus, dachte Cléo. Sie hätte so gern etwas für ihn getan.

Nachts wurde die Zeit zäh wie Brei, Minuten verklumpten zu Stunden, und als ein rosa Vollmond ins Schlafzimmer leuchtete, da schien sie gänzlich stillzustehen.

Cléo starrte auf silbrige Umrisse. Sie verspürte Unruhe unter ihrem Bett, etwas war dort in Bewegung, gab Energie ab, rauschte leise.

„Na schön", flüsterte Cléo und stand auf. Sie verriegelte ihre Zimmertür, knipste die Nachttischlampe an und holte die Hutschachtel hervor. Sie musste einfach. Mit angehaltenem Atem hob sie den Deckel. Vielleicht hatte sie ja nur geträumt? Oder war dabei, verrückt zu werden? Doch da lagen sie: viele rosa Scheine. Cléo atmete auf und begann zu zählen. Jeden Schein. Sie machte säuberliche Stapel, strich über jeden einzelnen … Die Lösung liegt vor dir, schrie eine Stimme in ihr. Diebin, schrie eine andere. „Was soll ich bloß machen?" Cléo raufte sich die Haare. „Was nur?"

Als sie doch endlich eingeschlafen war, träumte sie, dass sie fliegen konnte. Mit Schwimmbewegungen umkreiste sie die Spitze des Eiffelturms und fragte sich, warum sie es nie zuvor getan hatte. Sie lachte, und dabei fielen ihr alle Zähne aus dem Mund.

✻

Endlich war es so weit: Cléo sollte ihre neue Krone bekommen. Zur Feier des Tages zog sie ein cremefarbenes Kostüm an und steckte sich die Blumenkorb-Brosche ans Revers.

„Du hast das Parfum vergessen!" Mimi hielt ihre Handgelenke hin.

„Du lieber Himmel!", rief Cléo lachend. „Eine Frau ohne Parfum ist eine Frau ohne Zukunft!"

Duftend verließen sie das Haus, und eine halbe Stunde später lag Cléo (etwas bange) auf dem Zahnarztstuhl.

„Das geht ruck, zuck“, versprach der Zahnarzt, und tatsächlich: Im nächsten Augenblick war Cléo wieder im Besitz eines intakten Schneidezahnes. Erleichtert atmete sie auf.

„Vielen, vielen, vielen herzlichen Dank, Dottore“, sagte sie.

„Aber gern geschehen.“

„Auch dass Sie so erfolgreich mit der Krankenkasse verhandelt haben.“

„Ich verstehe nicht?“

„Na, sonst hätte ich doch die Krone nicht umsonst bekommen …?“ Cléos Stimme wurde dünn. Auf einmal kam sie sich schrecklich dumm vor.

„Das haben Sie auch nicht.“

„Ja, aber …“

Er sah sie etwas mitleidig an. „Adamo Savelli hat alles im Voraus bezahlt.“

„Nein!“

Einen schrecklichen Moment lang befürchtete Cléo in Ohnmacht zu fallen. Wie hatte sie so leichtgläubig sein können? Adamo hatte tausend Euro von seinem Ersparten hingegeben, für sie. Tausend Euro, die ihn von seinem sehnlichsten Traum entfernten: Trattoria Adamo. Tausend Euro, für die er hart geschuftet hatte.

Cléo begann zu zittern. „Könnten Sie wohl die Krone wieder herausnehmen und ans Labor zurückschicken und Herrn Savelli sein Geld wiedergeben?“

„Nein, das kann ich nicht.“ Dottore Crisafulli schüttelte nachdenklich den Kopf. „Er ist ein feiner Kerl, dieser Adamo.“

„Ja, das ist er.“

Mit weichen Knien ging Cléo hinaus ins Wartezimmer, wo Mimi sich durch die *Vogue* blätterte. „Und?“, fragte sie aufschauend. „Ist der Zahn wieder drin?“

„Ja, das ist er."

„Du freust dich ja gar nicht."

„Gib mir bitte dein Telefon, Mimi."

„Mein Handy meinst du?"

„Ja."

Adamo hatte Mimi ein einfaches Mobiltelefon überlassen, damit er immer wissen konnte, wo sie sich aufhielt und wie es ihr ging (und damit sie zu orten war, falls die Mafia sie entführen sollte). „Mich bitte nur im schlimmsten Notfall anrufen", hatte er gebeten.

Nun war es so weit: Dies war ein Notfall.

Es klingelte.

„Was ist passiert?", schrie Adamo.

„Adamo", sagte Cléo streng, „wie konnten Sie einer alten Frau so viel Geld in den Rachen werfen?"

„Ah, Signora, ist alles in Ordnung mit Mimi?"

„Es geht ihr hervorragend. Aber mir nicht. Ich stehe in Ihrer Schuld, Sie sind so gütig, so großherzig, ich werde Ihnen das Geld zurückzahlen, so schnell ich kann. Ich muss ..."

„Signora Cléo, bitte", unterbrach er, „ich kann nicht lange reden, darum sage ich es, wie es ist: Ich will Ihr Geld nicht. Ohne Sie wären Mimi und ich längst zerbrochen. Sie sind es, die gütig ist. Und dafür danke ich Ihnen."

„Aber ..."

Er hatte aufgelegt.

„Habt ihr euch gestritten?", fragte Mimi ängstlich.

„Aber nein." Cléo strich ihr über die Haare.

So ist es, wenn man sich auf andere Menschen einlässt, dachte sie, wenn man Verantwortung übernimmt, wenn man vertraut, wenn man sein Herz verschenkt. Wenn man lebt. Dann ist es Liebe.

ACHT

„Madame Fischer“, sagte Cléo feierlich. Sie hatte sich die ganze Woche lang auf diesen Moment vorbereitet. „Wissen Sie noch, was Dieb heißt?“

„Wollör.“

„Parfait!“ Cléo klatschte in die Hände, ließ es aber gleich wieder bleiben, denn es kam ihr doch etwas übertrieben vor. „Was ist aus der heißen Spur geworden?“

„Welcher?“

„Vergangene Woche – la semaine passée – erzählten Sie doch von einer Viertelmillion Euro, die in einem Rucksack …“

„Ach das.“

„Gibt es was Neues?“

Frau Fischer nickte. „Don Vito Corleone, geständiger Mafia-Boss, hat uns einen heißen Tipp gegeben.“

Cléo schnappte nach Luft.

„Harr-harr-harr“, schnarrte Frau Fischer, und Cléo brauchte einen Moment, um zu begreifen, dass sie lachte.

„Ha“, machte Cléo. Es hörte sich an wie ihr letzter Atemzug.

„Wenn es so einfach wäre, was?“ Amüsiert schlug sich Frau Fischer auf die Schenkel.

„Wirklich sehr witzig.“ Was tue ich mir an, dachte Cléo, deren Herzschlag sich nur langsam beruhigen wollte.

Da erklang Musik aus dem Boudoir. Mimi hatte ihre Leidenschaft für französische Chansons entdeckt und legte den ganzen Tag lang Schallplatten auf. Gerade sang Charles Trenet *La Mer*. Sehnsucht überkam Cléo. Nach dem Meer, nach Freiheit, nach Sorglosigkeit.

„Haben Sie immer noch diese ominösen Untermieter?“, riss Frau Fischer sie aus ihren Gedanken.

Cléo sah sie an. Du bist meine einzige Chance, dachte sie, du hast die Informationen, die ich brauche, und die werde ich jetzt aus dir herausbekommen.

„Mensch Meier!“, sagte Frau Fischer. „Sie haben wirklich faszinierend hellblaue Augen.“

Falsche Richtung. Cléo räusperte sich. „Danke, danke. Des yeux bleus clairs. Aber sagen Sie: Es kann doch nicht angehen, dass so ein großer Haufen Geld einfach verloren geht. Das ist ja kein gutes Aushängeschild für die Kripo.“

„Was meinen Sie, was so alles verloren geht, wie viele Dinge vom Erdboden verschwinden und nie wieder auftauchen.“ Mit beleidigter Miene stupste Frau Fischer ihren Dutt im Nacken zurecht.

„Aber hat sich denn niemand gemeldet, der das Geld vermisst?“, fragte Cléo.

Frau Fischer schwieg.

Aha, dachte Cléo. „Qui?“, fragte sie. „Wer?“

„Na, Ihnen kann ich es ja erzählen.“

„Ja, sicherlich. Es lockert auch den Unterricht so nett auf. Noch etwas Tee?“

„Gern. Ich nenne auch keine Namen.“

„Nein, natürlich nicht.“ Cléo schenkte nach und schob das Tellerchen mit den Pralinen in Frau Fischers Reichweite.

„Vor einigen Wochen ist ein französischer Milliardär in seiner Villa an der Côte d’Azur überfallen worden. Schlimmer Finger.“ Frau Fischer schüttelte voller Geringschätzung den Kopf. „Handelt mit Blutdiamanten und Waffen, hat seine Finger in der Tropenholzwirtschaft. Aber dem ist nichts nachzuweisen, viel zu gewieft. Er hat sein schmutziges Geld in Spielkasinos und Bordelle gesteckt und einiges wohl auch auf die Bahamas geschafft. Monsieur X muss sich seiner Sache sehr sicher gewesen sein, denn er selbst hat die Polizei eingeschaltet, nachdem er beraubt worden war. Europol hat die Ermittlungen übernommen und …“, Frau Fischer holte Luft, „die Spur führte ziemlich schnell nach Berlin.“

„Was Sie nicht sagen“, flüsterte Cléo.

„Dort wurden die Diebe gefasst, sie behaupten, das Geld in einem geblümten Rucksack verloren zu haben. Angeblich hier in Schöneberg.“

„Nein, das ist ja wie im Film.“

„Ich kann Ihnen versichern, dass wir jedes Blatt umgedreht haben.“

„Das Geld könnte ja inzwischen sonst wo sein“, bemerkte Cléo.

„Ja, das ist richtig.“

„Wenn jemand das Geld gefunden und zur Polizei gebracht hätte …“, Cléo sprach ganz langsam, „müsste die Polizei es dem französischen Milliardär dann wiedergeben?“

„Ja, selbstverständlich.“

„Aber er ist doch ein Krimineller.“

Frau Fischer seufzte. „Wie gesagt: Man kann ihm nichts beweisen.“

Sie schwiegen.

„Beweisen heißt prouver“, murmelte Cléo pflichtbewusst.

„Tja, Frau Perrettmonschuriss, nun sind Sie sicher schwer enttäuscht, dass die Mafia überhaupt nichts damit zu tun hat, was?“ Frau Fischer lachte wieder auf ihre Heckenscheren-Art und griff sich eine Praline.

„In der Tat“, sagte Cléo.

Nach einigen Grammatikübungen, vier Tassen Tee und sieben Pralinen war Frau Fischer gegangen.

„Wollen wir Monopoly spielen?“, fragte Mimi.

„Nein, Mimilein, ich muss nachdenken.“

„Ich überlasse dir den Hauptbahnhof und das Wasserwerk.“

Cléo lachte. „Wenn das nicht Bestechung ist.“

„Und du kriegst zehntausend mehr als ich."

„Ich überlege es mir", antwortete Cléo, „gib mir eine Viertelstunde."

„Dann sind es nur noch fünftausend."

„Das ist aber eine teure Viertelstunde."

Mimi nickte allwissend. „Ja, so ist das Leben."

Ob das Kind zu sehr auf Geld fixiert ist, fragte sich Cléo und ging auf den Balkon. Es war schwül und bewölkt. Merkwürdig windstill.

Die Akazie stand da wie erstarrt.

Cléo setzte sich auf die Bank und schaute in den Himmel.

Keine Mafia. Das waren gute Neuigkeiten. Mimi würde in Zukunft ohne Verkleidung auf die Straße gehen können und selbst ein Ausflug zum goldenen Hirsch war wieder möglich. Jetzt müsste man nur noch das Geld abgeben und alles wäre beim Alten.

Cléo seufzte. Irgendetwas fühlte sich fürchterlich falsch an.

Es grollte aus der Ferne.

Blutdiamant, durchfuhr es Cléo, was ist das eigentlich?

Sie sprang auf. „Mimi! Hol doch bitte mal den Computer von deinem Papa, ich möchte etwas nachsehen."

Wenig später saßen sie beide am Wohnzimmertisch. „Wie finde ich denn diese Suchmaschine, die einem alles erklärt?" Skeptisch blinzelte Cléo auf den dunklen Bildschirm.

Mimi schaltete den Laptop ein und rief Google auf. „Bitte sehr."

Mit zitterndem Zeigefinger tippte Cléo BLUTDIAMANT. „Und jetzt?"

Mimi drückte auf Enter.

Ein Blutdiamant oder auch Konfliktdiamant ist ein Diamant, der in Krisengebieten unter Verletzung von Menschenrechten illegal abgebaut wird und mit dessen Erlös gewalttätige Konflikte finanziert werden.

„Danke, das reicht mir schon“, flüsterte Cléo und kehrte auf den Balkon zurück. Verwundert sah Mimi ihr nach.

Inzwischen war Wind aufgekommen. Die Akazie begrüßte Cléo mit rauschenden Blättern. Die sieben Vogelkäfige schaukelten hin und her. Auch in die kleinen bunten Windräder, die auf Holzstäben in den Blumenkästen steckten, war Bewegung gekommen. Ihre weiß getupften Flügel drehten sich ratternd umeinander. Immer dunklere Wolken schoben sich heran. Die ersten Tropfen fielen. Einer traf Cléo mitten auf die Stirn.

Ich darf keinen Fehler machen, dachte sie, es geht um Leben und Tod, ich muss … In diesem Moment fuhr ein Blitz über den Himmel, und fast zeitgleich donnerte es so heftig, dass Cléo aufschrie. Gegen die Wand gepresst, starrte sie fasziniert in den Himmel, der aussah, als wäre er voller schwarzer Tinte. Der noch stärker gewordene Wind verbog die Äste der Akazie und riss die kleinen Windräder mit sich davon. Unten auf der Straße polterte etwas. Die Käfige schlugen aneinander. Und dann begann es zu gießen. Cléo zog die kühle, regennasse Luft tief in sich hinein, sie wollte etwas von dieser ungezügelten Energie aufnehmen. Wieder blitzte und donnerte es.

„Du kriegst ja ganz nasse Füße.“

Cléo lächelte Mimi an. „Das ist es wert, meinst du nicht?“

Hand in Hand beobachteten sie noch eine Weile das große Naturschauspiel in der Akazienstraße, und erst als das Unwetter abgezogen war, kehrten sie in die Wohnung zurück. Cléo kochte heiße Schokolade.

„Ist der Sommer jetzt vorbei?“, fragte Mimi.

„Ach was. Noch lange nicht. Morgen scheint wieder die Sonne.“

Aber das tat sie nicht. Der nächste Tag war grau und unbeständig.

❊

„Guten Morgen“, sagte Cléo und beobachtete bewundernd, wie routiniert Adamo die Espressomaschine bediente. „Ich muss mit Ihnen sprechen.“

„Was Schlimmes? Hat sich die Mafia gemeldet? Hat Mimi was angestellt?“

„Nein, nichts von alldem.“

„Gut, Signora.“ Er sah erleichtert aus. „Heute ist mein freier Abend.“

In kleinen genussvollen Schlucken trank Adamo seinen Kaffee. Es schien sein morgendliches Ritual zu sein, verträumt schaute er dabei aus dem Küchenfenster. Cléo wollte ihn dabei nicht stören.

„Ach!“, rief er plötzlich, stellte die Tasse ab und eilte aus der Küche.

Im nächsten Moment war er wieder da. Er überreichte Cléo ein kleines, rechteckiges Päckchen, das in goldenes Papier gewickelt war.

„Was ist das?“, fragte Cléo.

„Ein Geschenk für Sie.“

„Aber ich habe doch gar nicht Geburtstag.“

„Machen Sie es auf, dann verstehen Sie.“

Aufgeregt wie ein kleines Mädchen riss Cléo an der Verpackung.

Wann hatte ihr das letzte Mal jemand etwas geschenkt? Sie konnte sich nicht erinnern. Kurz darauf erblickte sie eine weiße Schachtel, die schwarz gerändert war und ein wenig wie eine Traueranzeige aussah, schlichte schwarze Buchstaben …

N°5
CHANEL
PARIS

„Aber Adamo …“, stammelte Cléo, „das ist doch viel zu teuer.“

„Ja eben.“ Er lächelte sie gut gelaunt an. „Ich weiß, dass Mimi ihre Finger nicht von dem Flakon lassen kann. Neulich erzählte sie mir, dass sie den Korridor parfümiert hat.“

„Sie dürfen kein Geld für mich ausgeben, Adamo, das muss ich Ihnen einfach verbieten. Sie sparen für Ihren Lebenstraum, Trattoria Adamo! Es ist nicht richtig, dass …“

Adamo warf ihr eine Kusshand zu und war im nächsten Moment zur Haustür hinaus.

„Ja, aber …“ So schnell sie konnte war Cléo ihm gefolgt. „Danke!“, schrie sie ins Treppenhaus. „Adamo? Hören Sie?“

„Probleme?“ Jussuf stellte zwei Eimer mit Bauschutt ab.

„Nein.“ Cléo lächelte ihn an. „Nein, eigentlich überhaupt keine Probleme, ganz im Gegenteil. Und Sie? Wie geht es Ihnen?“

„Ganz gut.“

„Das klingt nicht überzeugend.“

Er starrte auf seine Füße. „Viel Arbeit, wenig Geld. Meine Frau hat gerade unser erstes Kind zur Welt gebracht, aber ich sehe die beiden viel zu wenig.“

„Oh, Jussuf, das ist ja wunderbar. Herzlichen Glückwunsch. Ein Junge? Ein Mädchen? Ich freue mich so für Sie.“

Er lächelte verlegen. „Vielen Dank, Madame. Es ist ein Mädchen, sie heißt Bahar, das kommt aus dem Persischen und bedeutet: der Frühling, der Anfang.“

„Ein schöner Name!“ Cléo strahlte. „Warten Sie kurz, ich möchte Bahar etwas schenken.“

„Nein, nein, das brauchen Sie nicht.“

„Ich möchte es aber so schrecklich gern. Kommen Sie herein.“

„Meine Schuhe sind dreckig.“

„Sekunde!“ Cléo eilte ins Boudoir und öffnete ihr Schmuckkästchen. Viel lag nicht mehr darin. Sie holte ein goldenes Armband heraus. Vor Ewigkeiten hatte ihr Mann es ihr geschenkt, ganz spontan, ohne viel Aufhebens, so wie es seine großzügige Art gewesen war. Cléo hatte das Armband im Schaufenster eines Juweliergeschäftes bewundert. Die glatten, schlichten Kettenglieder hatten ihr so gut gefallen. Serge hatte ihre Hand ergriffen und war einfach in das Geschäft gegangen, um ihr das Armband zu kaufen. „Für die schönste Frau der Welt“, hatte er gesagt und es ihr umgelegt.

Cléo lächelte in Erinnerungen versunken. Dieses Armband war etwas ganz Besonderes, voller guter Energie, und deswegen sollte es nun an ein neugeborenes Leben weitergegeben werden.

„Für Bahar“, sagte Cléo feierlich und reichte Jussuf das Schmuckstück.

„Ich kann das doch nicht annehmen, Madame.“

„Sie müssen es sogar annehmen, es ist ja gar nicht für Sie.“ Cléo lächelte glücklich. „Es ist für unseren kleinen Frühling.“

„Mein Chef wird mich feuern, er wird glauben, ich hätte es geklaut.“

„Papperlapapp, Sie stecken das Armband jetzt in Ihre Tasche. Und im Notfall schicken Sie den Chef zu mir.“

„Aber …“

„Ich will nichts mehr hören.“

Jussuf sah sie eindringlich an. „Sie sind eine gute Frau.“

„Und Sie sind ein guter Mann.“

„Danke, Madame.“

„Von Herzen gern, grüßen Sie Ihre Frau von mir. Wie heißt sie?“

„Meine Frau heißt Hala.“

„Wie hübsch. Und das nächste Mal zeigen Sie mir ein Foto von Bahar, ja?“

Er schüttelte den Kopf.

„Warum?“, rief Cléo. „Ich würde sie so gern einmal sehen.“

„Ich bringe Ihnen die Kleine persönlich vorbei.“

„Das wäre fantastisch!“ Vor lauter Aufregung warf Cléo die Arme in die Höhe. „Und Hala muss auch kommen, oh, Jussuf. Vielen, lieben Dank.“

Er legte beide Hände auf sein Herz und verbeugte sich kurz vor ihr.

Dann griff er nach den Eimern. „Auf Wiedersehen.“

„Auf Wiedersehen.“ Cléo schloss die Wohnungstür.

Ganz langsam ging sie über den Korridor, genoss jeden einzelnen Schritt und konnte gar nicht aufhören, sich zu freuen. Eine Weile blieb sie vor dem Foto stehen, das sie mit Mademoiselle Chanel zeigte.

„Womit habe ich nur so viel Gutes verdient?“, fragte sie leise.

Mademoiselle sah mit funkelnden Augen in die Unendlichkeit. Sie schien die Antwort nicht zu kennen.

„Es ist, als ob das Leben mich beschenkt“, flüsterte Cléo und faltete die Hände.

Das plötzliche Bullern eines Bohrhammers riss sie aus ihrer Seligkeit. Sie fuhr zusammen. Die Blutdiamanten fielen ihr wieder ein, die Bordelle, die Waffen, und auf einmal war ihr, als wären die rosa Scheine mit Blut getränkt. Entscheidungen mussten getroffen werden. Heute Abend würde sie mit Adamo sprechen.

„Was würden Sie machen?“, fragte Cléo das Foto. „Oh, ich kenne Sie! Sie würden sich nicht den Kopf zerbrechen, sondern stattdessen in einem schnellen Auto nach Monaco fahren und im Spielkasino alles auf schwarz setzen.“ Sie lachte leise auf, dann kehrte sie in die Küche zurück. Ihr Blick fiel auf die schwarz geränderte Schachtel Chanel No. 5. Sie griff danach, holte den Flakon heraus. Zärtlich strich sie darüber. Die goldene Flüssigkeit leuchtete hinter dem Glas … Cléo konnte nicht widerstehen, sie entfernte den rechteckigen Kristallstopfen und gönnte sich zwei Spritzer.

Augenblicklich durchströmte sie ein außerordentliches Wohlgefühl, das ihre Seele berührte und sie mitten ins Herz traf. Die schönsten Bilder ihrer Vergangenheit waren ganz nah: der Eiffelturm bei Nacht, ein Kuss in einer regennassen Straße, ein schwarzes Abendkleid von Chanel, Champagner auf einer Dachterrasse, ein Herbstspaziergang mit Serge im Jardin du Luxembourg, die Sonne schon tief, alles golden … und dann tauchte hinter all dem das liebe und gütige Gesicht ihrer wunderschönen Mutter auf, denn auch sie hatte Chanel No. 5 benutzt. Und wer weiß, vielleicht würde auch Mimi dies eines Tages tun? Wie eine schützende Aura legte sich der Duft um Cléos Schultern, sie fühlte sich sehr lebendig und stark. Und dermaßen gefestigt wagte sie es sogar, die Espressomaschine einzuschalten, die dies mit einem schwindsüchtigen Röcheln quittierte.

„Du musst da erst Wasser reintun“, murmelte Mimi, die gerade schlaftrunken mit ihrer Meerjungfrau-Barbie in die Küche trat.

„Ach so.“

„Hier riecht es aber gut.“

Cléo deutete auf den Flakon. „Hat dein Papa mir geschenkt.“

„Darf ich ein bisschen?“

„Natürlich, Mimilein, aber nicht so viel, es soll ja eine Weile reichen.“

Andächtig gab Mimi einen Sprühstoß auf ihr Handgelenk und schnupperte daran. „Hmmm.“

„Hier kommt das Wasser rein?“, fragte Cléo, die nichts falsch machen wollte. Wenn sie nun aus Versehen Wasser in den Motor der Maschine kippen würde, nicht auszudenken.

„Ja.“

„Und hier das Kaffeepulver?“

„Ja.“

„Muss ich an diesem Hahn hier drehen?“

„Nein.“

„Auf diesen Knopf drücken?“

Mimi hob beide Daumen und Cléo atmete auf. So schwierig war das ja gar nicht gewesen. Wenig später gesellte sich zu dem Duft von Chanel ein weiterer köstlicher: der von frisch gebrühtem Kaffee.

„Was machen wir heute?“, fragte Mimi und kämmte ihrer Barbie mit einem rosa Plastikbürstchen die Haare.

„Vielleicht koche ich heute mal?“

„Kannst du das?“

„Nicht so gut wie dein Papa.“

„Was wirst du kochen?“

„Ich dachte an eine Tarte provençale.“

Mimi schaute auf. „Was ist das?“

„Man macht einen schönen Teig mit viel Butter, und darauf kommen dann Zwiebeln, Tomaten und gegrillte Paprikaschoten.“

„Das klingt sehr lecker.“

„Meinst du, deinem Papa würde das gefallen?“

„Ganz sicher.“

„Gut, dann bereite ich ein Abendessen vor, und hinterher muss ich mit ihm reden ...“

„Über was?“

Huch, das ist mir jetzt herausgerutscht, dachte Cléo, ich vergesse manchmal, dass sie noch ein Kind ist.

„Nichts Besonderes.“

„Lüg nicht. Ich hasse Lügen.“ Mimi sah sie durchdringend an.

„Entschuldige“, antwortete Cléo, „es geht um das Geld.“

„Was willst du ihm sagen?“

„Das muss ich mir noch genau überlegen. Komm, lass uns einkaufen gehen.“

„Erst machen wir uns zurecht.“ Mimi zog die Augenbrauen in die Höhe. „Du weißt schon, wir könnten unserem Schicksal begegnen.“

❋

Der Nachmittag verging wie im Fluge mit den Vorbereitungen. Rote und gelbe Paprikaschoten, Gemüsezwiebeln, Eier, Knoblauchzehen und ein Paket Butter hatten sich zu dem Chanel-Flakon auf dem Küchentisch gesellt.

„Das ist ein interessantes Stillleben“, rief Cléo lachend.

Zum Dessert hatte sie Glace caramel vorgesehen, selbst gemachtes Karamelleis, und schon bald erfüllte der Duft von geschmolzenem Zucker die ganze Wohnung. Mit ruhiger Hand goss Cléo Sahne in die blubbernde bronzefarbene Flüssigkeit, dann schlug sie Eigelbe schaumig und gab Vanille in kochende Milch. Aus allen Töpfen und Schüsseln dampfte und duftete es.

„Voilà!“ Strahlend blickte sie schließlich auf. „Jetzt kurz abkühlen lassen und dann schnell in den Tiefkühlschrank damit. Alle dreißig Minuten müssen wir das Ganze umrühren.“

„Wieso?“

„Damit die Eiskristalle nicht zu groß werden.“

„Das übernehme ich.“ Mimi schnappte sich einen Schneebesen und hielt ihn vor sich wie ein Schwert. „Ich zerstöre die bösen Eiskristalle!“

„Das ist sehr nett von dir, vielen Dank.“

Cléo hatte begonnen mit den Fingern Butter und Mehl zu kneten. „Was für ein Spaß!“, rief sie. „Ich habe so lange nicht gekocht.“

Mimi ließ den Schneebesen durch die Luft sirren. „Gut, dass wir jetzt da sind, nicht?“

Cléo blickte konzentriert in ihren Teig. „Dass ihr da seid, ist das Beste, was mir jemals passiert ist.“

„Ich will immer hier bei dir wohnen“, rief Mimi fröhlich, „und wenn ich groß bin, dann ziehe ich in einen Palast und nehme dich und Papa mit.“

„Das klingt nach einem guten Plan.“ Cléo lächelte ihr zu. Wie sehr sie dieses kluge kleine Mädchen mit den Kirschaugen lieb gewonnen hatte, und auch Adamo hatte sie unglaublich gern.

Es war wunderbar, einen Mann im Haus zu haben, der abends die Wohnungstür zuschloss, der den schweren Kübel mit Schnittlauch einfach hochheben konnte, der ihr die Türen aufhielt und sie abends in den Arm nahm, sanft auf ihre Schultern klopfte und ihr eine „Gute Nacht“ wünschte.

Von seinen Kochkünsten, seiner Großzügigkeit und Freundlichkeit ganz abgesehen, Adamo passte auf sie und Mimi auf, was sich ganz wundervoll anfühlte. Sie war nicht mehr allein, und ihr wurde bewusst, wie allein sie viele Jahre lang gewesen war. Cléo blinzelte, sie hatte jetzt tatsächlich eine Familie.

Vor lauter Liebe wurde ihr ganz flau im Magen.

NEUN

„Das ist einfach überirdisch gut.“ Adamo ließ sich eine dritte Portion Glace caramel geben. „Sie müssen mir das Rezept geben.“

Cléo freute sich. Das Abendessen war ein voller Erfolg gewesen.

„Und von der Tarte provençale bitte auch“, bat Adamo.

„Sehr gern. Noch etwas Eis, Mimi?“

„Ich kann nicht mehr.“

„Wobei ich erwähnen muss ...“, Cléo deutete auf Mimi, „dass das Karamelleis nur so gut gelungen ist, weil Mimi sehr beharrlich böse Kristalle zerstört hat.“

„Ja, das habe ich, mir tut der Arm noch weh.“

Adamo lachte. Dann lehnte er sich zurück. „Sie wollten mit mir sprechen?“

„Oh.“ Auf einmal begann Cléos Herz wild zu schlagen. „Vielleicht wäre es gut, wenn wir unter vier Augen sein könnten?“

„Was?“, rief Mimi wütend.

„Das ist ein Erwachsenengespräch, Magdalena. Ich klappe dir dein Bett aus und dann kannst du noch etwas fernsehen.“

„Gemeinheit.“ Mimi verzog das Gesicht, ließ sich aber von ihrem Vater aus der Küche scheuchen. Wenig später kam Adamo zurück und schloss die Tür hinter sich. „Was gibt’s?“

Cléo holte tief Luft und erzählte ihm, was sie von Frau Fischer erfahren hatte.

„Es ist also sicher, dass die Mafia nicht beteiligt ist“, sagte er aufatmend.

„Ja.“

„Gut.“ Er bekreuzigte sich. „Dann bringen wir den Rucksack morgen früh zur Polizei.“

Cléo schwieg.

„Signora?“

Sie sah ihn an. „Ich will nicht, dass der kriminelle Millionär sein Geld wiederkriegt.“

„Für uns endet die Geschichte hier“, antwortete Adamo. „Wer sein Geld zurückbekommt und was für ein Mensch das ist, ist nicht unser Problem.“

„Ist es doch!“, rief Cléo. „Er wird das Geld weiter investieren in seine korrupten, menschenverachtenden Geschäfte!“

„Das geht uns nichts an.“

„Warum? Warum geht uns das nichts an?“

„Weil es Gesetze gibt.“

„Es gibt ein Gesetz, das besagt, dass wir einen Schwerkriminellen unterstützen müssen?“

„Signora! Diebstahl ist Diebstahl.“

„Es ist nicht alles schwarz oder weiß im Leben. Es gibt viele Schattierungen und wir befinden uns dabei in einem, sagen wir ... hellgrauen Bereich, eher silbrig, ich würde sagen Perlmutt oder ... hoppla!“ Vor lauter Aufregung hatte Cléo ihr halbvolles Weinglas umgeworfen.

„Wir machen uns strafbar“, insistierte Adamo.

„Aber das weiß ja keiner.“ Cléo legte ihre Serviette auf die Sancerre-Pfütze. „Eine Straftat, die keinem schadet und von der keiner etwas weiß, ist gar keine richtige Straftat.“

„Doch.“

Cléo dachte kurz nach. „Es ist so, als würde ich in einem leeren Zimmer eine Lüge aussprechen. Wenn es keiner hört, ist es auch keine Lüge.“

„Man kann das Gesetz nicht kneten wie einen Pizzateig!“, rief Adamo und sprang auf.

Cléo winkte ab. „Ich fasse mal zusammen: Wir sind zufällig zu einem Haufen Geld gekommen, das uns nicht gehört, sondern jemandem, der viel Übles auf dieser Welt anrichtet. Wir könnten ihm das Geld zurückgeben, aber wäre das eine edle Tat? Nein, im Gegenteil, wir würden korrupte, skrupellose, menschenverachtende, naturzerstörende Machenschaften unterstützen. Wollen Sie das wirklich, Adamo? Sich mitschuldig machen? Das wäre das wahre Verbrechen!"

„Sie sind keine Richterin, Signora."

„Nein, ich bin aber auch kein Schaf, und was ist schon eine Viertelmillion für einen Milliardär?"

„Das ist keine Frage, die man in einem Rechtsstaat stellt." Adamo war zum Fenster gegangen und schaute hinaus.

Sie schwiegen kurz.

„Ich bin ein ehrlicher Mann. Ich habe mir niemals etwas zuschulden kommen lassen." Er drehte sich zu ihr um. „Und das soll auch so bleiben."

„Dafür ist es aber zu spät."

„Wie meinen Sie das?"

„Wir wissen zu viel."

Er fuhr sich mit beiden Händen über das Gesicht.

„Lassen Sie uns etwas wiedergutmachen, Adamo", flüsterte Cléo eindringlich, „so eine Chance hat man nur selten im Leben."

„Ich bin kein Dieb!", schrie er.

„Himmelherrgott", entfuhr es Cléo, „wollen wir uns endlos mit der Frage aufhalten, ob wir nun Kriminelle sind oder nicht, oder wollen wir etwas tun?"

„Was tun!", krähte Mimi und reckte eine kleine Faust in die Höhe.

„Wo kommst du denn her?", rief Adamo erschrocken.

„Wollen wir ein bisschen Gerechtigkeit in diese Welt bringen?", fuhr Cléo fort.

„Jaaaa!"

„Magdalena, geh in dein Zimmer!", befahl Adamo.

„Ich habe kein Zimmer."

„Du weißt genau, was ich meine!“

„Nun lassen Sie sie doch.“

„Gerechtigkeit, Gerechtigkeit!“, skandierte Mimi und marschierte durch die Küche.

„Das sind große Worte, Signora, aber Sie können die Tatsache nicht ignorieren, dass …“

„Hören Sie doch erst mal zu. Wir geben das Geld nicht zurück …“

Adamo stöhnte laut auf.

„Wir behalten es aber auch nicht“, fuhr Cléo fort.

Fragend sah er sie an. „Ich verstehe nicht.“

„Wir verteilen es.“ Cléo lächelte. „Ich wollte schon immer mal eine gute Fee sein.“

„Ich auch!“, schrie Mimi. „Ich auch!“

„Bitte, Signora. Erklären Sie.“

„Also …“ Cléo holte tief Luft.

Eine halbe Stunde später hatte Adamo die Weingläser noch einmal mit kaltem Sancerre aufgefüllt.

„Ich muss das überschlafen“, sagte er und nahm mit zitternder Hand einen großen Schluck.

Mimi sah ihn böse an. „Nicht schlafen. Bist du das Dornröschen, oder was?“

„Was, wenn wir erwischt werden?“, fragte Adamo.

„Sie tun ja so, als wollten wir eine Bank überfallen.“ Cléo lachte auf. „Wir tun doch genau das Gegenteil.“

Er bekreuzigte sich wieder.

„Lassen Sie uns einen genauen Plan machen“, sagte Cléo, „an den halten wir uns und dann kann gar nichts schiefgehen.“

Sie stand auf, holte aus einer Schublade Papier und Bleistift und setzte sich wieder. „Wo ist meine Brille?“

Adamo starrte sie an. „Ich glaube das nicht“, flüsterte er.

Sie lächelte ihn an. „Ich weiß, ich weiß, ich verlege sie immerzu."

„Hier." Mimi reichte ihr die Brille.

„Danke. Also, unsere Mission braucht einen Namen." Cléo dachte nach. „Operation No. 5! Wie findet ihr das?"

Mimi klatschte in die Hände. „Passt!"

Operation No. 5, schrieb Cléo in Schönschrift auf das Papier. Dann sah sie auf. „Wir haben fünfhundert Fünfhunderteuroscheine. Jeder einzelne muss in einen Umschlag gesteckt werden. Ich werde fünfhundert Kuverts kaufen."

„Lieber ein paar mehr", sagte Mimi, „falls man sich mal verschreibt."

„Richtig, Mimilein, ganz richtig. Dann kaufe ich gleich tausend Stück. Umschläge braucht man ja immer. Ich werde welche mit Abziehstreifen besorgen, sonst wird uns ganz übel, wenn wir Hunderte von Kuverts anlecken müssen."

Adamo trank sein Glas leer.

„Und wir brauchen Einmalhandschuhe!" Cléo fühlte ein belebendes Prickeln in sich aufsteigen. „Wegen der Fingerabdrücke. Sicher ist sicher."

„Und Glitzer!", rief Mimi.

„Wie konnte ich das vergessen?" Cléo schlug sich vor die Stirn. „Was wären gute Feen ohne Glitzerstaub!"

„Ich habe wirklich Bedenken, Signora. So ehrenhaft Ihr Projekt auch sein mag, es kommt auf dasselbe hinaus: Wir sind Diebe, und wenn wir geschnappt werden, wandern wir ins Gefängnis, und Mimi kommt ins Kinderheim."

Cléo legte Adamo eine Hand auf den Unterarm. „Wir haben die einzigartige Gelegenheit, ein wenig am Rad des Schicksals zu drehen, die Welt zu einem besseren Ort zu machen. Das passiert nicht alle Tage." Sie seufzte. „Eigentlich nie. Und wenn es dann doch einmal passiert, dann darf man diese Sternstunde nicht einfach verstreichen lassen. Das wäre eine Sünde, die wir für den Rest unseres Lebens bereuen würden."

Adamo schluckte.

„Es wird gut gehen, das weiß ich", flüsterte Cléo.

Er sah ihr in die Augen. Sie hielt seinem flackernden Blick stand. Bis auf das Ticken der alten Uhr war alles still in der Küche.

„Kätzchenaufkleber", sagte Mimi in diese Stille. „Ich mag Kätzchenaufkleber auf die Umschläge kleben. Und Marienkäfer."

„Gut." Adamo senkte den Blick. „Ich vertraue Ihnen."

Um kurz nach Mitternacht lag ein beschriebener Bogen Papier in der Mitte des Küchentisches:

OPERATION No. 5

Einkäufe: 1000 Briefumschläge (WICHTIG: mit Abziehstreifen)
Filzstifte
Eine Schachtel Einmalhandschuhe
Glitzer
Kätzchen- und Marienkäferaufkleber, Hello-Kitty-Aufkleber
Proviant: kleine Wasserflaschen, Brötchen, Butter, Käse, Äpfel
Vorbereitung: morgen
Start: übermorgen, Sonnabend um 9 Uhr
Stadtteile: Schöneberg, Charlottenburg, Kreuzberg, Wedding, Pankow, Neukölln (wir werden sehen, wie weit wir kommen)

Fahrkarten besorgen!
Vorsichtsmaßnahmen: Achten auf Überwachungskameras, zügiges Verteilen, nicht zögern, Umschlag deponieren und weitergehen. Nicht sprechen, keine Fragen beantworten. Zusammenbleiben. Umgebung beobachten.
Am Ende der Aktion: Entsorgen der Handschuhe und Taschen.

„Das ist doch der reinste Wahnsinn", murmelte Adamo.

„Jetzt fängt er schon wieder an." Vorwurfsvoll sah Mimi ihren Vater an. „Cléo hat dir das doch erklärt mit der Sternstunde und dass wir was Gutes zaubern wollen."

Adamo runzelte die Stirn. „Du gehst jetzt auf der Stelle schlafen."

Unerwartet gehorsam schlüpfte Mimi hinaus.

„Nicht lauschen, Magdalena!"

„Ich doch nicht."

Sie hörten, wie die Badezimmertür zuschlug.

„Signora, ich habe Angst."

Cléo dachte nach. Dann blitzten ihre Augen plötzlich auf. „Ich habe die Idee, Adamo. Sie müssen ja gar nicht mitmachen! Wenn ich mit Mimi gefasst werde, dann wissen Sie einfach von nichts. Ich komme ins Gefängnis oder ins Irrenhaus. Und Sie und Mimi bleiben unversehrt." Sie sah ihn an. „Was meinen Sie?"

„Auf keinen Fall!"

„Wieso? So sind wir sicher, dass für Mimi alles gut ausgeht. Sie ist ein Kind, sie wird nicht zur Verantwortung gezogen werden."

„Ich bin nicht so ein Mann, Signora. Ich bin kein fifone, kein … Angsthase."

„Das weiß ich doch, aber …"

„Basta!“, schrie Adamo und schlug mit der Faust auf den Tisch. „Ich mache mit!“

*

Der nächste Tag begann voller Unruhe. Im Haus schienen alle Baumaschinen auf einmal zu laufen. Es dröhnte, hämmerte, quietschte und klopfte. Der Kronleuchter im Wohnzimmer klirrte. Adamo war in den frühen Morgenstunden bereits aus der Wohnung gegangen.

Nachdenklich saß Cléo am Küchentisch. Sie hatte schlecht geschlafen. Ihr Magen gab ein jammervolles Jaulen von sich. „Das hast du gut auf den Punkt gebracht“, murmelte sie.

„Mit wem redest du?“ Mimi sah fragend von ihren Haferflocken auf.

„Ich befürchte, ich habe gerade mit meinem Bauch gesprochen.“

Mimi kicherte. „Was hat er gesagt?“

„Ich habe es nicht genau verstanden.“

Mimi legte eine Hand an ihr Ohr und lauschte. „Er hat gesagt, dass er sehr glücklich ist, der Bauch einer guten Fee zu sein.“

„Das hat er gesagt?“

„Ja.“

Sie schwiegen, während Mimi ihr Frühstück beendete.

„Komm“, sagte Cléo schließlich, „wir haben viel zu erledigen.“

„Erst zurechtmachen“, widersprach Mimi. „Wir könnten unserem Schicksal begegnen.“

„Weißt du was, Mimi? Ich glaube, dem sind wir bereits begegnet.“

„Man kann ihm bestimmt immer wieder begegnen.“ Mit diesen Worten hüpfte Mimi ins Boudoir.

„Na schön.“ Ächzend erhob sich Cléo. „Na schön.“

„Ich trage Weiß“, entschied Mimi, die vor dem offenen Kleiderschrank stand. „Dazu Perlen, Hütchen und Handschuhe.“

„Kind, möchtest du nicht einmal eine Jeans tragen, wie andere kleine Mädchen auch? Das kann sehr hübsch aussehen mit einem weißen T-Shirt oder einer geblümten Bluse oder …“

„Nein.“

Jetzt sieht sie ein bisschen aus wie Mademoiselle Chanel, wenn ein Saum unsauber genäht worden war, dachte Cléo und unterdrückte ein Lächeln.

„Gut, dann nicht. Und was soll ich anziehen?“

„Schwarz“, rief Mimi und reichte ihr ein Kleid heraus. „Du bist am schönsten in Schwarz.“

Im Hausflur trafen sie Jussuf.

„Wie geht es Hala und Bahar?“

„Sehr gut. Meine Tochter bedankt sich für das schöne Geschenk.“

„Ich hoffe, es wird ihr immer Glück bringen.“

Jussuf räusperte sich. „Ich bringe Ihnen heute Nachmittag endlich die neuen Balkontüren.“

„Das passt uns leider gar nicht“, antwortete Mimi mit spitzem Gesicht, „wir haben eine Mission zu erledigen.“

„Eine Mission?“ Jussuf lächelte. „Was denn für eine Mission?“

„Darüber kann ich nicht sprechen“, sagte Mimi abweisend.

Cléo gab ihr einen Schubs. „Auf Wiedersehen Jussuf, bis die Tage.“

„Wiedersehen, Madame.“

„Du brauchst keine Angst haben, dass ich mich verquatsche!“, sagte Mimi auf der Straße. „Ich bin doch kein Baby mehr.“

„Tut mir leid. Ich bin so schrecklich nervös.“

„Wieso denn?“

„Operation No. 5.“ Cléo war stehen geblieben. „Vielleicht hat dein Vater recht? Ich bin eine verrückte alte Frau, die euch ins Unglück stürzen wird. Ich … ach …“ Sie brach ab.

Mimi schob sich das Hütchen aus der Stirn. Sie schien nachzudenken.

„Du solltest auf deinen Bauch hören“, sagte sie schließlich, „der freut sich auf morgen.“

Sie gingen in ein Papierwarengeschäft und legten zwei Fünfhunderter-Packungen mit Umschlägen und verschiedene Stickermotive in den Korb.

„Haben wir alles?“ Zum wiederholten Mal ging Cléo die Liste durch. „Stifte fehlen noch“, murmelte sie.

„Und Glitzer!“, schrie Mimi.

„Nicht so laut.“ Erschrocken sah sich Cléo um.

Meine Nerven, dachte sie. Das ist alles viel schwieriger, als ich gedacht habe.

„Sie wollen aber viele Briefe schreiben“, scherzte der junge Mann an der Kasse.

Während Cléo spürte, wie kalter Schweiß ihren Rücken hinabrann, versuchte sie zu lächeln. „Ja, das wollen wir“, sagte sie mit zitternder Stimme, „wir haben viele Freunde, wissen Sie, und eine große Familie, eine riesengroße Familie, die über die ganze Welt verstreut ist und … nichts ist ja so schön wie Briefe schreiben …“

Erstaunt sah Mimi zu ihr auf.

„Warum schreiben Sie denn keine E-Mails?“, fragte der Mann. „Das ist doch viel billiger. Und schneller.“

Cléo holte tief Luft. „E-Mails schreiben wir außerdem noch. Und wir telefonieren auch oft.“

„Wow“, machte der Mann und nickte verunsichert.

Reiß dich zusammen, schrie es in Cléo, du hast das Ganze losgetreten, nun bewahre auch Haltung und einen kühlen Kopf. Sie zahlte. Dann gingen sie in die Drogerie.

„Am besten, du sagst gar nichts mehr“, murmelte Mimi.

„Das wird wohl das Beste sein.“

Wenig später legten sie feierlich eine Schachtel Einmalhandschuhe auf das Förderband. Die Kassiererin blickte sie an.

„Wir sollten noch andere Sachen dazutun“, flüsterte Cléo, „damit es nicht auffällt.“ Wahllos griff sie ins Regal, und im nächsten Moment fuhren Kaugummis, vier Fläschchen Wodka, eine Schachtel Kondome und zwei Schokoriegel in Richtung Kasse.

„Was ist das?“ Mimi deutete auf die Kondome mit Tutti-frutti-Aroma.

„Oh!“, machte Cléo. „… äh …“

„Etwas, das wir noch in die Briefumschläge tun könnten?“, fragte Mimi. „Als Überraschung?“

„Oh lieber Himmel!“ Hastig griff Cléo nach der Schachtel und versteckte sie hinter ihrem Rücken.

„Wollen Sie das nun kaufen oder nicht?“, fragte die Kassiererin.

„Nein!“, rief Cléo. „Und den Wodka auch nicht. Das ist alles ein Versehen.“

„Frau Meyer, kommste mal für Storno?“

Hinter ihnen wurde gemurrt. Cléo drehte sich um. „Bitte entschuldigen Sie, es tut mir sehr leid …“

„Alles Storno?“ Die herbeigeeilte Frau Meyer deutete mit dem Kassenschlüssel auf die verschiedenen Artikel.

„Wir nehmen die Einmalhandschuhe“, sagte Cléo.

„Und die Schokolade“, rief Mimi.

Frau Meyer verdrehte die Augen.

„Ganz recht, die Schokolade nehmen wir auch." Trotzig hob Cléo das Kinn.

Auf einmal fühlte sie sich besser. So etwas wie Optimismus durchströmte sie, verbunden mit dem Gefühl, eine entscheidende Prüfung bestanden zu haben. Niemand hatte Verdacht geschöpft, obwohl sie sich wie eine Närrin aufgeführt hatte. Sie straffte die Schultern und bezahlte. „Auf Wiedersehen."

Wieder auf der Straße reichte sie Mimi einen Schokoriegel und biss in den anderen. „Hmmm." Noch nie hatte Cléo Schokolade so gut geschmeckt. Sie kicherte mit vollem Mund, und plötzlich war da eine unbändige Lust, sich mitten auf dem Bürgersteig vor Lachen und Übermut einfach auszuschütten. Cléo versuchte sich zu beherrschen, doch es war zwecklos. „Gnaaa-ha-ha-haaaa", quoll es aus ihr heraus.

Augenblicklich fiel Mimi in dieses knarzige Lachen mit ein. Sie lachten und lachten, hielten sich die Bäuche, schnappten nach Luft und fingen wieder von vorne an. „Was für ein Abenteuer!", japste Cléo.

Was für ein wahnwitziges, einzigartiges, nie dagewesenes, wundervolles Abenteuer stand ihnen bevor!

ZEHN

Alles war vorbereitet. Auf dem Küchentisch lag, inmitten von Äpfeln, Filzstiften, Glitzerdöschen und dem ganzen Rest, eine Viertelmillion Euro. Nicht mehr eigentlich als ein rosa Rechteck, das Mimi gerade mit leuchtenden Augen tätschelte. Cléo schluckte. Wie unschuldig das aussieht, dachte sie.

„In jeden Umschlag stecken wir einen Schein, Mimi“, erklärte sie.

„Hast du schon neunundneunzig Mal gesagt.“

„Dann pass genau auf, denn jetzt sage ich es zum hundertsten Mal. Auf jeden Umschlag schreibe ich eine kurze Mitteilung, damit der Empfänger den Eindruck hat, dass das Geld wirklich für ihn persönlich bestimmt ist.“

Mimi nickte. „Und ich streue Glitzer hinein, klebe die Umschläge zu und sticker einen Sticker darauf.“

„Wunderbar.“

„Vielleicht solltest du nicht mit der Hand schreiben“, gab Mimi zu bedenken, „du hast so eine Oma-Schrift.“

„Liebe Güte, du hast recht.“

„In deinem Schrank steht doch eine Schreibmaschine. Ich hole sie.“ Mimi war schon hinausgeflitzt.

„Dieses Kind ist wirklich klug“, murmelte Cléo und begann in der Küchenschublade nach einem Farbband zu suchen. Sie hatte es 2001 gekauft, das wusste sie genau. Hoffentlich war es noch zu gebrauchen.

„Bitte schön.“ Mimi stellte eine orangefarbene Reiseschreibmaschine auf den Tisch.

„Ach, meine gute, alte Contessa.“ Cléo lächelte wehmütig. Ihre Schwester war in den Sechzigerjahren nach New York gezogen, und sie hatte sie nicht mehr oft gesehen. Aber Briefe hatten sie sich geschrieben, manchmal mehrere in der

Woche. Cléo hatte sie alle aufgehoben, irgendwann würde sie sie wieder lesen. Sie begann das neue Band einzulegen.

„Was machst du da?"

Cléo lachte. „Du wirst gerade Zeugin eines Vorgangs, den du in deinem gesamten Leben wahrscheinlich nie wieder erleben wirst."

„Ui, wie spannend."

„So, fertig, mal sehen, ob es funktioniert." Cléo begann zu tippen. Der Wagen fuhr mit jedem Anschlag etwas weiter nach links.

Mimi knetete vor lauter Aufregung ihre Hände.

„Wenn ich jetzt diesen Hebel drücke", erklärte Cléo, „dann rutscht alles eine Zeile tiefer und an den Anfang zurück."

„Das muss man selber machen?"

„Ja."

„Haben die Steinzeitmenschen schon mit so einer Maschine geschrieben?"

„Ähm, ja, in gewisser Weise." Cléo lächelte. „Wenn sie nicht gerade mit einer Höhlenmalerei beschäftigt waren."

Mimi nickte andächtig. „Super. Eine richtige Antiquität."

„Wollen wir anfangen, bevor sie zu Staub zerfällt?"

„Ja!"

Mit ernster Miene zogen sie sich Einmalhandschuhe an.

„Das fühlt sich doof an", sagte Mimi. „Damit kriege ich die Sticker gar nicht ab."

„Du hast recht. Feen brauchen Fingerspitzengefühl."

Sie zogen die Handschuhe wieder aus, und dann spannte Cléo endlich den ersten Umschlag ein. „Was soll ich schreiben?"

Sie dachten nach.

„Weil du es verdient hast", schlug Mimi vor. „Liebe Grüße von deiner guten Fee."

„Sehr gut.“ Cléo pustete sich eine silberne Haarsträhne aus dem Gesicht und begann zu tippen.

Was für ein schönes Geräusch, dachte sie. Ich habe es vermisst.

Dann reichte sie Mimi den Umschlag. „Jetzt bist du dran.“

Mit großer Sorgfalt legte Mimi einen Geldschein hinein, streute rosa Glitzer dazu und zog dann den Klebestreifen ab. „Jetzt noch ein Kätzchen hinten drauf“, murmelte sie, „und fertig.“

Fasziniert starrten sie beide auf den Umschlag in Mimis Händen.

„Es fühlt sich gut an, eine Fee zu sein“, sagte Cléo.

„Verdammt gut.“

Sie grinsten sich an.

„Lass uns weitermachen.“ Cléo ließ die Finger über die Tasten tanzen:

Weil du die Beste bist!

Weil du der Beste bist!

Danke. Du weißt wofür …

Ein anonymer Spender.

„Ich möchte dem obdachlosen Mann im Park auch einen Umschlag geben“, sagte Mimi, die gerade liebevoll einen Hello-Kitty-Aufkleber ablöste, „er hat jetzt ein ganz süßes Dackelbaby.“

„Sehr gute Idee“, antwortete Cléo, „dann schreibe ich: *Alles Gute für Sie und Ihren kleinen Hund.*“

„Er heißt Purzel.“

„Wer?“, fragte Cléo irritiert. „Der Mann oder der Hund?“

Mimi kicherte. „Der Mann heißt Walter, und der Dackel heißt Purzel.“

„Woher weißt du das?“

„Ich habe ihn gefragt.“

„Gut, Mimi. Dann schreibe ich: Für Walter und Purzel. Macht euch eine gute Zeit.“

Mimi klatschte in die Hände. „Wir brauchen eine Extra-Tasche für die Umschläge, die an jemand Bestimmtes gehen sollen.“

„Du hast recht. Ich würde gern der jungen Geigerin in der U-Bahn etwas geben. Sie spielt den Vivaldi einfach so wundervoll.“

„Dann schreib: Danke für die Musik, Vivaldi wäre stolz auf Sie.“

Mit leuchtenden Augen beschrieb Cléo einen weiteren Umschlag.

„Ich klebe eine Extra-Portion Herzchen darauf“, versprach Mimi.

Zwei Stunden lang arbeiteten sie konzentriert, bis es an der Tür klingelte. Erschrocken fuhren sie auf.

„Nicht aufmachen!“, zischte Mimi.

„Vielleicht ist es dein Papa?“

„Der hat einen Schlüssel.“

Es klopfte. „Madame! Die Balkontüren!“, hörten sie Jussuf rufen.

„Nee, nicht der!“, meckerte Mimi. „Ich habe ihm doch gesagt, dass es heute nicht passt.“

„Ich werde kurz mit ihm sprechen.“ Cléo erhob sich. „Das gebietet die Höflichkeit.“

„Das gebietet die Höflichkeit“, äffte Mimi sie nach, aber

Cléo war schon hinausgegangen und hatte die Küchentür hinter sich geschlossen.

„Jussuf", sagte sie freundlich, „heute passt es leider gar nicht."

„Lassen Sie mich kurz herein, sonst kriege ich Ärger mit dem Chef."

„Oh."

„Ich mache ganz schnell, in einer halben Stunde sind Sie mich wieder los."

„Nun …"

„Bitte, Madame."

Cléo zögerte, dann ließ sie ihn eintreten.

„Danke", sagte Jussuf erleichtert, „beachten Sie mich gar nicht, ich bringe die Türen an und dann gehe ich wieder."

Cléo folgte ihm ins Wohnzimmer. „Möchten Sie etwas trinken?"

„Nein, nein, vielen Dank."

Er hebelte die alten Türen aus.

„Oder etwas essen?"

„Nein, danke, Madame."

„Ich habe indischen Safrankuchen gekauft, ganz frisch."

„Kümmern Sie sich nicht um mich."

Unschlüssig stand Cléo herum. „Dann gehe ich jetzt in die Küche zurück."

„Machen Sie das."

„Und wenn etwas ist, dann rufen Sie mich, und ich komme ganz schnell zu Ihnen."

Jussuf öffnete seinen Handwerkskoffer. „Okay."

„*Ich* komme dann *hierher* ins Wohnzimmer. *Sie* brauchen *nicht* in die Küche zu kommen."

„Alles klar." Er betrachtete den Türrahmen.

„Also dann …"

„Ist ja ganz morsch …“, murmelte er, und dann folgte ein langer, unverständlicher Satz auf Türkisch.

Cléo zog sich zurück.

Wieder in der Küche wurde sie von einer vorwurfsvollen Mimi empfangen. „Die ganzen Ärmchen sind verknotet.“

„Welche Ärmchen?“

„Das H hat sich mit dem K verklemmt, und dann habe ich noch ein A oben drauf gehauen …“

„Oh, Mimi! Lass mal sehen, das kriegen wir schon wieder hin.“

Im nächsten Augenblick flog die Tür auf.

„Ich gehe wieder“, sagte Jussuf, „die neuen Türen passen nicht und …“

Irritiert schaute er sich um. Es herrschte ein ziemliches Chaos in der Küche: Ein Döschen mit grünem Glitzer war umgekippt und hatte sich über den Fliesenfußboden verteilt. Umschläge stapelten sich und deren Abziehstreifen flogen wie weiße Schlangen umher. Dazu kamen die vielen bunten Aufkleber: überall Kätzchen, Blumen und pastellfarbene Ponys. Jussuf trat einen Schritt näher und blickte an Cléo vorbei auf den Tisch, der über und über mit rosa Scheinen bedeckt war.

„Scheiße!“, rief Mimi und begann das Geld zusammenzuklauben.

In Cléos Kopf gab es eine Explosion. So fühlte es sich jedenfalls an. „Wir haben die Berliner Sparkasse überfallen“, sagte sie und lachte glockenhell. Nicht so knarzig wie sonst, wenn sie wirklich lachte.

Jussuf legte den Kopf schief, in seinen Augen lag ein unergründlicher Ausdruck.

„Nur ein Scherz“, erklärte Cléo etwas atemlos. „Wir basteln eine Überraschung.“

„Sehen ja täuschend echt aus die Scheine.“

„Tja, schön wär's, aber so reich sind wir leider nicht." Mit lässiger Miene warf sie ein Geschirrtuch auf den Tisch. „Was ist jetzt mit den Balkontüren?"

„Passen nicht. Ich komme morgen wieder."

„Morgen sind wir nicht zu Hause", sagte Mimi.

„Dann übermorgen."

„Wunderbar, vielen Dank."

Er sah sie an. „Alles in Ordnung mit Ihnen?"

„Ja, natürlich, ich ärgere mich nur über meine Schreibmaschine."

Im Handumdrehen hatte Jussuf die Hebel voneinander getrennt. „Bitte sehr."

Mit zahlreichen Dankesbeteuerungen und einem großen Stück Safrankuchen brachte Cléo ihn hinaus. Dann schloss sie die Wohnungstür und lehnte ihre Stirn dagegen. „Pfffffffffff."

„Wir müssen ihn zum Schweigen bringen", flüsterte Mimi aufgeregt.

„Na hör mal."

„Er ist ein Mitwisser!"

Die Geschichte wird immer komplizierter, dachte Cléo. Vor ihrem geistigen Auge tauchten die unzähligen Fangarme eines Riesentintenfisches auf. Cléo ging hinaus auf den Balkon, setzte sich auf die Korbbank und schaute in die Akazie. „Ich muss mal kurz nachdenken."

„Ich muss auch nachdenken", erklärte Mimi und setzte sich neben sie.

Sie schwiegen.

Ein Spatz schwirrte in einen der Käfige hinein, pickte wählerisch im Futter herum und flog wieder davon.

„Und?", fragte Mimi nach einer Weile leise. „Hast du fertig gedacht?"

„Ja, das habe ich, und du?"

„Ich auch.“

„Gut. Was denkst du also?“

„Du zuerst.“

Cléo räusperte sich. „Ich denke, dass Jussuf mir geglaubt hat.“

„Dass wir eine Bank überfallen haben?“, fragte Mimi.

„Nein, dass wir etwas mit Spielgeld basteln.“

Mimi nickte bestätigend. „Das denke ich auch.“

„Gut.“ Cléo griff nach Mimis Hand. „Das beruhigt mich.“

Sie atmeten beide auf.

„Weißt du, Mimi, die Situation ist einfach zu absurd. Selbst ich habe mich noch nicht an den Gedanken gewöhnt, dass das Geld echt ist. Jussuf wird nie im Leben annehmen, dass auf meinem Küchentisch fünfhundert ... fünfhundert ...“ Sie kicherte nervös, „... fünfhundert echte Fünfhunderteuroscheine herumliegen.“

„Würde ihm sowieso keiner glauben.“

„Wahrscheinlich. Und morgen – Hokuspokus Fidibus – ist das ganze Geld sowieso fortgezaubert! In alle Winde verweht.“

Mimi lachte auf. „Mit Glitzerstaub und Regenbogen.“

Cléo nickte. „Es tut mir nur leid, dass ich Jussuf anlügen musste.“

„Es war eine sehr kleine Lüge“, tröstete Mimi.

Man kann im Leben einfach nicht immer die Wahrheit sagen, dachte Cléo. Aber das wollte sie lieber nicht laut aussprechen, stattdessen sagte sie: „Und jetzt komm, kleine Fee, wir haben noch viel Arbeit.“

Hand in Hand gingen sie in die Küche zurück.

„Zum Glück bin ich nicht herzkrank. Was für eine Aufregung.“ Cléo setzte sich wieder hinter die Maschine. „Wo ist meine Brille schon wieder?“

„Hier." Grinsend reichte Mimi ihr die Lesebrille, deren Bügel sie mit Blümchenaufklebern verziert hatte.

„Sehr hübsch, Mimi, danke. Dann wollen wir mal weitermachen. Und die Tür bleibt jetzt zu. Selbst wenn der Weihnachtsmann persönlich davor steht."

„Den gibt es ja sowieso nicht."

„Eben."

„Aber gute Feen gibt es."

„Allerdings, meine liebe Mimi. Hier sitzen ja schon einmal zwei."

Und Cléo schrieb:

Für die Erfüllung deines Wunsches

Eine gute Fee lässt grüßen!

Bitte nimm es und mach damit, was du möchtest.

Um dir eine Freude zu machen.

Kauf dir was Schönes. Deine Glücksfee.

DANKE. Du weißt wofür.

Für das Baby. Alles Gute.

Für das Baby. Alles Gute.

Für das Baby. Alles Gute.

Für das Baby. Alles Gute.

Für das Baby. Alles Gute.

Am frühen Abend kam Adamo nach Hause. Er hatte drei Pizzen mitgebracht.

„Ich sterbe vor Hunger", stöhnte Mimi.

„Erst Hände waschen", befahl Cléo.

Sie aßen im Stehen, weil in der Küche so viel Unordnung herrschte.

„Es sind bloß noch ein paar Tausend Euro übrig", sagte Cléo und lachte auf, „wie sich das anhört."

Schnell waren auch die letzten Umschläge befüllt.

„Ich hole schon mal die Tasche vom Schrank." Mimi eilte hinaus.

Die Abziehstreifen, übrig gebliebenen Sticker, Kuverts und Glitzerdöschen landeten in einer Tüte, die Cléo zuband.

„Morgen früh kommt die Müllabfuhr", sagte sie zufrieden, „dann sind alle Spuren beseitigt."

„Sie haben ein gewisses kriminalistisches Talent, Signora." Adamo lachte, während er mit einem Lappen den Staub von der alten Louis-Vuitton-Reisetasche wischte.

„Wir sollten lieber Plastiktüten nehmen", sagte Cléo, „das ist weniger auffällig."

„Richtig", stimmte Adamo zu.

„Den Umschlag für Walter und Purzel tue ich aber in meinen Rucksack!", rief Mimi. Ihre Wangen glühten.

„Lass uns erst alles durchzählen", erwiderte Cléo.

„Und das Kuvert für die Geigerin in der U-Bahn soll auch in meinen Rucksack. Und das für die Omi mit den durchgetretenen Schuhen, die sich immer nur ein Brötchen beim Bäcker kauft, auch", fuhr Mimi fort und rührte hektisch in einem Meer von Umschlägen.

„Kind, du bringst ja alles durcheinander."

„Die kommen alle in meinen Rucksack!", krähte Mimi.

„Sie ist völlig überreizt", sagte Adamo entschuldigend.

„Das bin ich auch." Cléo rieb sich die Augen.

„Gehen Sie schlafen“, schlug Adamo vor. „Es ist spät. Ich räume hier alles auf und bereite uns noch ein paar Brote für morgen vor.“

„Danke, Adamo.“

„Feierabend! Tatütata!“, schrie Mimi und raste aus der Küche.

Lächelnd ging Cléo ins Badezimmer. *Was für ein Tag.* Auf einmal konnte sie sich kaum noch auf den Beinen halten. Sie putzte ihre Zähne, wusch sich Hände und Gesicht, benutzte eine Nachtcreme. „So viel Zeit muss sein“, murmelte sie, und ihr fiel ein, dass sie eigentlich keine Selbstgespräche mehr führen wollte. „Gar nicht so einfach.“ Sie starrte in den Spiegel und sah (was sie jedes Mal aufs Neue erstaunte) eine alte Frau, die zurückstarrte … und noch etwas Nachtkerzencreme auf der Nasenspitze hatte. Wie schnell so ein Leben vergeht, dachte Cléo, ich war doch gestern noch jung. Sie schlüpfte in ihr bodenlanges Nachthemd aus weißer Baumwolle. „Jammern hilft nicht“, sagte sie sich, „die Zeit vergeht trotzdem.“

Es klopfte an der Tür. „Cléoooo …“

Sie öffnete. „Komm, Mimi, ich helfe dir.“

„Bin so müde.“

Mimi legte den Kopf in den Nacken, und sehr behutsam begann Cléo, ihr die Zähne zu putzen.

„Was gibt es Schöneres als den Glanz kleiner Milchzähne?“

„Ich habe aber auch schon andere!“, protestierte Mimi mit vollem Mund und spuckte dabei etwas Schaum aus.

„Ich weiß, ich weiß.“ Cléo klatschte in die Hände. „Jetzt schnell ein Pipi und ab ins Bett.“

„Kann ich bei dir schlafen?“

„Du musst erst deinen Papa fragen, ob es ihm recht ist.“

„Hab ich schon.“

„Und was sagt er?“

„Dass ich dich fragen soll.“

„Also erlaubt er es?“

„Klar.“

Cléo lächelte. „Dann komm.“

Hand in Hand gingen sie in ihr Schlafzimmer.

„Ich möchte auch so ein schönes Nachthemd“, murmelte Mimi und ließ sich aufs Bett fallen.

„Wir besorgen dir demnächst eins“, versprach Cléo. „Gute Nacht.“

Mimi schloss die Augen. „Morgen bin ich eine gute Fee“, murmelte sie, dann war sie eingeschlafen.

Cléo legte sich neben sie und knipste die Nachttischlampe aus. Sie würde nie im Leben schlafen können, sie war viel zu aufgeregt.

Doch zu ihrer eigenen Überraschung schlief sie tief und traumlos bis zum Morgengrauen.

❃

Im Haus war alles still, im Hof sangen die ersten Vögel. Cléo blinzelte. Ein verschwommener Blick auf den Wecker sagte ihr, dass es kurz vor fünf war. Ihr Herz begann zu rasen. Sogar die Uhrzeit passte … *Operation No. 5.*

Sie sprang aus dem Bett, rannte barfuß über den Flur in die Küche. Adamo hatte ganze Arbeit geleistet: Es gab keinen einzigen Glitzerkrümel mehr, selbst den Müll hatte er wohl in der Nacht noch nach unten gebracht. Alles war blitzblank. Auf dem sauber geschrubbten Küchentisch stand lediglich eine Schale mit Äpfeln. Nichts deutete auf die bevorstehende Aktion hin, wenn man von zwei blauweißen Aldi-Tüten absah, die am Kühlschrank lehnten.

Cléo atmete tief durch. Es wurde wirklich Zeit, dass sie

das Geld loswurden. Sie schaltete die Espressomaschine ein und öffnete das Fenster, um den Vogelgesang zu hören.

Wenig später kamen Adamo und Mimi in die Küche. „Morgen."

„Guten Morgen."

Schweigend tranken die Erwachsenen Kaffee, Mimi nippte an einem Orangensaft. Essen wollten sie alle drei nichts.

„Es ist noch viel zu früh, niemand ist auf der Straße", sagte Adamo schließlich.

„Dann könnten wir ohne gesehen zu werden einen Umschlag in den Briefkasten der Schlümpfe stecken", erwiderte Cléo.

„Wie bitte?"

„Das ist ein sehr nett geführter, privater Kindergarten."

Adamo nickte verstehend.

„Lasst uns anfangen!", rief Cléo. „Sonst drehen wir hier alle durch."

Sie packten zusammen: Proviant, Fahrkarten, Geldtüten und Mimis rosa Rucksack.

„Und los geht's!", rief Cléo.

„Signora ..."

„Ja?"

„Sie sollten sich etwas anderes anziehen."

Erschrocken sah Cléo an sich herab. Sie trug noch immer ihr weißes Nachthemd.

„Gott, wie peinlich!", rief sie und rannte ins Boudoir. Dort zog sie sich hastig ein dunkelblaues Kleid an und schlüpfte in bequeme Schuhe. Sie kämmte ihr Haar, legte einen Hauch Puder und Lippenstift auf und ...

„Cléoooo", rief Mimi.

„Komme schon, komme schon!" Cléo hatte das Gefühl, etwas vergessen zu haben. Sie versuchte nachzudenken. Was war es nur? „Nicht so kopflos“, ermahnte sie sich und griff nach einer Strickjacke. Aber da war noch etwas anderes …

Mimi rief wieder und Cléo eilte hinaus.

„Haben wir alles?“, fragte Adamo.

„Ja, ja.“

Sie verließen die Wohnung und gingen leise die Treppe hinab. Es waren noch keine Bauarbeiter da.

Bevor sie die Haustür öffnete, räusperte sich Cléo. „Operation No. 5 hat begonnen“, sagte sie feierlich. „Ich wünsche uns viel Glück.“ Sie schüttelten sich die Hände. Dann traten sie hinaus. Die laue Morgenluft war herrlich. Noch etwas schläfrig lag die Straße vor ihnen, Sonnentupfen hüpften über den Bürgersteig, ein paar Tauben schienen spazieren zu gehen, die ersten Geschäfte wurden gerade beliefert. Sie liefen zum Kindergarten.

„Mimi“, flüsterte Cléo, „bitte hol den passenden Umschlag aus deinem Rucksack.“

„Aye, aye, Käpt’n!“ Mimi salutierte, und im nächsten Augenblick steckte ein mit Hello-Kitty-Stickern versehenes Kuvert im Briefkasten der Stadt-Schlümpfe.

Den lieben Schlümpfen

Damit ihr euch endlich ein Bälle-Bad kaufen könnt.
Viel Spaß damit.

Ein anonymer Spender …

„Cool.“ Mimi strahlte über das ganze Gesicht.

„Und weiter geht’s“, sagte Cléo.

„Wohin?“, wollte Adamo wissen.

„Zum asiatischen Imbiss-Stand, die Sommerrollen sind ein wahres Gedicht.“

Wenig später schob Cléo einen Umschlag unter dem noch geschlossenen Rollladen hindurch.

Eine kleine Unterstützung von jemandem, der gern bei Ihnen isst.
Viel Glück!!!

„Hach, ist das ein schönes Gefühl“, freute sich Cléo. „Wer ist als Nächstes dran?“

Mimi hob den Zeigefinger, und Cléo befürchtete, dass sie sich diese Altfrauen-Geste von ihr abgeguckt haben könnte.

„Ich weiß, wo die Brötchen-Oma wohnt“, verkündete Mimi mit wichtiger Miene.

„Wer?“

„Na, die Oma mit den durchgetretenen Schuhen, die immer sehnsüchtig auf den Kuchen guckt und sich jedes Mal bloß ein Brötchen kauft.“

„Dann gehen wir da jetzt sofort hin“, rief Cléo.

Vor einem mit Graffiti beschmierten Neubau blieb Mimi stehen. „Hier habe ich sie reingehen sehen.“

„Wie heißt sie denn?“, fragte Adamo.

„Brötchen-Oma“, antwortete Mimi.

Cléo unterdrückte ein Lächeln und schaute auf das Klingelbrett. „Hier wohnen sechs Parteien“, sagte sie. „Müller, Aydin, Yilmaz, Bach, Korhonen und …“

Die Tür ging auf, und ein Mann trat aus dem Haus.

„Wir suchen …“, begann Mimi.

„Gar nichts“, unterbrach Adamo. „Entschuldigen Sie die Störung.“

Der Mann ging weiter. Die Haustür fiel hinter ihm zu.

„Ja, aber …“ Mimi schob die Unterlippe vor.

„Unauffällig bleiben“, zischte Adamo.

„Ich bin doch total unauffällig“, rief Mimi.

„Lasst uns weitergehen“, sagte Cléo schnell, „wir finden sie schon. In der Zwischenzeit machen wir junge Mamas glücklich.“

Die Straße hatte sich belebt. Tische und Stühle standen nun auf den Bürgersteigen, Kinder waren unterwegs, Hunde wurden ausgeführt, rasselnd fuhren Jalousien in die Höhe. Es roch nach Kaffee und frischem Brot.

Wenig später befand sich der erste *Für das Baby*-Umschlag im Netz eines Buggys mit schlafendem Kleinkind, der zweite wurde unter eine elfenbeinfarbene Häkeldecke gelegt, die einen Säugling in einem gepunkteten Kinderwagen warmhielt.

„Gute Arbeit, Mimi“, lobte Cléo. „Du bist ja geschickt wie ein Eichhörnchen.“

Mimi strahlte.

„Möchtest du etwas essen?“, fragte Adamo.

„Keine Zeit“, antwortete Mimi.

Cléo deutete auf eine Kaffeeterrasse. „Lasst uns hier sitzen, Croissants essen und die Leute beobachten. Vielleicht fällt uns jemand auf.“

Wenig später kam ein Mann vorbei, der eine Obdachlosenzeitung verkaufte.

„Der da!“, rief Mimi und deutete auf ihn.

„Zu riskant.“ Cléo schüttelte den Kopf.

„Wieso denn?“

„Wir können ihm den Umschlag nicht einfach geben, niemand darf uns damit in Verbindung bringen.“

„Aber er sieht so nett aus“, quengelte Mimi.

Adamo holte sein Portemonnaie heraus, kaufte dem Mann eine Zeitung ab und reichte ihm einen Zwanzigeuroschein. „Stimmt so.“

Der Mann bedankte sich überschwänglich.

„Der Ärmste“, murmelte Mimi, als er weitergegangen

war, „wenn der wüsste, dass ihm gerade vierhundertachtzig Euro durch die Lappen gegangen sind, hätte er nicht so gute Laune."

„Rechnen kannst du aber." Cléo lächelte Mimi zu. „Er weiß es ja nicht. Manchmal ist es gut, nicht alles zu wissen, nicht wahr?"

Die Croissants wurden gebracht.

„Ach", seufzte Cléo, „jetzt fehlt nur noch die Spitze des Eiffelturms über den Dächern."

„Ich will auch mal nach Paris." Mimi biss in ihr Croissant, dass die Splitter nur so flogen.

„Das wirst du eines Tages", versprach Cléo, „ganz sicher wirst du …" Sie brach ab und wurde blass.

„Was ist denn?", fragte Adamo.

„Ich … ich …"

„Signora, was ist los?"

Erschüttert starrte Cléo ihn an. „Ich habe vergessen, mich zu parfümieren."

Adamo begann zu lachen.

„Oh, mon Dieu", rief Mimi, „ich auch!"

Adamo lachte noch lauter.

„Du verstehst das nicht, Papa!", schrillte Mimi. „Unsere Zukunft! Wir haben keine Zukunft!"

„Das ist mir in meinem ganzen Leben noch nicht passiert", murmelte Cléo.

„Mir auch nicht." Mimi riss die dunklen Augen weit auf.

„Ich muss zurück", sagte Cléo und erhob sich.

„Um Parfum aufzusprühen?" Adamo sah sie entgeistert an.

„Ja, selbstverständlich, warum sonst?"

„Warum sonst?", echote Mimi, die auch aufgestanden war.

„Aber es spielt doch überhaupt keine Rolle, ob Sie jetzt Parfum tragen oder nicht."

„Doch“, widersprach Cléo freundlich, aber fest, „es spielt eine ganz entscheidende Rolle.“ Sie holte tief Luft. „Wir reden ja nicht über irgendein Parfum, wir reden über …“

„Chanel No. 5!“, schrie Mimi.

„Ach sooo.“ Adamo fasste sich mit theatralischer Geste an die Stirn, „das ist natürlich etwas ganz anderes!“

„Wir sind gleich wieder da“, versprach Cléo, „es ist ja nicht weit. Bleiben Sie einfach hier sitzen und bestellen sich noch einen Kaffee, ja? Bitte!“

Adamo zuckte mit den Schultern. „Wer könnte sich gegen den Willen von zwei so schönen Frauen stellen?“

„Danke, Papa.“ Mimi gab ihm einen Kuss auf die Nasenspitze, dann griff sie nach Cléos Hand und zog sie hinter sich her.

„Langsam, Mimi“, schnaufte Cléo hinter der nächsten Ecke. Den Rest des Weges liefen sie in gemächlicherem Tempo.

„Warum heißt es eigentlich No. 5?“, fragte Mimi.

„Für Mademoiselle Chanel war die Fünf eine magische Zahl“, antwortete Cléo noch ein wenig atemlos, „ihre neue Kollektion präsentierte sie stets an einem fünften Mai. Ich habe dir ja erzählt, wie abergläubisch sie war. Eine Wahrsagerin hatte ihr mal prophezeit, dass die Fünf eng mit ihrem ganz persönlichen Schicksal verbunden sei, und als Mademoiselle an den Proben schnupperte, die der Parfümeur Ernest Beaux ihr vorstellte, da war es die fünfte, die ihr gefiel. Dieser und kein anderer Duft sollte ihr Parfum werden und ihre persönliche Glückszahl tragen.“

Sie hatten inzwischen die Akazienstraße erreicht.

„Und? Hat ihr No. 5 Glück gebracht?“, fragte Mimi.

„Sie ist zumindest sehr reich damit geworden.“ Cléo schloss die Haustür auf. Im Treppenhaus wurden Wände und Decken abgeschliffen.

„Komm, Mimi."

Sie kämpften sich an aufgestellten Leitern, Gerüsten und Eimern vorbei, durch Staubwolken hindurch und erreichten endlich den dritten Stock. Ein Radio plärrte durchs ganze Haus. Eilig schloss Cléo die Wohnungstür auf und schloss sie schnell wieder hinter ihnen. „Was für ein Radau!"

Sie gingen ins Boudoir, und dort auf dem Frisiertisch, zwischen allerlei anderen hübschen Dingen, stand der Flakon. Cléo hatte kurz den Eindruck, als beherrschte er den gesamten Raum. Die Replik eines Fabergé-Eies schien neben ihm zu verblassen, die Puderdose bedeutungslos, der Handspiegel nebensächlich geworden zu sein.

„Wie konnten wir das vergessen?" Ungläubig schüttelte Mimi den Kopf.

„Also wirklich!" Cléo entfernte den Kristallstopfen. „Operation No. 5, und wir vergessen das Parfum."

Großzügig besprühte sie Mimis Handgelenke und ihre eigenen.

„Noch ein bisschen auf den Hals", bettelte Mimi, „und auf die Haare."

„Bitte sehr." Cléo atmete auf. „Wie erhebend. Jetzt bin ich wieder ein Mensch."

„Ich auch."

Sie lachten.

Und dann machten sich erneut auf den Weg, um Operation No. 5 erfolgreich zu Ende zu führen.

ELF

Adamo saß noch immer auf der Terrasse, vor sich eine leere Tasse Kaffee. Die Plastiktüten hielt er auf dem Schoß. Er sah erleichtert aus, als er Cléo und Mimi erblickte.

„Alles in Ordnung?", rief er.

„Jetzt ja", antwortete Cléo.

Sie zahlten, dann gingen sie zur U-Bahn und fuhren zum Mehringdamm.

„Haben Sie Appetit auf Currywurst?", fragte Adamo.

„Nein danke."

„Seht mal!" Mimi deutete auf eine junge Frau, die an einer Bushaltestelle saß und lautlos weinte.

„Ihr beide lenkt sie ab; und ich stecke das Geld irgendwie in ihre Umhängetasche", befahl Cléo.

„Hallo!", rief Mimi. „Brauchen Sie ein Taschentuch?" Sie sah die Frau mitfühlend an.

„Geht schon." Die Frau lächelte unter Tränen.

„Sie haben bestimmt eine Gräser-Allergie", murmelte Adamo.

„Wann kommt denn der Bus?", fragte Mimi.

Die Frau stand auf. „Da ist er schon."

Cléo wusste sich nicht besser zu helfen: Sie rempelte die Frau an, nutzte die kurze Nähe und stopfte einen Umschlag in ihre Tasche. „Pardon!", rief sie. „Tut mir so leid."

„Schon gut."

Die junge Frau stieg ein, setzte sich ans Fenster und fuhr davon. Cléo hätte ihr am liebsten hinterhergewunken. Sie war sehr zufrieden mit sich. Es hatte zwar *Alles Gute und Gesundheit für dich und deine Lieben* auf dem Umschlag gestanden, aber man sollte jetzt nicht kleinlich sein, befand sie. Es würde schon irgendwie passen.

Sie gingen weiter und kamen an einem Straßenmusiker

vorbei. Er spielte Gitarre und sang dazu „Let it be, let it be …“

„Los, Papa“, flüsterte Mimi.

Adamo suchte nach einem passenden Umschlag. *Danke für die schöne Musik*, stand darauf.

Er legte das Kuvert in einen Eimer, dessen Boden mit kupferfarbenen Münzen bedeckt war, dann gingen sie zügig weiter.

„Hoffentlich investiert er das Geld in Gesangsstunden“, murmelte Adamo.

Mimi und Cléo lachten hinter vorgehaltenen Händen.

Sie verteilten weitere Umschläge an Obdachlose, an Mütter und Väter, an Straßenmusiker, Bettler und alte Menschen in abgerissenen Kleidern, an Leute, die traurig oder sorgenvoll aussahen. Sie fuhren kreuz und quer durch Berlin, deponierten Kuverts in Einkaufskörben, Kinderwagen und Rollatoren, klemmten sie hinter Scheibenwischer und auf Gepäckträger, steckten sie in Briefkästen und legten sie unter Fußmatten.

Schließlich war nur noch ein einziger Umschlag übrig.

„Der für die Brötchen-Oma“, sagte Mimi.

Sie waren inzwischen wieder in Schöneberg angekommen und standen vor dem Haus, in dem die alte Frau wohnen sollte.

„Müller, Aydin, Yilmaz, Bach, Korhonen und Hochberg“, las Mimi vom Klingelbrett ab. „Was meint ihr?“

Adamos Handy begann zu klingeln. Er sah auf das Display. „Oh, da muss ich mal rangehen.“ Er sprach eine Weile mit gedämpfter Stimme. „Ich soll jetzt gleich ins Restaurant kommen“, sagte er schließlich. „Braucht ihr mich noch?“

Ohne lange nachzudenken, küsste Cléo ihn auf die Wange. „Gehen Sie nur und herzlichen Dank für Ihre Hilfe.“

Adamo lächelte. „Wir haben es geschafft.“

Völlig überwältigt von ihrer eigenen Verwegenheit errötete Cléo tief. „Ja“, murmelte sie.

„Noch nicht!“, rief Mimi erbost. „Wenn wir die Brötchen-Oma nicht finden, ist die ganze Operation fehlgeschlagen.“

„Ihr werdet sie ganz sicher finden! Ciao, bis später.“ Adamo winkte und lief davon.

„Wir klingeln uns durch“, entschied Mimi.

„Was willst du denn sagen?“

„Weiß noch nicht …“ Entschlossen drückte Mimi auf die erste Klingel.

„Hallo!“, bellte eine männliche Stimme aus der Sprechanlage.

„Äh-m“, machte Mimi.

„Wer ist da?“

„Post!“, rief Cléo und flüsterte „das klappt immer.“

„Verpiss dich!“, gellte es aus der Anlage, und ein klickendes Geräusch erklang.

„Oh.“ Cléo fasste sich ans Herz. „Wie überaus rüde.“

Mimi begann lauthals zu lachen. „Das war schon mal nicht die Brötchen-Oma.“

„Aber vielleicht ihr Sohn.“

„Nein.“ Mimi schüttelte den Kopf. „Sie hätte ihn besser erzogen.“

„Wahrscheinlich“, sagte Cléo, „dann klingel ich jetzt bei Aydin.“

„Aber das ist ein türkischer Name.“

„Na und? Vielleicht ist die Oma eine Türkin oder sie ist mit einem Türken verheiratet oder sie wurde adoptiert oder …“

„Schon gut“, unterbrach Mimi, „mach einfach.“

„Ja?“, fragte kurz darauf eine Frauenstimme.

„Guten Tag“, rief Cléo in die Sprechanlage, ihr Herz klopfte dabei wild. „Entschuldigen Sie bitte die Störung, wir klingeln sonst nicht einfach so bei fremden Leuten an den Türen, aber …"

Mimi verdrehte die Augen. „Komm auf den Punkt", zischte sie.

„Also", fuhr Cléo fort, „es geht um eine alte Dame, die wir suchen, die …"

Ein Schwall einer unverständlichen Sprache erklang, gefolgt von einem Klick.

„Na super", schimpfte Mimi, „so wird das nichts."

„Lass uns zum Bäcker gehen", schlug Cléo vor, „vielleicht kriegen wir dort etwas heraus."

Mimi nickte betrübt.

Wenig später betraten sie die kleine Backstube, die sich trotz der großen Backshop-Ketten rundherum wacker gehalten hatte, wahrscheinlich weil die von Hand gekneteten Brötchen einfach himmlisch dufteten und schmeckten.

„Kann ich eine Zuckerschnecke haben?", fragte Mimi.

„Natürlich, Mimilein. Magst du auch einen Kakao dazu trinken oder Saft?"

„Saft."

„Saft, bitte."

„Saft, bitte, danke."

Cléo nickte lächelnd.

Dann waren sie an der Reihe. Cléo bestellte das Gewünschte, dann sagte sie zögerlich: „Es gibt eine ältere Dame, die jeden Tag hierherkommt, sie kauft immer nur ein einziges Brötchen und … ich habe gehofft, Sie könnten mir vielleicht sagen, wie …"

„Ick kann nüscht über ditt Privatleben meener Kundschaft ausplaudern." Die Verkäuferin machte schmale Augen.

„Oh nein, selbstverständlich nicht", beeilte sich Cléo zu sagen und nickte verständnisvoll.

Das ist so typisch Berlin, dachte sie, barsch, derb und raubeinig. Ich werde mich nie daran gewöhnen. Niemals!

„Macht drei Euro fuffzig."

Cléo bezahlte und reichte Mimi den Saft und das Gebäckstück.

„Ditt is ne Fandflasche."

„Vielen Dank für die Information."

Sie gingen.

„Das war aber nicht besonders erfolgreich", sagte Mimi mit vollem Mund.

„Wir kommen einfach morgen früh in die Bäckerei zurück, und wenn die Brötchen-Oma auftaucht, stecken wir ihr den Umschlag in den Einkaufsroller", sagte Cléo.

„Nein, nicht morgen."

„Auf den einen Tag kommt es nun wirklich nicht an."

„Doch!", rief Mimi. „Es muss heute passieren."

Aber warum denn?"

„Morgen ist die Sternstunde vorbei. Wenn wir heute nicht fertig werden, geht der ganze Zauber nicht auf. Dann war alles umsonst." Mimi verschluckte sich vor lauter Aufregung am Saft. „So ist das mit Feen!", sagte sie hustend. „Cinderella ist das auch passiert."

„Da magst du recht haben", erwiderte Cléo nachdenklich.

„Absolut! Aus einer Kutsche wird wieder ein Kürbis, und aus Pferden werden Mäuse, und aus Fünfhunderteuroscheinen …" Mimi machte eine Kunstpause, „wird Spielgeld!"

„Um Himmels willen!"

„Sag ich doch."

Cléo straffte die Schultern. „Wir gehen jetzt zurück zu ihrem Haus."

Mimi lachte. „Klingelst du noch mal bei dem, der gesagt hat, du sollst dich verpissen?"

„Pfui, was für ein schlimmes Wort."

„Hahaha-ha.“

Kurz darauf standen sie wieder vor dem Klingelbrett.

Cléo ließ den Zeigefinger über die Namen kreisen. „Ob ich es bei Hochberg versuche?“

„Klingel bitte zuerst bei dem Pisser“, flüsterte Mimi, „bitte.“

„Mimi-Magdalena, soll ich dir den Mund mit Seife auswaschen?“

„Wenn du welche dabei hast.“ Mimi schlug sich vor Lachen auf die Schenkel.

Da ging die Haustür auf. Ein Mann mit tätowierter Glatze kam heraus.

Mimi verstummte.

„Wohnt hier eine alte Dame?“, fragte Cléo.

„Watt wolln' se denn von der?“

Geht das schon wieder los, dachte Cléo und versenkte einen eiswasserblauen Blick in seinen hundebraunen Augen. „Ich habe Ihnen eine höfliche Frage gestellt, die Sie mir bitte ebenso höflich beantworten.“

„Ick sag ja bloß, ditt ...“

„Sagen Sie mir lediglich, in welchem Stock sie wohnt, mehr möchte ich gar nicht hören.“

Er zögerte.

„Also?“

„Im Erdjeschoss. Gloob ick jedenfalls.“

„Herzlichen Dank für die Auskunft. Wenn Sie mich jetzt bitte vorbeilassen würden.“

„Is ja jut.“

Cléo und Mimi rauschten an ihm vorbei in den Hausflur, in dem es nach gebratenen Zwiebeln roch.

Cléo sah sich um. Dann klingelte sie bei Korhonen. Nichts geschah.

„Hm. Keiner da.“

„Klingel noch mal!“, rief Mimi.

Wieder blieb alles ruhig.

„Dann versuchen wir es an der anderen Tür.“ Mimi klingelte bei Hochberg Sturm.

Ein junger Mann mit roten Haaren öffnete. Er trug einen Nasenring.

„Ist deine Oma zu Hause?“, fragte Mimi.

Er lachte. „Nee, hier gibt es keine Oma.“

„Oh nein!“, rief Mimi. „Das ist ja schrecklich!“

Der junge Mann zuckte mit den Schultern und schloss die Tür.

„Es ist nicht so schlimm, Mimilein“, tröstete Cléo. „Wir erledigen das gleich morgen früh in der Bäckerei.“

„Die Brötchen-Oma ist wie die dreizehnte Fee“, sagte Mimi mit eindringlicher Stimme, „wenn wir sie auslassen … verflucht sie uns.“

Cléo fühlte einen Schauder über ihren Rücken rieseln. „Wir lassen sie ja nicht aus“, sagte sie, „es geht nur um ein paar Stunden. Morgen früh bekommt sie ihren Umschlag zugesteckt und dann ist alles gut.“

„Nur ein paar Stunden?“, wiederholte Mimi und sah Cléo missbilligend an. „Eine Minute ist schon eine Katastrophe, ein einziger Uhrschlag kann alles verändern. *Dong-Dong-Dong …*“

„Lass uns nach Hause gehen. Ich bin müde.“

„Dong-Dong.“

„Bitte beruhige dich doch, Mimi. Alles wird gut.“

„Dong-Dong-Dong-Dong-Dong-Dong …“

„Jetzt hör schon auf.“

„Dong!“

Es war inzwischen Abend geworden, die Bauarbeiter waren fort. Nach einem bewölkten Tag zeigte sich die Sonne doch noch einmal und tauchte alles in nostalgisch anmutendes Sepia.

„Wir machen jetzt einen schönen Salat, und dazu gibt es Baguette, Käse, Salami und Oliven. Und eingelegte Artischockenherzen“, sagte Cléo.

„Kein Dessert?“, fragte Mimi.

„Wie wäre es mit Mousse au chocolat?“

„Das klingt wie Maus-o-Schokola!“ Mimi lachte.

„Also machen wir eine Schokoladen-Maus. Und eine Flasche Champagner steht bereits im Kühlschrank, schließlich gibt es was zu feiern.“

„Und ich?“

„Du kriegst Apfelsaftschorle, die sieht genauso aus wie Champagner.“

Sie gingen ins Badezimmer und wuschen sich die Hände.

„Ich möchte am liebsten jeden Tag eine gute Fee sein“, sagte Mimi.

Cléo lachte. „Gott bewahre.“

„Das hat so viel Spaß gemacht“, rief Mimi und drehte die Seife in ihren Händen, „schade, dass wir nicht zuschauen konnten, wie die Leute die Umschläge geöffnet haben.“

„Ja, das hätte ich auch zu gern gesehen.“

Plötzlich wurde Mimi wieder ernst. „Hoffentlich ist uns die Brötchen-Oma nicht allzu böse.“

Cléo lächelte. „Das ist nur im Märchen so. Mach dir keine Sorgen. Im echten Leben …“ Sie brach ab. Was wollte sie eigentlich sagen? Im echten Leben sind dreizehnte Feen nicht nachtragend?

Mimi trocknete sich die Hände ab. „Los, komm“, sagte sie. „Jetzt machen wir Schokoladen-Maus.“

Sie gingen in die Küche und banden sich gegenseitig Schürzen um, dann begann Cléo mit einem Messer dunkle Schokolade zu hacken.

„Die muss jetzt im Wasserbad schmelzen“, sagte sie.

„Ich rühre.“ Mimi schob einen Stuhl an den Herd und stellte sich darauf. Als die Schokolade flüssig geworden war und zu duften begann, goss Cléo vorsichtig Sahne dazu. „Weiterrühren“, wies sie Mimi an und reichte ihr einen Schneebesen. „Das muss richtig fluffig werden.“

Nach einer Weile begann Mimi zu keuchen. „Mir tut der Arm weh.“

„Dann ist es gut“, erwiderte Cléo schmunzelnd. Sie hob Eischnee, den sie zuvor flink mit dem Mixer steif geschlagen hatte, unter die Schokoladenmasse, eine Prise Vanillezucker folgte. „Den Kirschlikör lassen wir weg“, entschied sie, goss die „Schokoladen-Maus“ in eine Kristallschale und stellte sie in den Kühlschrank.

„Wo bleibt denn mein Papa?“, fragte Mimi. „Der hat doch eigentlich heute frei.“

Cléo deckte den Tisch. „Bestimmt kommt er gleich.“

Es war bereits kurz nach neun, als Adamo endlich eintraf. Jubelnd rannte Mimi ihm über den Korridor entgegen und warf sich in seine Arme. Cléo entzündete zwei Kerzen auf dem Küchentisch, dann schaltete sie die Deckenbeleuchtung aus und betrachtete die Speisen. „Festlich“, murmelte sie. Es war zwar ein einfaches Essen, aber alles war liebevoll zubereitet und angerichtet worden. Sie goss die selbst gemachte Vinaigrette über den Salat. „Essen!“, rief sie, und weil es sich so gut anhörte, gleich noch einmal: „Essen, Kinder!“

Adamo und Mimi kamen Hand in Hand in die Küche.

„Das sieht wundervoll aus.“ Adamo nickte anerkennend.

Sie setzten sich.

Mimi legte ihre Meerjungfrau-Barbie neben ihren Teller. „Die muss mitfeiern“, erklärte sie.

Cléo nickte verstehend. „Was für ein Tag!“, rief sie dann. „Ich fühle mich ganz merkwürdig, ich schwebe einen Meter über dem Boden. Ganz unwirklich kommt mir alles vor. Als hätte ich nur geträumt oder in einem Film mitgespielt."

„Das war aber kein Traum", sagte Mimi bestimmt.

Adamo roch an der Wurst. „Vorzüglich", sagte er, „wo haben Sie die her?"

„Das ist Fenchel-Salami aus der Toskana", antwortete Cléo, „am Winterfeldtplatz hat ein Feinkosthändler eröffnet."

Adamo öffnete die Champagnerflasche, Mimi bekam Apfelsaftschorle in ihre Sektflöte gegossen, und dann war es so weit:

„Auf unser bestandenes Abenteuer!"

„Auf Operation No. 5."

„Prost!"

„Santé."

Sie tranken einen großen Schluck. Cléo fühlte, wie der Alkohol ihr auf direktem Wege in den Kopf stieg. Sie hatte den ganzen Tag nicht gegessen, dazu die Aufregung, das viele Herumlaufen, die U-Bahn-Treppen, das Anpirschen und Wegrennen. Eine merkwürdige Mischung aus Euphorie und Erschöpfung erfasste sie. Sie ließ sich auf ihren Stuhl fallen. „Ich muss etwas essen."

Adamo tat ihr Salat auf und reichte den Brotkorb herum.

„Die Artischockenherzen sind auch vom Italiener", sagte Cléo mit vollem Mund und erschrak ein wenig über sich selbst … hatte sie ihre Tischmanieren vergessen? Sie unterdrückte ein Lachen. Na und, dachte sie, heute Abend ist alles erlaubt. Morgen wird das Leben weitergehen, doch im Augenblick liegt noch Feenstaub in der Luft. Und diesen Moment werde ich genießen. Das alte Lied von Lilian Harvey kam ihr in den Sinn: *Das gibt's nur einmal, das kommt nicht wieder, das ist zu schön um wahr zu sein.* Ganz leise summte sie die Melodie.

„Bei Tisch wird nicht gesungen“, wies Mimi sie zurecht.

Adamo sah seine Tochter streng an. „Die Signora kann an ihrem Tisch machen, was sie möchte.“

„Mimi hat ja recht.“ Cléo winkte lachend ab. „Wie schmeckt Ihnen meine Vinaigrette?“

„Sehr gut, danke.“

Cléo bemerkte, dass Adamo noch keinen Bissen zu sich genommen hatte.

„Ist alles in Ordnung?“, fragte sie.

„Ja.“

„Am lustigsten war das Kind, das den Umschlag gleich wieder aus dem Buggy geschmissen hat!“, rief Mimi. „Und der alte Mann, der Cléo angemeckert hat, sie soll aufhören, ihm hinterherzulaufen.“

„Ich habe doch nur versucht, ein Kuvert in seine Manteltasche zu bugsieren!“, sagte Cléo lachend. „Und das ist mir am Ende auch gelungen.“

Adamo lächelte.

„Sie essen ja gar nicht.“ Besorgt sah Cléo ihn an. „Ist Ihnen nicht gut?“

„Nun, ich … befürchte, ich habe nicht so gute Nachrichten.“ Er fuhr sich mit beiden Händen über das Gesicht.

„Was ist passiert?“, rief Cléo.

„Ich erzähle es morgen.“

„Nein, sofort!“

Er ließ die Hände sinken, seine Augen waren gerötet. „Ich bin gekündigt worden.“

„Aber warum denn?“, rief Cléo.

„Es ist meine Schuld. Ich hatte mich krankgemeldet, um bei Operation No. 5 dabei sein zu können. Ein Kollege hat mich heute Vormittag auf der Café-Terrasse sitzen sehen, als ich auf Sie gewartet habe. Er hat es dem Chef gemeldet. Und obwohl er mein Cousin ist, hat er mich gefeuert.“

„Oh“, machte Mimi, „es geht schon los.“

Cléo wurde übel. *Er hat seine Arbeit verloren, weil ich mich parfümieren musste.* „Lassen Sie mich Ihrem Cousin alles erklären“, sagte sie.

„Was wollen Sie ihm denn erklären?“ Adamo lachte bitter auf. „Dass wir eine Viertelmillion unters Volk gebracht haben?“

„Eine Viertelmillion“, murmelte Cléo und sackte auf ihrem Stuhl zusammen, „haben wir das wirklich getan?“

Sie schwiegen.

„Wissen Sie“, sagte Adamo schließlich, „es wäre sowieso nicht mehr lange gut gegangen. Mein Cousin mochte mich nie und ich ihn auch nicht. Wir sind schon als Kinder nicht miteinander klargekommen.“

„Vielleicht ist es ein Zeichen?“ Cléo sah ihn nachdenklich an. „Vielleicht sollten Sie einen Kredit aufnehmen und sich endlich Ihren Traum von der eigenen Trattoria erfüllen.“

Er schüttelte den Kopf. „Von diesem Traum bin ich so weit entfernt wie nie. Ich habe doch überhaupt keine Ersparnisse. Keine Bank der Welt würde mir auch nur einen Cent geben.“

„Dann finden Sie bestimmt bald eine bessere Stelle“, sagte Cléo.

„Papa, ich …“

„Geh dir bitte Hausschuhe anziehen, Mimi“, sagte Adamo. „Es ist kalt geworden.“

Sobald Mimi draußen war, sagte er leise: „Ich versuche schon länger, woanders unterzukommen, doch was mir an Gehalt geboten wird, ist noch viel weniger als das, was ich habe … beziehungsweise hatte. Damit kann ich kein Kind großziehen und auch keine Miete in Berlin bezahlen.“ Er atmete heftig aus. „Und leben schon gar nicht!“

Miete, schoss es Cléo durch den Kopf. Sie selbst würde demnächst ihre Miete nicht mehr zahlen können. Diese Tatsache hatte sie in den letzten Wochen einfach verdrängt. Was hatte sie sich bloß dabei gedacht? Dass der Himmel sich öffnen würde und Sterntaler herabgefallen kämen? Nun, in gewisser Weise war das ja sogar passiert. In Cléos Ohren begann es beängstigend zu rauschen. Ich habe alles falsch gemacht, durchfuhr es sie. Das Rauschen schwoll an.

„Wir werden nach Neapel zurückkehren", hörte sie Adamos Stimme wie aus weiter Ferne.

Und dann wurde alles dunkel.

ZWÖLF

„Signora!"

Jemand tätschelte ihren Handrücken. Sie öffnete die Augen und sah ihre Küchenlampe von unten. Wie merkwürdig, dachte Cléo.

„Sie ist doch nicht tot!" Das war ja Mimi, und es lag so viel Panik in ihrer Stimme, dass Cléo auf der Stelle zu sich kam. Sie lag auf dem Fußboden, ihr Kopf tat etwas weh … und dann fiel ihr alles wieder ein. Am liebsten hätte sie die Augen gleich wieder zugemacht.

„Kommen Sie, Signora, ich helfe Ihnen auf."

Ächzend kam Cléo auf die Beine und setzte sich auf ihren Stuhl.

„Du bist einfach umgekippt!" Mimi zitterte.

„Es tut mir sehr leid."

„Nein, mir tut es leid", sagte Adamo, „ich hätte Sie mit den schlechten Nachrichten nicht so überfallen dürfen."

„Noch mehr schlechte Nachrichten?", fragte Mimi.

Cléo unterdrückte ein Stöhnen. *Bitte nicht, lieber Gott, bitte nicht.*

„Magdalena", sagte Adamo, „ich werde dir die Wahrheit sagen, weil du kein kleines Kind mehr bist."

„Doch, das ist sie", brach es aus Cléo heraus. „Bitte überdenken Sie Ihre Entscheidung. Wir schaffen es schon irgendwie."

„Was ist denn los?", rief Mimi.

„Ich habe meine Arbeit verloren", antwortete Adamo, „und deshalb kann ich der Signora die Miete nicht mehr zahlen."

„Sie brauchen mir gar nichts zu bezahlen!", rief Cléo leidenschaftlich.

Er seufzte. „Sehen Sie doch bitte endlich die Realität."

„Und was heißt das jetzt?“, fragte Mimi.

„Wir werden Berlin verlassen und nach Neapel zurückkehren“, antwortete Adamo mit fester Stimme. Er streckte die Hand aus, um Mimi zu berühren, doch sie wich zurück.

„Ich will aber hierbleiben.“

„Das geht nicht, Magdalena. In Neapel habe ich zumindest eine Schwester, bei der wir erst mal wohnen können und ich …“

„Die schmutzige Tante Aurora?“ Mimi runzelte die Stirn, „mit der wird sich Cléo aber nicht gut verstehen.“

Adamo und Cléo wechselten einen Blick.

„Was?“ Irritiert schaute Mimi zwischen den beiden hin und her.

„Mimilein … ich werde hierbleiben.“ Cléo schluckte, und dann musste sie mitansehen, wie Mimis kleines Gesicht ganz bleich wurde.

„Oh, ich hasse mich“, flüsterte Cléo, „es ist alles meine Schuld.“

„Nein, Signora. Es war von Anfang an lediglich ein Versuch, ob wir in Berlin Fuß fassen können.“

„Dann bleibe ich auch hier!“, rief Mimi.

Adamo schlug beide Hände über dem Kopf zusammen.

„Bitte!“ Cléo wusste selbst nicht, was sie damit ausdrücken wollte.

Mimis Unterlippe begann zu zittern. Sie schluchzte auf und lief laut weinend hinaus.

„Ich kann das nicht ertragen“, rief Adamo und stürmte ebenfalls aus der Küche. Kurz darauf knallte die Wohnungstür zu.

Cléo zuckte zusammen. Sie betrachtete ihre Hände: Die beiden übereinander gesteckten Eheringe, den etwas schiefen linken Zeigefinger, die vermaledeiten Altersflecken, die sie gerade gar nicht störten. Wenn es nur das wäre … Plötzlich nahm sie das Ticken der alten Küchenuhr überlaut wahr, und mit jedem Ticken wurde Cléo das Ausmaß der Katastrophe bewusster.

Tick: Sie würde die Wohnung aufgeben müssen …

Tack: Sie würde Paris nie wiedersehen …

Tick: Sie würde ein Sozialfall werden …

Tack: Ihre geliebte kleine Wohngemeinschaft würde sich auflösen …

Tick: Sie würde Mimi nicht aufwachsen sehen …

Tack: Höchstwahrscheinlich würde sie sie nie wiedersehen …

Draußen war es inzwischen dunkel geworden.

Cléo stand auf. „Kind", rief sie leise, „wo bist du?"

Mimi hatte sich unter einem Berg Samtkissen in Cléos Bett vergraben und weinte.

„Bitte hör doch auf, Mimilein. Ich komme euch ganz bestimmt mal in Neapel besuchen." Cléo lauschte dem Missklang ihrer eigenen Lüge, die in der Luft hing wie eine übel riechende Wolke, und sie erinnerte sich daran, wie sehr sie es als Kind verabscheut hatte, wenn die Erwachsenen sich nicht einmal die Mühe gemacht hatten, geschickt zu lügen. „Pas de problème", hatte ihr Vater gesagt, als ihm die Schulden schon bis zum Hals reichten. Als ob man mit Kindern respektlos umgehen durfte. Nun tat sie es selbst und schämte sich dafür.

Mimi antwortete nicht, sie weinte noch eine ganze Weile, dann wurden die Abstände zwischen den Schluchzern länger, bis sie schließlich still geworden war. Cléo nahm ein paar Kissen zur Seite, damit Mimi besser Luft bekam. Da lag sie und schlief. Dunkle Haarsträhnen umrahmten ihr blasses Gesicht, das noch ganz nass von Tränen war.

„Wie schön du bist", flüsterte Cléo ergriffen und küsste ihre Stirn. Dann ging sie hinaus. Sie lief ein paarmal über den

Flur, immer wieder an dem Foto von Mademoiselle Chanel vorbei, die ihr auch nicht helfen konnte. Was für ein Tag, dachte Cléo, kaum zu glauben, dass er so verheißungsvoll begonnen hatte. Sie öffnete die Balkontüren und trat in die frische Nachtluft.

Etwas war gerade unwiederbringlich zu Ende gegangen. Sie hätte es hinnehmen können, wenn sich nicht das nagende Gefühl in ihr ausgebreitet hätte, dieses frühzeitige grausame Ende selbst verschuldet zu haben. Sie hatte ja unbedingt am Rad des Schicksals drehen wollen. Was war nur in sie gefahren? Warum hatten sie das Geld nicht einfach behalten? Es wäre so einfach gewesen … aber nein, die Rolle des Glücksengels hatte ihr zu gut gefallen.

Mit brennenden Augen starrte sie hinab auf die stille Akazienstraße. Was war sie doch für eine dumme, selbstgerechte alte Frau. So viel Eitelkeit musste ja bestraft werden, nun hatte sie das Liebste verloren. Aber es war noch viel, viel schlimmer: Sie hatte auch Adamo und Mimi der Chance beraubt, ihren Lebenstraum zu verwirklichen.

Cléo begann bitterlich zu weinen. Ihr ganzer Körper wurde geschüttelt von einem Schluchzen, das bis in die Tiefe ihrer Seele drang und dort den ganzen hinabgesunkenen Kummer ihres Lebens wieder aufwühlte. Die Trauer um ihre Eltern, ihre Schwester und um ihren geliebten Mann wirbelte mit voller Kraft an die Oberfläche, sodass sie vor lauter Weinen keine Luft mehr bekam. Auch die gute Freundin, die ihr damals geraten hatte nach Berlin zu ziehen, kam ihr wieder in den Sinn. Sie war vor drei Jahren gestorben, und Cléo vermisste sie sehr. Wo waren sie hingegangen, all diese Menschen? Oh, am liebsten wäre sie jetzt auch an diesem Ort. Cléos Herz machte einen Ruck, sie hatte das Gefühl, dass es gerade zerbrochen war. Eiseskälte machte sich in ihr breit. Es war wohl der Tod, der gekommen war, um zu trennen, der mit all seiner Finsternis hier in Schöneberg aufgekreuzt war, um mal wieder etwas sterben zu lassen. Aber diesmal würde sie es nicht überleben. Und es war ihr ganz egal. Einen Moment lang wartete sie auf ihn. Lauschte. Aber er kam nicht. Sie würde wohl noch etwas warten müssen. Hoffentlich nicht zu lange.

Mit einem Taschentuch trocknete sie ihr Gesicht und ging in die Wohnung zurück. Alles war still und dunkel. Sie folgte dem Licht, das aus der Küche kam. Hier brannten noch die Kerzen auf dem Tisch. Cléo betrachtete dieses Stillleben, das aus einem längst vergangenen Leben aufgetaucht zu sein schien: drei Gedecke, drei Gläser, dreimal Besteck, die große Salatschüssel, Mimis Sektflöte voller Apfelsaftschorle. Ihre Meerjungfrau-Barbie. Fenchel-Salami, Artischockenherzen.

An diesem Tisch hatte sie so oft mit Mimi Monopoly und Räuber-Rommé gespielt. Mehr als einmal hatte Mimi ihre Karten auf den Boden geworfen und behauptet, Cléo würde schummeln. Es schien Jahre her zu sein. Cléo lächelte wehmütig.

Wie viele Bücher und Zeitungen hatte sie an diesem Tisch gelesen, wie viele Briefe an ihre Schwester geschrieben? Früher. Vor langer Zeit. Wie treulos Möbel doch sind, dachte Cléo. Dieser Tisch aus französischem Kirschholz wird in irgendeinem Antiquitätenladen landen und bald ein neues Leben in einem neuen Haushalt beginnen. Andere Leute werden ihre unzähligen Mahlzeiten an ihm einnehmen. Er wird Gespräche mitanhören, jemand wird einen Apfel auf ihm schneiden und ihm kleine Narben zufügen. Eine undichte Blumenvase wird einen Wasserrand hinterlassen, und ein junges Paar wird sich auf ihm lieben. Und irgendwann (vielleicht in gar nicht allzu langer Zeit) wird wieder ein alter Mensch an ihm sitzen und Briefe schreiben und Bücher und Zeitung lesen.

Ihr Blick schweifte durch den Raum: die Küchenuhr, fünf Wandteller (von ihrer Großmutter), der uralte Dualit-Toaster, der Drahtkorb voller Zwiebeln … nichts von alldem würde sich jemals wieder in dieser Ordnung zusammenfinden. Das meiste würde wohl sowieso auf der Müllhalde enden. Im Kühlschrank stand ja noch die „Schokoladen-Maus“, die keiner mehr essen würde.

Cléo blies die Kerzen aus. Dann ging sie hinaus und schloss leise die Küchentür hinter sich.

❃

„Wie sehen Sie denn aus?“

Beschämt schaute Cléo zu Boden.

„Haben Sie vergessen, dass ich heute komme?“

„Ja.“

Frau Fischer legte den Kopf schief. „Sind Sie krank?“

In diesem Moment ratterte irgendeine Baumaschine im Haus los.

„Kommen Sie herein!“, schrie Cléo und ärgerte sich auf der Stelle über sich selbst. Warum war sie bloß immer so höflich? Manchmal grenzte es ja schon an Dämlichkeit. Was sollte sie denn jetzt mit Irene Fischer anfangen? Französische Konversation machen? *Großartig.*

Mimi saß seit den frühen Morgenstunden auf dem Balkon und starrte in die Vogelkäfige. Sie hatte kein Wort mehr gesprochen, und ihr Gesicht war so verschlossen wie am Tag ihrer Ankunft.

Adamo lief in der unaufgeräumten Küche auf und ab, telefonierte lautstark auf Italienisch und trank Rotwein aus der Flasche.

Cléo selbst war irgendwann erschöpft in ihrer Kleidung eingeschlafen, die nun ganz zerknittert und unfrisch war.

Ihre Zähne hatte sie sich auch noch nicht geputzt. So etwas war ihr in ihrem ganzen Leben noch nicht passiert.

Niemand hatte einen Blick für die Prismafunken gehabt, die der Kristallleuchter mithilfe der Morgensonne durch das Wohnzimmer geschleudert hatte. Nun war es vorbei damit, denn Wolken hatten diesem Spektakel ein jähes Ende bereitet.

„Was ist denn hier los?“, fragte Frau Fischer.

„Das ist eine sehr lange Geschichte“, erwiderte Cléo matt.

„Erzählen Sie sie mir.“

Cléo zögerte kurz. Sie fühlte sich so elend. Vielleicht wäre es eine Erleichterung, alles zu beichten? Sie holte Luft, dann klappte sie den Mund wieder zu und schüttelte den Kopf.

„Der betrunkene Mann in ihrer Küche …“, begann Frau Fischer.

„Lassen Sie ihn in Ruhe“, schnitt Cléo ihr das Wort ab. „Er hat allen Grund, betrunken zu sein.“

„Frau Piruett-Monschuschi, ich mache mir ernsthafte Sorgen um Sie.“

„Brauchen Sie nicht, es ist zu spät.“

„Es ist nie zu spät, sich Sorgen zu machen.“

Cléo winkte ab. „Souci“, sagte sie pflichtschuldig, „bedeutet Sorge.“

„Ach!“ Ein Leuchten glitt über das Gesicht von Frau Fischer, „darum heißt das Schloss in Potsdam Sanssouci. Also, ohne Sorge.“

„Genau.“

Frau Fischer war sichtlich enttäuscht, dass sie nicht mehr gelobt wurde. Sie schwieg, wohl in der Hoffnung, dass Cléo noch etwas sagen würde, was nicht geschah.

„Was ist denn mit dem Kind los?“ Frau Fischer deutete auf Mimi.

„Uns ist ein Unglück geschehen.“

„Was ist passiert?“

„Eine dreizehnte Fee hat uns verflucht“, antwortete Cléo.

„Ich halte nichts von Märchen.“ Amüsiert tätschelte Frau Fischer ihren Dutt.

„Ich schon“, murmelte Cléo.

„Ich dachte, Sie mögen Mafia-Geschichten, Krimis und ungelöste Fälle?“

„Nicht mehr, kein bisschen.“

Plötzlich weiteten sich Frau Fischers Augen. „Ein Psychopath hat Sie und das Kind in seiner Gewalt?“, wisperte sie kaum vernehmbar.

„Was?“

Frau Fischer griff nach einem Stift und schrieb etwas in ihr Heft. Dann schob sie es über den Tisch. *Brauchen Sie Hilfe?* stand auf dem Papier. *Dann treten Sie mir auf den Fuß.*

Cléo seufzte. „Ich brauche keine Hilfe“, sagte sie.

„Sind Sie sicher?“, fragte Frau Fischer sichtlich enttäuscht.

„Ja, aber trotzdem vielen Dank.“

In diesem Augenblick drang ein erregter Wortschwall aus der Küche. Dann polterte es. Vielleicht hatte Adamo gegen die Stühle getreten?

„Soll ich ihn zur Ruhe bringen?“ Frau Fischer erhob sich.

Cléo stand ebenfalls auf. „Nein, Sie sollen ihn in Ruhe lassen.“

„Er könnte gewalttätig werden, ich kenne diese Typen.“

„Bitte“, sagte Cléo leise, „es tut mir sehr leid, aber der Unterricht muss heute ausfallen.“

Mit beleidigter Miene ließ sich Frau Fischer zur Wohnungstür bringen. Mit langem Hals versuchte sie in die Küche zu schauen.

„Was ist denn hier bloß los?“, rief sie noch einmal.

„Auf Wiedersehen, Frau Fischer.“

„Bis nächste Woche dann.“

Cléo zuckte mit den Schultern. „Wer weiß schon, was nächste Woche ist?“

„Ja, aber …“ Die Tür schlug vor Frau Fischers Nase zu.

Wie überaus unhöflich ich sein kann, dachte Cléo, und wäre sie nicht so niedergeschlagen gewesen, hätte sie sich ein wenig über ihre eigene Rüpelhaftigkeit amüsiert.

Sie ging ins Bad, wusch Gesicht und Hände und putzte ihre Zähne. Dann sah sie sich im Spiegel in die Augen. *Was für eine Leichenbittermiene.* Cléo begann ihr Haar zu bürsten. Ein Friseurbesuch wäre dringend erforderlich, aber in Zukunft hätte sie dafür sicher kein Geld mehr. „Geld, Geld, Geld“, murmelte sie und warf wutentbrannt die kleine Borstenbürste in die Wanne. Dann ging sie hinaus.

Adamo war noch immer am Telefon, aber er sprach nun leiser.

„Mimi“, rief Cléo, „wollen wir etwas frühstücken?“

Auf dem Balkon war sie nicht mehr.

„Mimi!“

Ob sie wieder aus dem Haus gelaufen war?

Cléo begann zu suchen. In der Speisekammer, unterm Bett, hinter den Gardinen. Schließlich fand sie sie im Kleiderschrank.

„Als Kind habe ich mich auch gern in Schränken versteckt.“

Mimi schwieg.

„Darf ich zu dir kommen?“

Erstaunt sah Mimi auf. „Du willst hier rein?“

„Ja, warum denn nicht?“

Mimi rutschte zur Seite, und Cléo kroch in den alten Schrank. Sie zog die Türen hinter sich zu, sodass nur noch ein Streifen Licht eindringen konnte.

„Als ich ein kleines Mädchen war, wohnte ich mit meinen Eltern in einem großen Haus. Es war ziemlich heruntergekommen, die Fensterläden hingen schief, der Putz bröckelte von der Fassade. Es hatte eine imposante Vordertreppe mit Säulen und zwei völlig verstaubte Hintertreppen, auf denen die Mäuse wohnten. Es gab sogar einen unterirdischen Geheimgang, der vom Weinkeller zur hinteren Gartenmauer führte. Dort ging der Geist eines tragisch zu Tode gekommenen Dienstmädchens um. Das behauptete zumindest meine Schwester Mathilde."

„Wie ist das Dienstmädchen denn gestorben?"

„Ich glaube, es ist in einen Kessel kochender Kirschsuppe gefallen."

Mimi schnaubte abfällig. „Das hast du dir nur ausgedacht."

„Kann schon sein."

„Hast du in einem verwunschenen Schloss gelebt?"

„So habe ich es mir als Kind jedenfalls vorgestellt."

„Erzähl mir davon."

Cléo griff nach Mimis Hand. „Am Ende eines langen Korridors im obersten Stockwerk stand ein enormer Wäscheschrank, der war fast so groß wie ein ganzes Zimmer."

„Ui."

„Dort wurden abgelegte Abendkleider aufbewahrt, Pelzmäntel, Hutschachteln, Reisekisten und verblichene Laken. Es roch nach Naphthalin."

„Was ist das?"

„Mottenpulver."

„Igitt."

„Ich mochte den Geruch ganz gern", sagte Cléo, „er hatte zu tun mit diesem einmaligen Gefühl, das ich jedes Mal verspürte, wenn ich in diesem Schrank hockte."

Mimis Augen glitzerten in der Dunkelheit.

„Ich hatte mich nicht einfach nur versteckt", erklärte Cléo mit leiser Stimme, „ich war verschwunden. Und ich allein würde darüber entscheiden, ob ich jemals wieder auftauchen wollte, ob es sich überhaupt lohnte, die Mühsal des Menschseins wieder aufzunehmen."

„Aber du bist jedes Mal wieder aufgetaucht?", fragte Mimi.

„Ja, selbstverständlich bin ich das." Cléo legte einen Arm um sie. „Jetzt hör genau zu, ich will dir etwas sagen, das du dir für dein ganzes Leben merken sollst."

„Was denn?"

„Vergiss dich niemals selbst, kleine Mimi-Magdalena, weder in einem alten Schrank noch in einer brillanten Idee."

Während Mimi über das Gesagte nachzudenken schien, schloss Cléo die Augen. Säulen tauchten auf, Türmchen, Tauben, Treppen, Kirschbäume. Wie ein Puppenhaus setzte sich das elterliche Anwesen Stück für Stück wieder zusammen (selbst die schiefen Regenrinnen fehlten nicht), bis es schließlich in all seiner brüchigen Pracht wieder vor ihr stand. Cléo hörte sich seufzen.

Es war ein Kampf gegen die Zeit gewesen, den noch kein Mensch gewonnen hatte. Fensterscheiben sprangen, in den Korridoren zog es, Risse fraßen sich über die Stuckdecken und brachten eines Tages den Kronleuchter im Großen Salon mit einem klirrenden Ruck in Schräglage.

Und obwohl es genau der gegenteilige Prozess war, der gerade im Haus in der Akazienstraße vor sich ging, erfasste Cléo dasselbe verzweifelte Gefühl, das sie aus ihrer Kindheit kannte: noch an einem geliebten Ort zu sein und zu wissen, dass er nicht zu halten war.

Ach, meine Mimi, dachte Cléo und drückte die kleine Hand.

„Wollen wir wieder auftauchen?", fragte Mimi.

„Ja, das wollen wir."

Cléo stieß die Türen auf und kroch auf allen vieren aus dem Schrank.

„Als kleines Mädchen warst du aber schneller wieder draußen, was?"

„Das kannst du laut sagen." Ächzend richtete Cléo sich auf.

Sie gingen in die Küche. Adamo hatte begonnen abzuwaschen.

Cléo räusperte sich. „Guten Tag."

Er drehte sich um. „Signora!"

Seine Augen waren rot und glasig, seine Wangen stoppelig. „Ich bin im Gespräch mit meinem Schwager Alfonso. Es sieht so aus, als hätte er Arbeit für mich."

Mimi gab einen entsetzlich hohen Schrei von sich, ähnlich dem, den sie ausgestoßen hatte, als sie die Tarotkarte *Der Tod* umgedreht hatte.

Sie machte auf dem Absatz kehrt und rannte ins Boudoir zurück. Cléo vermutete, dass sie sich wieder im Schrank verkriechen würde.

Vorwurfsvoll sah sie Adamo an. „Lassen Sie uns frühstücken und über etwas anderes reden. Wir müssen uns noch früh genug trennen."

„Ja, Signora. Sie haben ja recht."

Und obwohl es zwölf Uhr Mittag war und regnete, kam Cléo ein wunderschöner Satz von Stefan Zweig in den Sinn, den sie sich ihr ganzes Leben lang gemerkt hatte: *Ein Abschied ist immer Abendsonnenglanz, halb nur mehr Licht und halb schon Dunkelheit.*

Ein wenig Glanz gab es noch in ihrem Herzen, aber die näherrückende Finsternis drohte alles auszulöschen.

DREIZEHN

Das inzwischen trockene Baguette vom Vorabend lag in Scheiben geschnitten im Brotkorb. Ein Glas selbst gemachtes Johannisbeergelee stand auf dem Tisch. Und Butter.

„Wann reisen Sie ab?“, fragte Cléo.

„Am besten so bald wie möglich.“ Adamo schaltete die Espressomaschine ein.

Cléo schwieg betroffen. Er hat recht, dachte sie. Warum das Leiden in die Länge ziehen?

„Ich hole Mimi“, sagte Adamo und ging aus der Küche.

Der Duft von Kaffee begann sich auszubreiten. Plötzlich bereitete er Cléo Übelkeit. Sie öffnete das Küchenfenster und starrte hinaus.

Der Außenfahrstuhl machte Fortschritte. *Kann mir ganz egal sein.*

Der Regen ließ nach, am Nachmittag würde vielleicht die Sonne scheinen. *Ist mir auch vollkommen egal. Ob ich Mimi und Adamo zum Flughafen begleite? Ich glaube, das schaffe ich nicht …* Cléo stöhnte auf.

Wenig später kamen die beiden in die Küche. Mimi trug wieder ihr schwarzes Kleid. Sie setzten sich an den Tisch, keiner sagte etwas. Niemand griff in den Brotkorb.

„Möchtest du lieber Cornflakes?“, fragte Cléo.

Mimi schüttelte den Kopf.

„Eine Banane?“

Wieder schüttelte Mimi den Kopf.

„Ich zerquetsche sie dir mit braunem Zucker, das magst du doch so gern.“

In diesem Moment begann sich irgendwo im Haus ein Presslufthammer durch eine Mauer zu fressen.

„Die Espressomaschine schenke ich Ihnen“, schrie Adamo über den Lärm hinweg.

„Danke“, schrie Cléo zurück.

Das Geratter verstummte.

„Das Klappbett …“ Er biss sich auf die Unterlippe.

„Passt wohl kaum in einen Koffer.“ Cléo versuchte ein heiteres Gesicht zu machen. „Machen Sie sich darum keine Sorgen.“

Mimi starrte auf ihre gefalteten Hände im Schoß. Wenn sie jetzt wieder weint, zerbreche ich, dachte Cléo.

„Wissen Sie was, Adamo? Mimi und ich gehen ein bisschen spazieren. Wir brauchen frische Luft.“

Er nickte.

Sie erhob sich und lächelte ihn an. „Und Sie brauchen dringend eine Rasur.“

„Wo gehen wir hin?“, fragte Mimi, nachdem sie kurz darauf die Wohnung verlassen hatten. Das Treppenhaus war mit fleckigem Vlies ausgelegt, Verlängerungskabel lagen darauf herum, Kabel sprossen aus der Decke.

„Was für ein Dschungel“, murrte Cléo, die beinahe gestolpert wäre. „Ich dachte wir gehen in die Bäckerei und kaufen dir eine Zuckerschnecke.“

Mimi schwieg, was Cléo als Zustimmung wertete. Sie öffnete die Haustür und spannte ihren schwarz-weiß-gepunkteten Regenschirm auf.

„Eigentlich suchst du die Brötchen-Oma, stimmt’s?“ Im Gehen sah Mimi zu ihr auf.

Cléo fühlte sich ertappt. „Es könnte ja sein, dass wir sie treffen. Ich habe sicherheitshalber ihr Kuvert mitgenommen.“

„Es wird nichts mehr helfen.“

„Wie meinst du das?“

„Ich sage nur: Dong-Dong-Dong.“ Mimi sprang mitten in eine Pfütze hinein.

„Jetzt hast du nasse Füße."
„Mir doch egal."
Cléo seufzte leise.
Wenig später betraten sie die Bäckerei. Zwei Jungen standen an der Theke und kauften sich Sandwiches.
Himmelherrgott, dachte Cléo. Wo ist denn diese … verflixte Frau abgeblieben?
Und dann korrigierte sie ihren rustikalen Gedanken auf der Stelle. Wo kann die alte Dame nur stecken? Hoffentlich ist sie nicht krank.
Mimi nahm die Zuckerschnecke gleich in die Hand. „War die Oma, die immer nur ein Brötchen kauft, heute schon da?", fragte sie die Verkäuferin.
„Ick kann hier wirklich nüscht über die Kundschaft verraten, ditt is leider …"
„Schon gut", unterbrach Cléo gereizt. „Auf Wiedersehen."
Sie gingen hinaus.
„Lass es uns noch einmal bei ihr zu Hause probieren." Cléo deutete mit der Regenschirmspitze die Straße hinab.
„Von mir aus, aber es wird nichts bringen."
„Das sagtest du bereits."
„Erwachsenen muss man immer alles doppelt und dreifach sagen, und dann hören sie doch nicht zu." Mit resigniertem Gesichtsausdruck biss Mimi in die Zuckerschnecke.
„Na, hör mal …"
„Du wirst sehen, die Brötchen-Oma ist nicht da."
„Wo soll sie denn sein?", fragte Cléo ein wenig ungehalten, denn Mimis Äußerungen trafen offenbar einen Nerv bei ihr. „Auf einer Dreizehnte-Fee-Versammlung vielleicht?"
Mimi kicherte mit vollem Mund. „Zum Beispiel."
„Ist sie mit dem Besen geflogen?"
„Du bringst schon wieder alles durcheinander", antwortete Mimi abwinkend.

Leider behielt sie recht, und die Brötchen-Oma blieb unauffindbar. Cléo war enttäuscht. Tief im Verborgenen hatte sie wohl tatsächlich gehofft, dass das Überreichen des letzten Umschlags irgendeinen magischen Prozess vollenden und damit alles wieder gut werden würde, womöglich mit einem bunten Feuerwerk und den Worten *Happy End … Wie töricht ich sein kann.*

Etwas ziellos spazierten sie durch die Straßen. Dann begann es wieder zu regnen, und sie gingen nach Hause.

„Wollen wir etwas spielen?“, fragte Cléo.

Mimi zuckte mit den Schultern.

„Na, komm schon.“

„Monopoly?“, murmelte Mimi tonlos.

„Ja, wunderbar“, rief Cléo, „das möchte ich auch gern. Hol schnell das Spiel aus dem Regal und bau es auf. Ich bin gleich da.“

Sie stellte den nassen Schirm in die Badewanne, kämmte sich kurz und ging dann ins Wohnzimmer, wo Adamo gerade die Marienstatue in Zeitungspapier packte. Er war inzwischen geduscht, rasiert und angezogen.

„Ich wollte mich bei Ihnen bedanken“, sagte Cléo. „Sie und Mimi haben mich sehr glücklich gemacht. Es tut mir leid, dass es so enden muss, ich …“ Sie konnte nicht weitersprechen.

„Signora!“ Er breitete die Arme aus und drückte Cléo heftig an sich. „Sie waren mir eine Mutter und Mimi eine Großmutter. Ich danke Ihnen.“

Sie schloss die Augen.

„Cléoooo“, rief Mimi aus der Küche. „Feeertig!“

„Dann also.“ Cléo versuchte unter Tränen zu lächeln.

Adamo hatte sich weggedreht, er schien mit dem Verpacken der Madonna sehr beschäftigt zu sein.

„Ich komme, Mimilein!“, rief Cléo und trocknete sich

die Augen. Sie atmete tief durch und ging wieder in die Küche.

Mimi sah sie mit einem merkwürdigen Gesichtsausdruck an.

Cléo nahm Platz. „Dann wollen wir mal“, sagte sie und setzte ihre Brille auf. „Wer würfelt zuerst?“

„Du.“

„Na schön. Ah, eine Fünf. Eins, zwei, drei, vier, fünf. Der Südbahnhof. Den möchte ich gern kaufen. Ich mag die Bahnhöfe. Wie viel kostet er noch mal?“

„Viertausend Mark.“

„Ein teurer Spaß. Wo ist mein Geld?“

Mimi deutete auf den Pappdeckel des Spiels. „Da drin.“

„Soll ich nachzählen, Mimi-Magdalena?“ Lächelnd drohte Cléo ihr mit dem Zeigefinger.

„Brauchst du nicht.“

Cléo schaute in den Deckel. „Haben wir neue Scheine?“

„Jep.“

Cléo blinzelte. „Das ist doch ...“

„Spielgeld“, murmelte Mimi.

Cléos Blick zuckte zwischen grünen Vierhundertern, blauen Tausendern, orangenen Zehntausendern und merkwürdig großformatigen Fünfhunderteuroscheinen hin und her.

„Wie viel ist das?“, wisperte sie.

„Das übliche Startkapital“, antwortete Mimi, „willst du jetzt den Bahnhof kaufen oder nicht?“

Mit zitterndem Zeigefinger deutete Cléo auf die Fünfhunderteuroscheine. „Das, das ...“

Mimi seufzte gereizt. „Ja-ha, aber die sind doch nicht mehr echt.“

„Wie meinst du das?“

„Ich hatte für jeden von uns vierzig Scheine beiseitegelegt“, erklärte Mimi, „aber durch den Fluch ist das alles ja nun nichts mehr wert.“

„Für jeden von uns …“, flüsterte Cléo und begann hektisch zu rechnen. „Das sind zweitausend Euro, nein, hoppla, da fehlt ja eine Null, hahaha …“ Contenance, schrillte ein Stimmchen in ihr. Aber es half nichts.

„Mimi, du bist ein Genie!“, schrie Cléo, und dann brach sie lachend und weinend über dem Küchentisch zusammen.

Adamo kam in die Küche gerannt. „Was ist los?“

„Cléo rastet aus“, antwortete Mimi trocken.

Mit beiden Händen fuhr sich Cléo über das Gesicht. „Wo ist der Rest, Mimi?“

„In deinem Kleiderschrank.“

„Dann hol es bitte schnell.“

„Ich möchte wissen, was hier los ist!“, rief Adamo.

„Was hier los ist?“ Cléo begann schon wieder zu lachen.

„Signora, Sie machen mir Angst.“

„Bitte entschuldigen Sie, aber das …“ Sie brach ab und gab einige Grunzlaute von sich, die sie selbst erstaunten. „Das …“, versuchte sie es wieder, „das ist jetzt wirklich wie im Märchen …“

„Ich habe genug von Märchen und blauen Wundern“, unterbrach Adamo.

„Hier!“ Mimi warf ein Bündel rosa Scheine mitten auf das Monopoly-Brett. Die beiden Spielfigürchen fielen dabei um, rollten vom Tisch, fielen klickend auf den Boden, dann war alles still – wenn man von dem hornissenhaften Gebrumme einiger Baumaschinen absah.

Adamo schluckte.

„Das sind sechzigtausend Euro“, sagte Cléo, die sich endlich gefasst hatte.

„Ui, so viel?“ Mimi machte große Augen.

Cléo nickte.

„Ich verstehe … nicht“, stammelte Adamo, „erklär es mir, Magdalena.“

„Na ja, als das Geld noch echt war und ich es mit Cléo in Umschläge getan habe, dachte ich mir, dass es ziemlich blöd ist, gar nichts davon für uns zurückzulegen.“

Adamo ließ sich auf einen Stuhl fallen und zog Mimi auf seinen Schoß. „Was meinst du mit *als das Geld noch echt war*?“

„Na, bevor uns der Fluch traf, da …“

„Welcher Fluch?“

„Lassen Sie sie ausreden“, bat Cléo lächelnd.

Mimi holte tief Luft. „Jedenfalls habe ich für jeden von uns vierzig von den rosa Scheinen beiseite getan, und weil in der Küche so ein Durcheinander war, hat Cléo es gar nicht gemerkt.“

„Haben Sie denn die Umschläge nicht noch einmal durchgezählt, Signora?“, fragte Adamo streng.

Cléo biss sich auf die Unterlippe. „Das habe ich wohl vergessen“, murmelte sie, „wissen Sie, ich war so erschöpft, dass ich meinen eigenen Namen nicht einmal mehr hätte schreiben können.“

Mimi kicherte.

„Und wieso hast du uns nicht schon viel früher etwas von dem Geld gesagt?“, fuhr Adamo seine Tochter an.

„Weil uns die Brötchen-Oma verflucht hat?“, antwortete Mimi ungeduldig. „War doch nicht mehr wichtig.“

Adamo stöhnte laut auf.

„Du glaubst ernsthaft, dass das Geld nicht mehr echt ist?“, brüllte er.

„Natürlich.“ Unbeeindruckt zuckte Mimi mit den Schultern. „Und schrei mir bitte nicht so ins Ohr.“

„Porca miseria!“ Adamo sprang auf, dabei glitt Mimi etwas unsanft von seinen Knien.

„Mimilein." Cléo streckte die Arme nach ihr aus. „Der Fluch scheint gemildert worden zu sein, die Brötchen-Oma wird mitbekommen haben, dass wir sie wirklich gesucht haben und …"

„Signora, ich halte es für außerordentlich unpädagogisch, dem Kind …" Adamo hielt inne, als er sah, wie Mimis Augen zu leuchten begannen.

„Wirklich?", rief sie und klatschte in die Hände. „Das ist ja cool!"

„Ja." Cléo legte beide Arme um sie. „Das ist wirklich sehr, sehr cool."

„Was machen wir denn jetzt?" Adamo begann auf und ab zu laufen.

„Geht das schon wieder los", knurrte Mimi.

„Also, Frau Fischer hat gesagt, dass man gefundenes Geld abgeben muss", murmelte Cléo pflichtbewusst. „Mehr als zehn Euro darf man nicht behalten."

„Ach, Quatsch mit Soße." Mimi versuchte, ihr den Mund zuzuhalten.

„Gmmmpf, Mimi, ich kriege keine Luft. Ja, sonst ist es wohl eine Straftat. Nach Paragraf 248. Oder war es Paragraf 246? Ich bin mir nicht mehr ganz sicher."

„Wenn man verzaubertes Spielgeld in seinem eigenen Monopoly-Spiel findet, dann darf man das ja wohl behalten!", entrüstete sich Mimi.

„Du hörst doch, was die Signora sagt."

„Nein, das hat Frau Fischer gesagt", widersprach Mimi.

Sie schwiegen.

In Cléos Kopf wirbelten die Gedanken durcheinander. Sie hatte das dringliche Gefühl, dass ein Unglück gerade Aufschub erfuhr. Eine totgeglaubte mystische Maschinerie schien doch noch einmal geschnauft und etwas Zauberdampf ausgestoßen zu haben, Zahnräder machten einen entscheidenden

Ruck, griffen ineinander und eine Chance hob ihr zartes Köpfchen, wie eine Blume nach dem Unwetter. So albern diese Bilder auch waren, Cléo hatte begriffen.

„Adamo, bei allem Respekt“, sagte sie mit zitternder Stimme, „machen Sie mit dem Geld, was Sie für richtig halten, aber ich habe soeben beschlossen, dass ich meinen Anteil behalten werde.“

„Ihren Anteil?“ Adamo sah sie mit gerunzelter Stirn an. „Ihren Anteil, Signora? Wer sollte Ihnen denn bitte einen Anteil an diesem gestohlenen Geld zugesprochen haben?“

„Mimi.“

„Mimi ist ein Kind!“, rief Adamo.

„Ja, das ist sie. Und wir hätten bereits viel früher auf sie hören sollen.“

„Siehste!“, schrie Mimi triumphierend.

Adamo raufte sich das Haar. „Sie haben doch eben selbst erwähnt, dass …“

„Das war Frau Fischer!“, unterbrach Mimi.

„Verdammt noch mal, Magdalena! Sei jetzt endlich still! Sie machen sich strafbar, Signora. Hören Sie? Strafbar. Mehr als zehn Euro dürfen Sie nicht behalten. Punkt!“

Mimi verdrehte die Augen.

„Ganz recht.“ Cléo lächelte. „Das würde ich auch niemals tun.“

Erstaunt sah Adamo sie an. „Was? Wie meinen Sie das? Sie sagten doch eben …“

„Ich meine, dass ich durch einen merkwürdigen Zufall zweitausend Mal hintereinander zehn Euro in meinem Monopoly-Spiel gefunden habe. Ist das nicht eigenartig?“ Sie kicherte grunzend.

Diesen frivolen Laut muss ich mir dringend wieder abgewöhnen, dachte sie.

„Ganz genau!“ Mimi begann die Geldscheine zu zählen.

„Ich weiß nicht …“, murmelte Adamo, „mir ist das alles zu unseriös.“

„Also manchmal verstehe ich Erwachsene einfach nicht!“ Wütend rauschte Mimi hinaus. „Ich bin im Boudoir“, hörte man sie noch schreien, dann flog eine Tür zu.

Cléo lächelte. „Sie hat Temperament.“

„Das können Sie laut sagen.“

„Würden Sie mir einen Cappuccino zubereiten?“, bat Cléo, obwohl sie keinen Appetit darauf hatte.

„Ja, aber natürlich, Signora.“

Im Haus wurde gehämmert und gebohrt.

Als ob die mit Absicht so einen Rabatz veranstalten, dachte Cléo und starrte auf den Haufen rosa Geldscheine, der auf dem Küchentisch lag.

„Wenn wir einfach alles zusammenlegen …“, murmelte sie.

Mit ziemlich viel Getöse begann Adamo Kaffeesatz auszuklopfen. Und dann klingelte sein Handy.

Er sprach Italienisch, Cléo verstand nicht viel. „Magdalena!“, rief er und beugte sich aus der Küchentür, „komm schnell ans Telefon!“

Mimi erschien in Glacéhandschuhen, um ihren Hals baumelte ein winziges Opernglas aus Perlmutt. „Was ist los?“, fragte sie misstrauisch.

„Tante Aurora will dich sprechen!“ Adamo hielt ihr sein Handy hin.

„Ich will aber nicht mit ihr sprechen.“

„Na, hör mal! Du sagst ihr jetzt sofort guten Tag.“

„Nö.“

„Magdalena!“

„Ich will der schmutzigen Aurora nicht guten Tag sagen!“, schrie Mimi. „Ich will der überhaupt nichts sagen!“

Adamo sprach hastig ein paar italienische Worte ins Handy, dann schaltete er es aus und brüllte: „Ich weiß wirklich nicht, was ich noch machen soll! Es ist alles schon schwierig genug, wir müssen …"

„Hört mir mal beide zu!", rief Cléo dazwischen. „Ich glaube unsere Nerven liegen blank, und wir brauchen alle ein Päuschen. Was haltet ihr von folgender Idee?"

Adamo stöhnte auf.

„Mit meinem Geld lade ich euch auf eine kleine Reise ein." Cléo strahlte.

„Wir fliegen nach …? Na?"

„Nimmerland!", rief Mimi begeistert.

„Gott bewahre." Cléo schüttelte lachend den Kopf. „Dieser Captain Hook war mir schon immer zuwider. Ich hatte an Paris gedacht."

Mimi schrie auf. „Ich werde den Eiffelturm sehen und bei Angelina ganz viele Mont-Blancs essen!"

„Mehr als einen schaffst du nie im Leben."

„Und wir werden Mademoiselle Chanel unsere Erwartung machen", sagte Mimi eifrig.

„Aufwartung heißt das", verbesserte Cléo und legte sich beide Hände auf ihr wild rumpelndes Herz. „Ja, Mimilein, das werden wir machen."

„Aber …", sagte Adamo.

„Kein aber!", rief Cléo. „Lassen Sie uns nach Paris reisen, nur zwei, drei Tage. Das haben wir uns nach der ganzen Aufregung verdient. Meinen Sie nicht? Alles andere wird sich hinterher finden."

„Das kann ich doch nie im Leben annehmen, Signora, es ist …"

„Basta!", schrie Cléo und hub mit der Faust auf den Küchentisch (was ziemlich schmerzhaft war, aber auch sehr befreiend).

Adamo lächelte sie erschöpft an und willigte schließlich ein. „Wenn sie es beide so sehr wünschen."

Mimi fiel ihrem Vater um den Hals, und während Cléo versuchte, sich möglichst unauffällig auf die Handkante zu pusten, stiegen all ihre Erinnerungen und Sehnsüchte der vergangenen Jahre wie ein Schwarm Zugvögel auf, der nun begann, in zielgerichteter V-Formation Richtung Paris zu fliegen.

„Wir packen!“, rief Cléo und sprang auf. „Wir packen!“

So schnell sie konnte, rannte sie über den Korridor, warf der Fotografie von Coco Chanel eine Kusshand zu und verschwand im Boudoir, wo sie auf einen Stuhl kletterte, um ihre alte Reisetasche vom Schrank zu holen.

„Paris“, flüsterte sie atemlos und sehr glücklich, „Paris, mon amour. Je reviens.“

VIERZEHN

„Mesdames et Messieurs, nous commençons notre descente vers Paris. Veuillez regagner votre siège et vous assurer que vos bagages à mains sont situés sous le siège devant vous ou dans les coffres à bagages. Merci."

Während die Ansage noch einmal auf Englisch und Deutsch wiederholt wurde, schauten Cléo und Mimi aus dem Flugzeugfenster.

„Wo ist der Eiffelturm?", fragte Mimi.

„Ich sehe ihn nicht …"

„Er wird schon noch da sein", sagte Adamo und schnallte sich an.

Skeptisch wackelte Mimi mit der Nase. „Man kann nie wissen."

Wenig später waren sie gelandet.

„Unser Hotel liegt in der rue Saint-Roch", erklärte Cléo auf dem Weg zur Gepäckausgabe. „Von dort aus erreichen wir das Café Angelina und die Chanel-Boutique zu Fuß."

Sie nahmen ein Taxi.

„Was ist jetzt mit dem Eiffelturm?", quengelte Mimi auf der Autobahn.

„Gleich."

Eine Weile standen sie noch im Stau, quälend langsam ging es voran, doch dann endlich, endlich näherten sie sich der Innenstadt. Cléo kniff sich immerzu in den Arm.

„Da!", rief sie, als der Wagen die Place de la Concorde umkreiste. „Da ist er!"

Und tatsächlich: In seiner blau-metallenen Pracht hob sich der Eiffelturm gegen den Abendhimmel ab und begann gerade eben zu glühen, als wollte er sie begrüßen.

Der Anblick berührte Cléo mehr, als sie gedacht hätte.

„Waaaaaaa", schrie Mimi, „ist der schön!"

Ich bin wieder da, dachte Cléo, während sie aus dem Fenster starrte. Ich bin tatsächlich wieder da. Wie oft hatte sie Paris in ihren Träumen wiedergesehen, war im Park Monceau unter Platanen spaziert, hatte sogar den teerartigen, brenzligen Geruch der Métro wahrgenommen und war dann ... aufgewacht. Vorsorglich kniff sie sich ein weiteres Mal in den Arm.

„Autsch."

Wenig später hielt das Taxi in einer schmalen Straße vor dem Hotel. Zwei mit Rosen bepflanzte Kübel flankierten den Eingang. Goldgelbes Licht fiel durch die Glastüren. Alles schien sauber und gemütlich zu sein.

„Bienvenue à Paris!" Leichtfüßig sprang Cléo aus dem Auto. Sie konnte es gar nicht erwarten, ihren Koffer auszupacken und endlich wieder Teil dieser Stadt zu werden.

*

Nach einem kurzen Abendspaziergang kehrten sie ins Hotel zurück. Mimi war sehr müde.

„Lassen Sie uns doch im Hotel noch eine Kleinigkeit essen", schlug Adamo vor.

„Gute Idee."

Sie betraten einen Raum mit hoher Stuckdecke. Kurz fühlte sich Cléo an den Großen Salon ihres Elternhauses erinnert, doch sie verscheuchte den Gedanken wieder. Neben dem Kamin saßen drei bierselige Engländer. Ein japanisches Paar studierte flüsternd einen Stadtplan. Sie nahmen auf breiten Clubsesseln Platz. Adamo bestellte eine Käseplatte und zwei Gläser Rotwein, für Mimi Pfefferminztee. Er spricht ja richtig gut Französisch, dachte Cléo und nickte anerkennend.

Als die Bestellung wenig später vor sie hingestellt wurde,

musste Cléo lachen. „Ist das nicht ein herrliches Klischee?“, rief sie. „Comté, Camembert, Ziegenkäse, Baguette und Rotwein. Mehr braucht man in Frankreich nicht zum Leben.“

„Der Käse stinkt“, befand Mimi, „ich nehme nur ein Butterbrot.“

Nachdem sie aufgegessen hatte, trank sie eine Tasse Tee, dann rollte sie sich wie ein Kätzchen in ihrem Sessel zusammen und war im nächsten Augenblick eingeschlafen.

„Das liebe Kind“, sagte Cléo leise. „Sie hat es nicht leicht.“

Adamo schnupperte am Wein. „Bald wird es wieder geordnete Verhältnisse in ihrem Leben geben.“

Cléo schluckte. *Meine Güte, so ungeordnet ging es bei mir ja nun auch nicht zu.* Sie hob ihr Glas. „Auf Mimi.“

„Auf Mimi.“

Sie tranken.

„Nicht schlecht“, lobte Adamo, „das reicht beinahe an einen italienischen Roten heran.“ Er blinzelte Cléo zu.

„Erzählen Sie mir von Ihren Plänen?“, fragte sie.

„Meine Schwester Aurora, sie ist zehn Jahre älter als ich, und ihr Mann Alfonso würden uns gern bei sich aufnehmen. Die beiden sind kinderlos. Alfonso ist Grundschullehrer, er hat Mimi schon angemeldet. Sie wird sogar in seine Klasse kommen. Und er hat einen Bekannten, der in der Innenstadt von Neapel eine Bar besitzt. Dort könnte ich sofort anfangen zu arbeiten.“

„Eine Bar?“, rief Cléo überrascht.

„Was ist falsch daran? Besser als arbeitslos zu sein. Ich muss Mimi jetzt mehr Stabilität geben. Seit dem … Tod ihrer Mutter sind wir dreimal umgezogen.“

Sie schwiegen.

„Was wird nun mit dem Geld aus dem Monopoly-Spiel?“, fragte Cléo leise.

Adamo bohrte sich konzentriert im Ohr. „Ich denke, es wäre unklug …“

Cléo starrte ihn an.

„Es wäre unklug, es nicht zu nehmen.“

„Bravo.“

„Was sollte ich denn der Polizei auch sagen?“

Cléo winkte ab. „Das hatten wir ja schon alles.“

„Aber mit zwanzigtausend kann ich selbst in Neapel keine Riesensprünge machen, Signora, und Mimis *Anteil*, wie Sie es so elegant bezeichnen, rühre ich nicht an. Das Geld bringe ich zur Bank, damit sie später studieren kann.“

Cléo nippte am Wein.

Er will wirklich ihr Bestes, dachte sie gerührt.

„Wenn wir bei meiner Schwester wohnen, spare ich die Miete, und nach einiger Zeit könnte ich vielleicht die Trattoria Adamo eröffnen.“

„In Neapel?“

„Ja, natürlich. In Neapel.“

„Aha.“

„Ich habe das Gefühl, Sie missbilligen meine Pläne.“

„Nein, nein.“

„Mimi kommt schon zurecht“, sagte Adamo, „ein bisschen Italienisch spricht sie ja bereits. Sie wird andere Kinder kennenlernen und zu einer kleinen Neapolitanerin heranwachsen.“

Cléo nickte tapfer.

„Neapel ist auch eine schöne Stadt, Signora“, sagte Adamo.

Wenn man von der Camorra, dem Giftmüll, der hohen Arbeitslosigkeit und den Vulkanausbrüchen einmal absieht, dachte Cléo, dann gewiss.

Adamo sah sie bittend an. „Sie kommen uns jeden Sommer besuchen.“

Sie versuchte zu lächeln. „Ja. Gewiss.“

Die Engländer begannen *God Save our Gracious Queen* zu singen, *long live our noble Queen …*

„Meine Schwester freut sich sehr auf uns“, fuhr Adamo fort.

„Das glaube ich.“ *Die schmutzige Tante Aurora.*

„Sie hat schon Tapete für Mimis Zimmer ausgesucht.“ Er zog eine kleine Grimasse. „Mit Entchen darauf. Ich musste ihr erklären, dass Mimi bald neun Jahre alt wird.“

Entchen.

„Mimi liebt Rosentapeten“, sagte Cléo, „sie hasst Milchreis und Clowns. Sie braucht Auszeiten, sie ist gern mal allein, sie mag *Pariser Tango* von Mireille Mathieu und *La Mer* von Charles Trenet, sie …“

„Vielleicht schreiben Sie meiner Schwester das alles auf?“ Adamo schob sich ein großes Stück Camembert in den Mund.

Cléo nickte. Der Rotwein brannte ihr sauer in der Kehle. Sollte sie auch aufschreiben, dass Mimi nachts Albträume hatte und dass man ihr dann im Uhrzeigersinn den Rücken reiben musste? Dass sie *Frühstück bei Tiffany* so oft gesehen hatte, dass sie mitsprechen konnte?

Die Engländer verließen singend den Raum, sie hatten zehn Bierflaschen auf dem marmornen Kaminsims hinterlassen. Plötzlich war es ganz still. Cléo hörte das Blut in ihren Ohren rauschen.

„So! Mimi gehört jetzt ins Bett.“ Adamo stand auf und hob seine Tochter hoch. Schlaff hing sie in seinen Armen.

Cléo strich Mimi sanft über die Wange. „Gute Nacht, meine Kleine, bonne nuit“, sagte sie und ging voraus, die Treppe nach oben in ihr Zimmer.

*

Straßenlärm drang an Cléos Ohr. „Paris“, flüsterte sie, noch bevor sie die Augen öffnete. Sie hatte tief geschlafen und einen sehr klaren Traum gehabt, in dem Serge ihr erschienen war. „Richtig so, ma belle Cléopâtre“, hatte er gesagt und ihr zugelächelt, „genieß dein Leben.“ Sie streckte sich wohlig. Die Sonne schien durch einen Spalt in den Vorhängen. Da klopfte es an ihre Tür.

„Cléo“, rief Mimi, „bist du wach?“

„Ja!“ Cléo sprang aus dem Bett und öffnete. „Komm rein, ich gehe nur schnell ins Bad, und dann kann es auch schon losgehen mit dem Abenteuer.“

„Ich parfümiere mich in der Zeit ein bisschen, okay?“ Mimi hatte offenbar den Flakon Chanel No. 5 auf Cléos Nachttisch entdeckt.

„Aber gern, Mimilein.“

Cléo putzte sich die Zähne, dann bürstete, cremte und puderte sie in rasantem Tempo an sich herum, trug noch etwas Lippenstift auf und eilte „Fertig!“ rufend aus dem Badezimmer.

Das Zimmer war von Chanel-Duft erfüllt.

Ihren Morgenrock ließ Cléo einfach auf den Boden fallen, sie zog sich ein Kleid über, griff nach ihrem Trenchcoat, Mimi sprühte ihr noch etwas Parfum auf den Hals, und im nächsten Moment waren sie schon zur Tür hinaus.

„Das soll uns mal einer nachmachen!“, sagte Cléo und lachte.

Sie hatte das Gefühl, dass die Zeit hier in Paris besonders kostbar war und deswegen wahrscheinlich auch ganz besonders schnell vergehen würde. Hinterher könnte sie … nein, nicht daran denken. Nicht jetzt.

Hand in Hand liefen sie zum Tuilerien-Park.

„Stell dich da hin, ich möchte ein Foto von dir machen.“ Cléo hatte ihren alten Fotoapparat mitgenommen.

Dem Einlegen des Schwarz-Weiß-Films hatte Mimi mit großen Augen beigewohnt. Es war eine Sensation gewesen. „Das ist ja noch schräger als die komische Schreibmaschine!“, hatte sie gerufen.

„Was für ein schönes Morgenlicht!“ Cléo fotografierte Mimi, die sich auf einen der vielen grünen Parkstühle gesetzt hatte. Ihr dunkles Haar leuchtete wie von Silber übergossen. Im Hintergrund war der Louvre zu sehen.

„Papa sagt, er mag nicht frühstücken und kommt später nach“, sagte Mimi, „aber ich mag frühstücken.“

Sie holten sich Mandelcroissants von einem Kiosk und Milchkaffee und Kakao in Pappbechern. Damit setzten sie sich an das große Wasserbecken, in dessen Mitte eine Wasserfontaine in die Höhe spritzte.

Mimi strahlte. „Das ist das beste Frühstück meines Lebens“, sagte sie mit vollem Mund. Hinter ihr ragte die Spitze des Eiffelturmes in den blauen Sommerhimmel.

„Meins auch“, antwortete Cléo und biss so lustvoll in ihr Croissant, dass ganze Schwaden Puderzucker auf ihrem Kleid landeten. Aber es war ihr ganz egal.

„Wann gehen wir in Mademoiselle Chanels Laden?“, fragte Mimi.

„Das heben wir uns noch ein bisschen auf.“ La pièce de Résistance, dachte Cléo amüsiert. *Der ganz große Brocken.*

„Warum?“

„Man kann nicht einfach so bei Mademoiselle reinspazieren, das muss vorbereitet sein.“

„Aber du hast doch gesagt, dass sie längst tot ist.“

„Ja, ja, natürlich ist sie das.“ Cléo tupfte sich den Mund mit einer Papierserviette ab. „Und außerdem heißt es Boutique und nicht Laden.“

„Aber wenn es nur eine Boutique ist, warum können wir dann nicht einfach reingehen?“

„Warum, warum, Mimilein, du süßer Quälgeist. Weil …“, Cléo musste kurz nachdenken, „weil es für mich etwas ganz Besonderes ist, das weißt du doch.“

Mimi nickte. Dann aß sie ihr Croissant auf, und Cléo konnte sehen, wie gut es ihr schmeckte. Lächelnd ließ sie ihren Blick schweifen. Alles kam ihr so vertraut vor, als wäre sie nie fort gewesen. Das Leben hatte dreißig Jahre einfach so fortgewischt. Sie wollte Mimi warnen: *Pass bloß auf! Die Zeit ist ein tückisches Luder. Wenn du mal kurz zur Seite schaust, vergehen Jahrzehnte …*

Aber das war ja absurd. Cléo blinzelte in die Sonne. Das Grübeln sollte sie sich ein für alle Mal abgewöhnen. Jetzt war jetzt und sie würde …

„Ich muss mal Pipi“, sagte Mimi.

Cléo lachte auf.

Sie gingen ins Hotel zurück, damit Mimi auf die Toilette verschwinden konnte.

Im Foyer saß Adamo, drei ausgetrunkene Espressotassen vor sich. Er hatte ihr Kommen nicht bemerkt und sprach leise in sein Handy.

Educazione und *scuola*, konnte Cléo heraushören. Es ging also schon wieder um Neapel.

Adamo sprach schnell und aufgeregt. Als er Cléo entdeckte, beendete er das Gespräch und stand auf. „Signora, guten Tag.“

„Bonjour.“

„Hatten Sie ein schönes Frühstück?“

„Oh, es war himmlisch.“ Cléo drehte sich um die eigene Achse. „Ich fühle mich wieder so … französisch.“

„Darf ich?“ Lächelnd griff er nach seiner unbenutzten Serviette und wischte etwas Puderzucker von ihrem Kleid.

„Vielen Dank“, sagte Cléo.

Er sah sie an. „Ich habe noch einiges zu organisieren, bevor ich mich dem Sightseeing hingeben kann. Dürfte ich Ihnen Mimi noch etwas länger anvertrauen?“

„Nichts lieber als das.“

„Ich muss nämlich noch ein paar Telefonate führen und …“

„Kein Problem.“ Sie lächelte Adamo betont munter an. „Pas de problème.“

Wenig später schlenderten Cléo und Mimi über die Place Vendôme. Sie schauten in die Fenster der zahlreichen Juwelier- und Uhrengeschäfte.

„Ich finde diesen Glitzer-Tiger für achtundzwanzigtausendfünfhundert Euro gar nicht hübsch“, sagte Mimi.

„Das ist ein Panther“, erwiderte Cléo schmunzelnd.

Vor dem Hotel Ritz blieben sie wieder stehen.

„Hier hat sie nachts geschlafen“, sagte Mimi andächtig.

„Ja, über dreißig Jahre lang. Und hier ist sie auch gestorben.“

Sie betrachteten die eindrucksvolle sandsteinfarbene Fassade.

„Berühmte Leute sind in diesem Hotel ein- und ausgegangen“, fuhr Cléo fort, „Ernest Hemingway, Scott Fitzgerald …“

„Kenne ich nicht.“

„Lady Diana hat hier ihre letzten Lebensstunden verbracht.“

„Wer war das?“

„Oh, sie war eine schöne, junge Prinzessin aus England.“

„Hat sie sich an einer Spindel gestochen?“

Cléo schüttelte den Kopf.

„Erzähl mir, was passiert ist.“

„Nein, Mimi, ich habe keine Lust auf traurige Geschichten,

ich erzähle dir lieber etwas anderes: Wenn du jetzt wie ein Vögelchen in die Höhe fliegen könntest und dir diesen Platz, auf dem wir gerade stehen, von oben anschautest, dann würde dir etwas sehr Mysteriöses auffallen."

„Was denn?"

„Place Vendôme ist achteckig und hat genau die gleiche Form wie der Kristallstopfen auf dem Chanel-No. 5-Flakon."

„Uiii, das ist ja toll." Prüfend ließ Mimi ihren Blick über den Platz wandern. „Ob Mademoiselle das mit Absicht gemacht hat?"

„Vielleicht war es ihr Unterbewusstsein, vielleicht war es Absicht, vielleicht war es Zufall. Wer weiß?"

Mimi schüttelte den Kopf. „Viel zu genial für einen Zufall."

Cléo holte ihren Fotoapparat aus der Tasche und fotografierte Mimi vor der hohen Säule aus grün angelaufener Bronze, die sich genau in der Mitte der Place Vendôme in die Höhe schraubte.

„Wer ist das Männchen, das da oben draufsteht?", fragte Mimi.

„Das ist Napoléon. Und jetzt schick deinem Papa bitte eine SMS und sag ihm, dass wir ins Café Angelina gehen. Es wird höchste Zeit für einen Mont-Blanc. Ich habe seit Jahrzehnten keinen mehr gegessen."

„Und wann machen wir Mademoiselle endlich unsere … Aufwartung?"

„Danach."

❊

Sie hatten Glück: Ihnen wurde ein Platz neben dem großen Wandbild zugewiesen, und sie bestellten drei Mont-Blancs und Afrikanische Schokolade.

Verzückt betrachtete Cléo die Meeresbucht auf dem Gemälde. „Ich kann es einfach nicht fassen, dass wir wirklich hier sitzen."

„Ein schönes Café", sagte Adamo, der gerade zu ihnen gestoßen war, „es ist …" Sein Handy klingelte. „Tut mir leid." Er schaute Cléo zerknirscht an. „Aber ich muss da rangehen."

„Bitte, bitte."

Adamo drehte sich beiseite und begann mit gedämpfter Stimme zu sprechen.

„Es ist alles so hübsch hier", sagte Mimi, „so viel Gold und Beige und die runden Tischchen. Ich komme mir vor wie in einer Puppenstube."

Cléo lachte. „Gefällt es dir?"

„Ja, sehr."

Die Kellnerin stellte vor jeden von ihnen einen Mont-Blanc hin. Dann kamen die Kännchen mit heißer Schokolade, Schälchen mit geschlagener Sahne, Tassen, Gläser und eine Karaffe Wasser.

„Merci beaucoup." Cléo rieb sich die Hände. „Jetzt löffelst du ein wenig von der Sahne in die Schokolade", erklärte sie.

„Oh, oh", machte Mimi aufgeregt, „die schwimmt ja."

„Ja, die Sahne schwimmt, sieht das nicht entzückend aus? Wie ein weißes Wölkchen …"

„Accidenti!", rief Adamo plötzlich in sein Handy.

Erschrocken fuhr Cléo auf.

„Accident?", flüsterte sie Mimi zu. „Wer hatte einen Unfall?"

„Niemand, es bedeutet bloß *verdammter Mist* oder so was." Mimi bohrte ihre Gabel in den Mont-Blanc, zog sie wieder heraus und betrachtete genüsslich die hellbraune Masse, die nun daran klebte.

In diesem Moment sprang Adamo auf und eilte, das Handy an sein Ohr gepresst, in Richtung Ausgang.

„Weißt du, um was es geht?“, fragte Cléo und merkte selbst, wie schrecklich neugierig sie sich anhörte.

„Ach, irgendwas mit Tante Aurora.“

Cléo biss sich auf die Zunge. Doch dann konnte sie sich einfach nicht zusammenreißen. „Warum nennst du sie die schmutzige Tante?“

„So hat meine Mama sie immer genannt.“ Plötzlich sah Mimi traurig aus. Sie ließ die Gabel sinken.

Cléo klopfte ihr auf die Schulter. „Jetzt probierst du aber mal den Mont-Blanc, ich möchte wissen, was du davon hältst.“

„Ich will zu meiner Mama“, sagte Mimi leise.

Cléo legte ihren Arm um Mimi und drückte sie an sich. Sie wusste einfach nicht, was sie darauf erwidern sollte.

„Da bin ich!“ Mit breitem Grinsen setzte sich Adamo wieder an den Tisch. „Das sieht ja großartig aus. Hmmmm.“

Erst jetzt schien er die gedrückte Stimmung zu bemerken. „Was ist los?“

Cléo hatte den Eindruck, ihr würde *der Senf in die Nase steigen*. So lautete zumindest die französische Bezeichnung für den Gemütszustand, der sie gerade überkam.

„Sie und Ihre Pläne!“, rief sie, und Ärger kribbelte in ihren Gliedern.

„Wie bitte?“

„Ach, schon gut.“

„Was meinen Sie, Signora?“

Cléo presste die Lippen aufeinander, doch mit ihrer Gefasstheit, auf die sie immer so stolz gewesen war, schien etwas nicht mehr in Ordnung zu sein. „Sie treffen Entscheidungen über unsere Köpfe hinweg!“, quoll es aus ihr heraus.

„Ja, aber …“

„Erst sagen Sie, ich wäre wie eine Großmutter für Ihre Tochter, und dann nehmen Sie mir Mimi einfach wieder weg.“

Einige Leute an den Nebentischen drehten sich neugierig nach ihnen um.

„Signora …“

„Sie rennen davon, sobald es schwierig wird“, rief Cléo, die sich nicht länger in der Gewalt hatte. „Wir hätten das doch irgendwie geschafft. Gemeinsam.“

„So?“ Adamo funkelte sie wütend an. „Und hätten Sie auch die Freundlichkeit mir zu sagen, wie?“

Cléo hielt seinem Blick stand. Sie wusste um die Wirkung ihrer eisblauen Augen. „Es gibt immer einen Weg.“

„Verzeihen Sie, Signora Cléo, aber mit Ihren schönen Sätzen bekomme ich das Kind nicht satt.“

„Verzeihen Sie ebenfalls, Adamo, aber mit Ihrem Herumgeziehe ist dem Kind auch nicht geholfen.“

„Ich habe zumindest einen Plan!“, rief Adamo.

Cléo schüttelte den Kopf. „Einen Plan nennen Sie das?“

„Ja.“

„Dann gehen Sie doch nach Neapel“, zischte Cléo, „und ich werde hierbleiben. In Paris.“ Sie rang nach Luft. „Bis das Geld alle ist.“

„Und dann?“, fragte Adamo.

„Dann … sterbe ich!“

„Man stirbt nicht auf Knopfdruck …“

Ein kleiner erstickter Laut ließ sie innehalten.

Mit tränennassem Gesicht saß Mimi auf ihrem Stuhl. „Hört auf“, schluchzte sie, „hört doch bitte auf.“

„Mimilein!“ Erschrocken schlug sich Cléo eine Hand vor den Mund.

Bei dem Versuch, seine Tochter zu umarmen, fegte Adamo einen Mont-Blanc vom Tisch. „Magdalena!“, rief er leidenschaftlich und legte auch einen Arm um Cléo. „Signora, es tut mir so leid!“

Sie hielten sich alle drei fest umschlungen, bis eine genervt aussehende Kellnerin die Rechnung brachte. Wenig später standen sie wieder auf der Straße.

„Den Besuch bei Angelina hatte ich mir allerdings etwas anders vorgestellt“, sagte Cléo mit schrägem Lächeln, „habt ihr den Mont-Blanc wenigstens gekostet?“

Mimi und Adamo schüttelten die Köpfe.

„Und du?“, fragte Mimi. „Hast du deinen probiert?“

„Nein, nur kurz angeguckt.“

Mimi kicherte. „Papa hat seinen auf den Boden geschmissen.“

„Nun“, sagte Cléo, „es gibt Wichtigeres im Leben.“

Adamos Handy klingelte. Er schaute aufs Display, zog die Stirn in Falten und antwortete.

Mimis Lächeln erlosch.

„Was macht Holly Golightly, wenn es ihr nicht so gut geht?“, fragte Cléo und strich ihr über den Kopf.

„Sie geht zu Tiffany und sieht sich die Schaufenster an“, antwortete Mimi.

„Richtig. Und was machen wir?“

„Wir gehen zu Chanel!“, rief Mimi aufgeregt.

„So wahr ich Cléopâtre Aglaïde Victorine de Pierret-Monchouaris heiße.“

FÜNFZEHN

„Bouclé-Tweed, Kamelien und Perlen, und in jeden Jackensaum wird ein Kettchen eingenäht, damit der Stoff perfekt fällt. Das war schon zu Mademoiselles Zeiten so. Ach, manche Dinge ändern sich nie, wie beruhigend …“ Cléo konnte einfach nicht aufhören zu reden. „Zu meiner Zeit sah die Boutique ganz anders aus, trotzdem ist Mademoiselle Chanel unsterblich. Man muss natürlich anerkennen, dass diese Tatsache auch Herrn Lagerfeld zu verdanken ist. Ein talentierter und einfühlsamer Mann, der … Mimi?“

Mit offenem Mund stand Mimi vor einem Abendkleid aus cremefarbener Spitze.

„Du hast Geschmack“, sagte Cléo und stellte sich neben sie. „Dieses Kleid hätte ich früher zu gern vorgeführt.“

„Ich will auch Model werden.“

„Was? Oh du lieber Himmel.“ Cléo verkniff sich ein *Lern lieber etwas Anständiges* und sagte stattdessen: „Wie raffiniert dieses Kleid ist, romantisch durch die Spitze und den geraden Schnitt, aber außerordentlich verführerisch durch die freien Schultern, und dieses neckische schwarze Samtband, das einem ja geradezu wie die Schlange aus dem Paradies vorkommt. Wundervoll, ganz wundervoll …“ Cléo klatschte in die Hände.

„Madame“, wurde sie von einer Verkäuferin angesprochen. „Kann ich Ihnen behilflich sein?“

„Wenn ich ehrlich bin, sind wir nur gekommen, um uns die Kollektion anzusehen“, antwortete Cléo, der es großes Vergnügen bereitete, wieder Französisch zu sprechen.

„Möchten Sie gern etwas anprobieren?“

„Nein, nein, vielen Dank.“

„Was hat sie gesagt?“, fragte Mimi.

Cléo übersetzte.

„Warum willst du denn nichts anprobieren?“, rief Mimi. „Dir hat doch das schwarze Kleid da hinten so gut gefallen.“

„La petite robe noire?“ Die Verkäuferin nickte verstehend. „The little black dress.“

„Ja, das ist einfach traumhaft“, sagte Cléo, „es ist so durch und durch im Sinne von Mademoiselle Chanel, als hätte sie es höchstpersönlich entworfen.“

„Sie reden, als hätten Sie sie gekannt“, sagte die Verkäuferin lachend.

„Ich habe sie gekannt.“ Cléo erzählte kurz von ihrer Tätigkeit als Mannequin im Hause Chanel.

„Wie war sie?“, rief die junge Frau aufgeregt.

„Voller Energie, brillant, aber auch durchsetzungsstark und strikt. Sie konnte sehr … unbequem werden.“

„Und ist es wahr, dass sie nicht zeichnen konnte?“

Cléo schaute kurz auf das Namensschild der Verkäuferin. „Das ist richtig, Inès. Mademoiselle hatte eine sehr spezielle Arbeitsweise. Sie mochte keine Schnittmuster und auch keine Schneiderpuppen. Eine von uns Mannequins diente ihr als lebendiges Gerüst. Den Mund voller Stecknadeln schlich sie wie eine Löwin um uns herum, tastete den Stoff mit den Händen ab und bestimmte, wo etwas abzunähen war. Das konnte Stunden dauern.“

„Ich muss das sofort meinen Kolleginnen erzählen, so etwas erlebt man ja nicht alle Tage.“ Inès verschwand.

„Was hast du alles gesagt?“, fragte Mimi.

Cléo übersetzte.

„Und probierst du jetzt das Kleid an?“

„Meinst du?“ Unschlüssig ließ Cléo ihre Fingerspitzen über die schwarze Seide gleiten. „Ich kann es mir sowieso nie im Leben leisten …“, flüsterte sie auf Deutsch.

Inès war wieder aufgetaucht, sie griff nach dem Kleid und ging voraus zu einer Umkleidekabine, die sich diskret hinter der dunkelbraunen Wandvertäfelung befand. Cléo schlug das Herz bis zum Hals. „Ich werde es nicht kaufen, Inès, ich stehle nur Ihre Zeit. Ich …“

„Wenn es mir zustünde, würde ich sagen: Ich bestehe darauf.“ Inès lächelte ihr aufmunternd zu. Dann öffnete sie die Tür. Zögerlich betrat Cléo die Kabine, Inès hängte das Kleid an eine Garderobenstange und ging hinaus. Ganz leise klappte die Tür hinter ihr zu.

Cléo sah sich um. Sie befand sich in einem hübsch eingerichteten Raum mit Sofa, Spiegel, Lämpchen. „Wie chic“, flüsterte sie.

An der Wand hing die moderne Darstellung einer Kamelienblüte hinter Acrylglas.

Ich werde jetzt wieder hinausgehen und Inès sagen, dass …

Cléo starrte auf das Kleid, das noch sanft auf dem Bügel hin und her schwang.

Ich werde ihr sagen, dass …

Die Versuchung war zu groß. Noch einmal ein Chanel-Kleid der neuen Kollektion tragen, dachte Cléo, und wenn es nur fünf Minuten sind, das ist mehr, als ich zu träumen gewagt hätte. Sie atmete tief durch und nahm das Kleid vom Bügel. Ob Mademoiselle damit zufrieden gewesen wäre? Cléo betrachtete die Schnittführung, untersuchte die Nähte, das Innenfutter. „Hmmm“, machte sie bewundernd, „ganz exquisite Verarbeitung.“

Sie zog sich aus und warf einen Blick in den Spiegel. „Herrschaftszeiten“, murmelte sie, als sie bemerkte, wie verschlissen ihre Baumwollunterwäsche war. *Ich werde das Kleid ruinieren, allein durch meinen Anblick. Es wäre ein Frevel.*

„Madame?“, fragte Inès durch den Türspalt. „Brauchen Sie Hilfe?“

Cléo seufzte leise. „Non, merci.“ Was hatte sie bloß für

einen Wirbel veranstaltet? Aber nun gab es kein Zurück, wenn sie nicht vollkommen albern und kurios rüberkommen wollte. Kopfüber glitt sie in die schwarze Seide und musste noch einmal seufzen, dieses Mal allerdings vor lauter Wohlbefinden. Der Reißverschluss ließ sich ganz einfach schließen, es war alles eine einzige Bewegung gewesen, und als Cléo wieder in den Spiegel schaute, sah sie … eine Grande Dame. Das Kleid saß wie maßgeschneidert, es hatte lange Ärmel und reichte ihr bis knapp unter die Knie. Damit wäre Mademoiselle einverstanden gewesen: Damen eines gewissen Alters taten ihrer Meinung nach gut daran, Knie und Ellenbogen zu verbergen. Cléo strich über ihre schlanken Hüften und drehte sich zur Seite. Der leicht ausgestellte Rock schwang mit, es war wie eine Liebkosung. Ein seliges Lächeln legte sich auf Cléos Lippen, sie puderte sich noch schnell die Nase, dann öffnete sie die Tür und trat hinaus.

Sechs weit aufgerissene Augenpaare starrten sie an.

„Magnifique!", rief Inès, die offenbar in der Zwischenzeit einige Kolleginnen herbeigeholt hatte. Sie alle umringten Mimi, die noch immer auf dem Sofa thronte und mit Orangensaft versorgt worden war.

Plötzlich begann es in Cléos Beinen zu prickeln. Sie kannte dieses Gefühl: Noch Minuten bevor die Modenschauen begannen, war Mademoiselle herumgegangen, hatte Jacken zurechtgezogen, Krägen und Perlenketten gerichtet. Mit einer Zigarette im Mundwinkel hatte sie jedes einzelne Mannequin noch einmal einer Prüfung unterzogen. Cléo war dann immer ganz mulmig zumute gewesen. Mademoiselles dunklem Blick standzuhalten war nicht einfach. Anspannung, Rauch und Lampenfieber hatten in der Luft gelegen, aber auch Vorfreude darüber, gleich hinauszugehen, ein Nummernschildchen in der Hand, und voller Stolz eine neue Kollektion zu präsentieren … wohl wissend, dass Mademoiselle, die Spiegelungen ihrer Zaubertreppe nutzend, unsichtbar geworden, oben auf den Stufen saß und sowohl ihre Mannequins als auch die Reaktion der Gäste genauestens beobachtete. Sie hatte ihre Augen überall. Cléo fiel alles wieder ein, und eine unbeschreibliche Hochstimmung überkam sie – wie damals.

Sie hob das Kinn, streckte den Rücken und bevor sie weiter nachdenken konnte, war sie mit grazilen Schritten auch schon losgelaufen. Die Hände elegant in den Hüften eingestützt, drehte sie sich um die eigene Achse, sodass Leben in das Kleid kam und es ihr um die Beine tanzte. Lächelnd ging sie weiter, schwebte vielmehr über den hellen Teppichboden, ließ einen Arm sinken, machte mit einem überaus eleganten Hüftschwung kehrt und kam vor der Umkleidekabine wieder zum Stehen.

Es war ganz still.

Dann brach Jubel aus. „Belle!", „Splendide!", „Superbe!", riefen die Verkäuferinnen. Zwei Asiatinnen fotografierten Cléo mit ihren Handys, ein paar amerikanische Touristen waren stehen geblieben und applaudierten. „Bravo! Encore!"

Kurz musste Cléo überlegen, wo sie war und welches Jahr man schrieb.

Die Verkäuferinnen umringten sie. „Das Kleid ist wie für Sie gemacht!" „Es steht Ihnen so gut." „Wahre Eleganz kommt aus dem Herzen!"

Cléos Herz schlug wild. Was für eine Freude sie empfunden hatte, und wie selbstverständlich ihr die Bewegungsabläufe wieder in den Sinn gekommen waren. Es war so natürlich gewesen wie Atmen.

Inès trat zu ihr. „Eine wichtige Kundin aus der Schweiz lässt fragen, ob Sie dieses Kostüm für sie vorführen würden." Sie deutete auf eine Kleiderpuppe aus weißem Kunststoff, die einen violetten Zweiteiler trug.

Cléo lachte auf. „Aber das geht doch nicht. Ich … ich …" Sie räusperte sich. „Ja. Ich mache es."

Diesmal half ihr Inès beim Ankleiden. Cléo schlüpfte in den knielangen, eng geschnittenen Rock. „Wunderbar", flüsterte Inès, „jetzt noch das Jäckchen."

Sie half ihr hinein, dann schlang sie Perlenketten um Cléos Hals und setzte ihr eine Sonnenbrille ins Haar. „Oh, Madame, Sie sind das perfekte Model!"

„Ich war das perfekte Model", erwiderte Cléo und verbesserte sich auf der Stelle, „und perfekt war ich nun wirklich nicht."

Inès hörte gar nicht zu. Sie befestigte eine Strassbrosche in der Form zwei ineinander verschlungener Cs an der Jacke, dann stellte sie ein Paar zweifarbige Sling-Pumps vor Cléos Füße und hielt ihr eine gesteppte Handtasche hin. „Fertig", sagte sie strahlend. „Wie gefällt es Ihnen?"

„Sehr gut." Cléo schlüpfte in die Schuhe, dann lächelte sie Inès im Spiegel an. „Wie sagte Mademoiselle Chanel so richtig? Mode ist vergänglich, Stil niemals."

„So ist es. Sind Sie bereit?"

„Ja."

Inès öffnete die Tür.

Diesmal löste Cléo wahre Begeisterungsstürme aus. Noch mehr Menschen hatten sich versammelt, es wurde geklatscht und gerufen, und sie musste die Runde durch die Boutique dreimal hintereinander drehen.

Die Kundin aus der Schweiz kaufte das gesamte Outfit. Allerdings in Konfektionsgröße vierundvierzig.

„Ich bin ja auch nicht mehr die Jüngste", sagte sie hinterher zu Cléo, „aber so eine wie Sie habe ich noch nicht erlebt."

„Das ist nicht unbedingt ein Kompliment", erwiderte Cléo, die sich wieder umgezogen hatte.

„Sie sind eine außergewöhnliche Frau."

„Ach was, ich habe lediglich gute Gene und mache mir nicht so viel aus Süßigkeiten und …"

Die Schweizerin hob die Hand. „Jede Schönheit geht zugrunde, die nicht vom Adel des Geistes, von der Liebenswürdigkeit des Charakters gehoben ist."

„Oh", machte Cléo beeindruckt.

„Ist nicht von mir. Das hat Luise Otto-Peters gesagt, Schriftstellerin und Frauenrechtlerin des neunzehnten Jahrhunderts."

„Trotzdem herzlichen Dank." Cléo zog ihren abgenutzten Trenchcoat wieder über. Sie war noch ziemlich durcheinander und musste sich kurz setzen.

„Mann, Mann, Mann, bin ich stolz auf dich!" Mimi hüpfte vor lauter Aufregung von einem Fuß auf den anderen. „Ich habe allen erzählt, dass das coole Model, das da gerade läuft, meine Oma ist."

„Das coole Model?", wiederholte Cléo lachend.

Inès hockte sich vor sie hin. „Madame, das war einfach großartig. Sie müssen weitermachen."

„Verzeihen Sie, aber ich bin ein wenig erschöpft."

„Nicht jetzt." Inès lachte. „Suchen Sie sich eine Agentur und modeln Sie wieder."

„Ich bitte Sie." Cléo winkte ab. „Ich bin doch viel zu alt."

„Überhaupt nicht. Als Dame im goldenen Alter könnten Sie in der Werbebranche eine glänzende Karriere machen", widersprach Inès.

„Das junge Ding hat recht", mischte sich die Schweizerin ein, die tütenbepackt wieder aufgetaucht war. „Überlegen Sie sich das. Ade und alles Gute."

„Auf Wiedersehen", rief Cléo ihr hinterher.

Die Menschenmenge zerstreute sich murmelnd, Inès und ihre Kolleginnen gingen an die Arbeit zurück.

„Du wirst wieder Model?“ Mimi strahlte Cléo an.

„Aber Mimilein, das sind doch nur Flausen.“

„Was sind Flausen?“

„Spinnereien, Unsinn.“

„Gar nicht!“, schrie Mimi. „Das ist eine richtig gute Idee.“

Ein Ächzen unterdrückend erhob sich Cléo. „Man muss wissen, wann der Traum vorbei ist.“

„Und woher weißt du das?“

„Weil ich eine alte Frau bin.“

„Aber Inès und die Kundin haben dir doch eben erklärt, dass …“

„Die wollten nur nett sein, und jetzt komm, wir müssen uns noch die Spiegeltreppe anschauen.“ Cléo ging voraus.

„Erwachsene sind so dumm“, hörte sie Mimi hinter sich brummeln, „am liebsten möchte ich niemals erwachsen werden …“

Cléo war kurz vor dem Ausgang stehen geblieben. Linker Hand gab es einen Durchgang, in dem ein junger Mann vom Sicherheitsdienst stand.

„Dürften wir wohl einen Blick auf die Treppe werfen?“, fragte Cléo.

Er nickte und ließ sie ein kleines Foyer betreten. „Aber unten stehen bleiben, nicht hochgehen“, sagte er.

„Nein, nein.“

An der Wand hing ein großes Schwarz-Weiß-Foto von Coco Chanel. Über ihre Schulter hinweg blickte sie ohne Lächeln in die Kamera. Perlenschnüre fielen über ihren Rücken.

„Da war sie noch jung“, sagte Cléo. „Sie ist sehr hübsch, nicht wahr?“

Mimi nickte. „Und das ist die Treppe?“, fragte sie.

„Ja, das ist die Treppe. Oder besser: Es ist der Anfang der Treppe. Weiter oben dreht sie sich um sich selbst.“

Auf einmal bekam Cléo keine Luft mehr. Mein Gott, dachte sie. Sie sah sich selbst wieder. Damals, als sie jung gewesen war und gedacht hatte, dass das Leben ihr niemals etwas anhaben könnte. Die aneinandergefügten Spiegelstreifen straften jede Reflexion Lügen, ein verwirrendes Auftauchen, Leuchten und Verwehen, rasche Bildwechsel, jede Stufe wie ein Lebensjahr, alles in stetiger Veränderung, und viel zu schnell war man unten angekommen. Ein glänzender Zauber, der Cléo nun wie ein Sinnbild menschlichen Daseins vorkam. Ihr war ein wenig schwindelig.

„Können wir nicht schnell nach oben in die Wohnung von Mademoiselle gehen?“, hörte sie Mimis Stimme wie durch Watte. „Er guckt gerade nicht hin.“

„Nein, das geht nicht.“

„Alles ok? Du siehst ja aus wie ein Geist.“

„Ich glaube, ich brauche einen Schluck Wasser.“

„Gut, dann gehen wir.“

„Warte, es gibt noch etwas zu erledigen.“

Cléo ging zurück in die Boutique und kaufte einen Flakon Chanel No. 5. „Würden Sie es hübsch verpacken?“, fragte sie Inès. „Es ist ein Geschenk für diese kleine Demoiselle.“

Mimi strahlte.

„So eine liebe Großmutter. Du hast es gut“, sagte Inès lächelnd und klebte eine Stoff-Kamelie nach der nächsten auf das Einwickelpapier. Dann häufte sie Creme- und Parfumproben in die Tüte.

„Was sagt sie?“ Mimi raufte sich die Haare. „Ich muss unbedingt Französisch lernen, das klingt so schön, bringst du es mir bei?“

Cléo übersetzte.

Mimi Französisch beibringen? Das würde sie nur allzu gern, aber … nein, sie wollte auf keinen Fall weiterdenken. Nicht hier, nicht jetzt.

„Ja, ich habe es gut“, rief Mimi und nahm ihr Geschenk entgegen. „Danke, Cléo“, sagte sie feierlich, „merci beaucoup.“

„Von Herzen gern, mein Mimilein“, erwiderte Cléo mit zusammengeschnürtem Hals. Mit zahlreichen Wangenküssen und vielen guten Wünschen verabschiedeten sie sich von Inès.

Dann standen sie wieder auf der Straße. Es war windig geworden.

„31 rue Cambon“, murmelte Cléo, „da bin ich also noch einmal hergekommen.“

„Wir können doch immer wieder kommen.“ Fragend sah Mimi zu ihr auf. Sie trug ihr schwarz-weißes Chanel-Tütchen sehr anmutig in der Armbeuge.

„Ja, das können wir“, sagte Cléo.

Wie hässlich ihre Stimme klang, wenn sie log.

*

„Und dann ist Cléo einfach losgelaufen … Das war so toll. Alle haben geklatscht wie verrückt und fotografiert und gefilmt. Bestimmt ist schon was auf YouTube zu finden.“ Mimis Wangen glühten. „Die hätten dir das Chanel-Kleid ruhig mal schenken können, finde ich.“

Cléo lachte auf. „Es kostet ja auch bloß ein paar tausend Euro.“

„Wie ich sehe, hattet ihr beide viel Spaß.“ Adamo strich Mimi über die Haare.

Sie nickte heftig. „Und was hast du Schönes gemacht?“

„Ich … also, ich habe telefoniert. Du bist inzwischen in der Schule angemeldet, und eine entfernte Cousine von dir geht in deine Klasse. Sie heißt Gioia. Ist das nicht schön?“

Mimi schaute auf den Boden.

„Tante Aurora freut sich auch schon sehr auf dich."
„Pfff", machte Mimi abfällig. „Ich will da aber nicht hin."
„Es ist ja nur vorübergehend. Wenn ich Fuß gefasst habe, dann suchen wir uns was Eigenes."
„Das sagst du jedes Mal."
„Magdalena." Er sah sie strafend an. „Es ist nicht einfach, und ich tue mein Bestes."
„Ich will in Berlin bleiben."
„Ich habe es dir schon so oft erklärt, ich …"
„Vielleicht sollten wir versuchen, unseren vorletzten Tag in Paris nicht zu verderben", schaltete sich Cléo ein.
„Morgen fliegen wir schon nach Hause?", fragte Mimi ungläubig.
„Morgen Abend."
„Ich könnte für immer hierbleiben."
„Ich auch", sagte Cléo.
Sie saßen in einem Bistro in der rue Saint-Roch und hatten gerade Salat, Geflügelpastete und gebackenen Ziegenkäse bestellt.
„Was haben Sie entschieden?", fragte Adamo.
Cléo fühlte ihr Herz schneller schlagen. „Nun … ich … könnte mir tatsächlich vorstellen, wieder in Paris zu leben."
Erstaunt sah Adamo sie an.
„Was hält mich noch in Berlin, wenn Mimi und Sie nicht mehr da sind?"
„Aber in Paris können Sie sich doch erst recht keine Wohnung leisten", rief Adamo.
„Wieso? Ich habe schließlich schon einmal hier gelebt."
„Du lieber Himmel! Das ist dreißig Jahre her!"
„Ich brauche nicht viel", erwiderte Cléo, „ein kleines Zimmer unter dem Dach reicht vollkommen."
„Sie haben wohl etwas zu romantische Ansichten."
Wütend sah Cléo ihn an. *Und Sie haben die lästige An-*

gewohnheit, meine Pläne madig zu machen, wo Ihre eigenen alles andere als brillant sind.

Adamo schien Gedanken lesen zu können.

„Ich meine es nicht böse, Signora. Aber Paris ist unbezahlbar."

„So, woher wissen Sie denn das?"

„Moment." Er griff nach seinem Smartphone und ließ seine Daumen darauf herumtanzen. „Da haben wir es ja schon", murmelte er und begann vorzulesen: „Mietwucher in Paris. Die ehemaligen Mädchenzimmer, sogenannte chambres de bonne, sind winzige Kammern, häufig unbeheizt mit Außenklo, und können bis zu tausend Euro monatlich kosten. Bla, bla, bla … die französische Regierung will durch Gesetzesänderung Preissenkungen erzwingen. Das Ministerium für Wohnungswesen … bla, bla … in der Innenstadt sind Preise von vierzig Euro pro Quadratmeter keine Seltenheit, es ist …"

„Schon gut", unterbrach Cléo. *Tausend Euro?*

„Man muss doch die Fakten kennen, Signora. Mit Träumen und Märchen kommen wir alle nicht weit. Ich …" Er legte eine Hand auf ihren Unterarm. „Mir liegt doch an Ihnen, ich will, dass es Ihnen gut geht."

Er redet mit mir, als wäre ich eine wirre Alte, die nicht mehr richtig tickt. Und seit wann spricht er so laut? Glaubt er, ich höre nicht mehr gut? Cléo schloss kurz die Augen. Sie war müde. Bis auf die Fünf hatte sie Zahlen noch nie leiden können. Sie mochte Buchstaben viel lieber. Plötzlich sah sie kantige Vieren auf sich zukommen, aufgeblasene Achten, eckige Einsen, gefolgt von vielen hohlen Nullen. Auf winzigen Krallen trippelten sie herbei und … „Huch!" Cléo schreckte auf.

Das Essen wurde gerade gebracht.

„Bon appétit", sagte der Kellner, nachdem er alles abgestellt hatte, aber niemand hatte Appetit.

„Der Käse ist ekelhaft“, befand Mimi.

„Könnte es daran liegen, dass du keinen Käse magst?“, fragte Cléo.

Mimi zuckte mit den Schultern und beäugte die Pastete.

„Soll ich dir ein paar Froschschenkel bestellen?“, fragte Adamo scherzhaft.

„Nee.“

„Ein bisschen Salat musst du aber essen.“

„Ich esse nie wieder was.“

Adamo seufzte. „Mimi, nun mach doch nicht alles noch schwerer.“

Sie schwiegen.

„Wieso nehmen Sie sich nicht wieder Untermieter?“, fragte Adamo und legte Cléo eine Scheibe Ziegenkäse auf den Teller. „Das wäre doch eine Möglichkeit.“

Cléo starrte auf den Käse, und ihr kam Björn Börklund in den Sinn, mit seinen bleichen schwedischen Füßen.

„Nein! Niemals.“ Sie schüttelte sich. „Auf überhaupt gar keinen Fall.“

*

Nach dem Essen gingen sie zum Trocadéro.

„Der Eiffelturm glitzert immer zur vollen Stunde“, erklärte Adamo, „sobald es dunkel ist.“

„Ich bin so aufgeregt“, rief Cléo, „ich habe das noch nie gesehen. Bloß im Fernsehen.“

„Sehen Sie, Signora, Sie sind schon sehr lange weg.“

Wenn er jetzt wieder mit den Pariser Mietpreisen anfängt, kriegt er meine Handtasche um die Ohren, dachte Cléo, aber sie war viel zu aufgekratzt, um sich ernsthaft zu ärgern.

Adamo sah auf die Uhr. „Gleich …“

Und dann ging es los: ein Funkeln und Glitzern, das Cléo

den Atem verschlug. Der ganze Turm schien in ein Zauberelixier getaucht worden zu sein. Cléo griff nach Mimis Hand. „Mein Gott, ist das schön“, flüsterte sie.

„Kann man sich was wünschen?“, fragte Mimi.

„Er glitzert doch alle sechzig Minuten“, sagte Adamo, „in diesem Sinne ist es nichts Besonderes …“

Entrüstet blickte Mimi zu ihrem Vater auf.

„Na, äh“, stammelte er, „ich meine, es ist nicht wie bei einem vierblättrigen Kleeblatt oder einer Sternschnuppe oder …“

Mimi hob eine Hand. „Nun sei mal bitte still, Papa. Ich möchte das hier gern in Ruhe genießen.“

Cléo unterdrückte ein Lachen. Dann starrte sie wieder auf den Eiffelturm, der Brillanten zu versprühen schien.

„Man darf sich aber schon was wünschen, oder?“, fragte Mimi leise und drückte Cléos Hand.

„Ja, natürlich, Kind. Aber schnell, es bleibt nicht mehr viel Zeit.“

Wenig später erlosch das Funkeln.

„Puh!“, rief Mimi erleichtert. „Gerade noch geschafft. Hast du dir auch was gewünscht?“

„Ja, natürlich“, antwortete Cléo.

„Und du, Papa?“

„Ich auch.“ Adamo lächelte schräg.

Sie spazierten noch ein wenig herum. Dann gingen sie ins Hotel zurück.

„Darf ich bei Cléo übernachten?“, fragte Mimi.

„Von mir aus. Ist es Ihnen recht, Signora?“

„Sehr gern sogar.“ Cléo freute sich. „Komm, Mimi, wir feiern eine Mädchen-Pyjama-Party …“

„Du hast ja gar keine Pyjamas.“

„Das geht genauso gut im Nachthemd.“

Sie nahmen sich Schokolade, Gummibärchen und zwei Fläschchen Orangenlimonade aus der Minibar.

Mimi grinste. „Papa würde schimpfen über so viel Zucker.“

„Er weiß es ja nicht“, sagte Cléo, doch ein schlechtes Gewissen regte sich. Kinder sollten vor dem Zubettgehen wahrscheinlich keine Süßigkeiten mehr essen. Sie holte noch eine Tüte Chips aus dem Schrank. „Die sind salzig“, murmelte sie entschuldigend.

„Viel gesünder“, gluckste Mimi.

Ach, was soll's, dachte Cléo, es ist unsere letzte Nacht in Paris. Und das Abendessen war alles andere als genussreich gewesen.

Nach einer kleinen Wäsche kuschelten sie sich ins Bett.

„Du hast vorhin in der Boutique gesagt, dass Mademoiselle unangenehm werden konnte“, sagte Mimi und stopfte sich eine Handvoll Chips in den Mund, „wie meintest du denn das?“

Cléo kostete die Schokolade.

„Sag schon.“

„Mimi, ich habe einen vollen Mund. Und du übrigens auch.“

„Schluck schnell runter.“

„Ich sollte schon ein wenig kauen …“

„Haha, du sprichst die ganze Zeit mit vollem Mund, um mir zu sagen, dass man nicht mit vollem Mund sprechen darf.“

„Das stimmt“, sagte Cléo lachend. „Also, Mademoiselle war besessen von ihrer Arbeit. Sie soll mal gesagt haben: Es gibt eine Zeit für die Arbeit. Und es gibt eine Zeit für die Liebe. Mehr Zeit verbleibt nicht. Ich kannte sie ja nur als ältere Dame. Wie sie früher war, weiß ich nicht, aber irgendwann muss ihr die Liebe abhandengekommen sein, und dann ist eben nur noch die Arbeit übrig geblieben. Wenn es da nicht genauso lief, wie sie wollte, wurde sie garstig.“

„Wie eine Hexe?“

„Nicht ganz so schlimm.“

Mimi dachte nach. „Wie eine nicht eingeladene dreizehnte Fee?“

„Das trifft es schon eher.“

„Oh, mit denen ist nicht zu spaßen.“

„Das kannst du laut sagen.“

Sie schwiegen kurz. Nur das Zerkauen von Kartoffelchips war zu hören.

„Weißt du“, sagte Cléo, die das Gefühl hatte, Mademoiselle Chanel nicht gerecht geworden zu sein, „eigentlich ist es komplizierter, sie hatte so viele Gesichter: Sie konnte fuchsteufelswild werden, sie hatte eine scharfe Zunge und Launen, oh, là, là, das kannst du mir glauben. Sie hasste die Lüge und log selbst wie gedruckt. Sie war aber auch sehr witzig und großzügig. Und wenn es Abend wurde, bekam sie Angst vor der Einsamkeit und sah so verletzlich aus wie ein kleines Mädchen.“

„Oh“, machte Mimi.

„Tja, was willst du? Das sind die Widersprüche der Menschen.“

Mimi schien eine Weile über das Gehörte nachzudenken.

„Ich hätte gern einen Hund“, sagte sie dann.

„Das war aber eine interessante Gedankenkette.“ Cléo lachte. „Vielleicht darfst du in Neapel einen haben.“

„Die schmutzige Tante Aurora hat sieben Katzen.“

„Oha.“

„Ich hätte gern einen kleinen Hund“, fuhr Mimi mit verträumter Stimme fort, „einen kleinen weißen Hund.“

„Wie würdest du ihn nennen?“

„Coco.“

„Das hätte Mademoiselle definitiv nicht gefallen.“

„Aber sie ist tot“, rief Mimi.

„Ja", erwiderte Cléo betreten. „Das ist sie."

„Also kann es ihr ganz egal sein."

„Es gab da dieses Lied ...", murmelte Cléo und plötzlich war die Melodie wieder da. Sie begann sie zu summen. Dann fiel ihr der Text ein. „J'ai perdu mon pauvr' Coco, Coco mon chien que j'adore", sang sie leise, „tout près du Trocadéro, il est loin s'il court encore. Qui qu'a qui qu'a vu Coco ..."

„Was heißt das?", fragte Mimi aufgeregt.

„Es ist ein Lied, mit dem Mademoiselle als junges Mädchen in einem Café aufgetreten ist. Darin geht es um einen kleinen Hund. Sie hat ihn verloren, in der Nähe vom Trocadéro, und nun sucht sie ihn."

„Und der Hund heißt Coco?"

„Ja, diesem Lied hat sie ihren Spitznamen zu verdanken. Sie hatte wohl kein großes Repertoire."

Mimi guckte fragend.

„Sie kannte nicht viele Lieder", erklärte Cléo, „und sie sang wahrscheinlich auch nicht besonders gut."

„Na, ein Glück, sonst würde es kein Chanel No. 5 geben!"

Cléo strich Mimi lächelnd über den Kopf. „Und das wäre ein Verlust für die Menschheit."

„Findet sie ihren Hund wieder?"

„Nein."

Nachdenklich sah Mimi zur Zimmerdecke. „Eigentlich hieß sie Gabrielle, oder?"

„Richtig. Sie hieß Gabrielle Bonheur Chanel."

„Bonheur bedeutet Glück", sagte Mimi.

„Das hast du dir gemerkt? Du bist ein kluges Mädchen."

„Oh ja", rief Mimi und warf eine Handvoll Gummibärchen in die Luft.

„Das war jetzt allerdings nicht besonders klug!" Cléo versuchte streng zu gucken.

„Aber lustig!“ Mimi wälzte sich vor Lachen. „Ki-ka-ki-ka-wü-coco“, sang sie prustend.

Das könnte der Grund sein, warum Kinder nicht zu viel Zucker essen sollten, dachte Cléo.

„So, Mimi, Schluss für heute.“

„Hihihi-hi.“

„Mimi!“

„Warum ist Mademoiselle überhaupt in Cafés aufgetreten und hat gesungen?“

Cléo seufzte. „Ich glaube, sie wollte unbedingt etwas aus ihrem Leben machen. Die Voraussetzungen dafür waren nur denkbar ungünstig. Aber bevor man gar nichts macht, hat sie sich gedacht, ist es besser, man macht irgendwas, und daraus ergibt sich wieder etwas und so weiter.“

Mimi hatte aufmerksam zugehört. „Ich möchte auch unbedingt etwas aus meinem Leben machen“, sagte sie.

„Daran habe ich keinen Zweifel, Mimi-Magdalena.“

Wenig später putzten sie sich die Zähne und gingen zu Bett.

„Noch einen winzigen Spritzer No. 5, dann schlafen wir besser.“ Mimi holte ihren Flakon aus der Tüte, packte ihn vorsichtig aus und sprühte erst Cléo, dann sich selbst ein wenig auf den Hals.

„Danke, Mimilein. Gute Nacht.“

„Was heißt gute Nacht auf Französisch?“

„Bonne nuit.“

„Bonne nuit.“

„Du hast eine gute Aussprache, Mimi.“

„Merci.“

Cléo schloss die Augen. Etwas drückte unter ihrem Gesäß. Sie schob ihre Hand darunter und fand … ein Gummibärchen. Lächelnd legte sie es auf den Nachttisch.

„Was machst du da?“, fragte Mimi mit wachem Stimmchen.

„Ich habe auf einem Gummibärchen gelegen."
„Welche Farbe hatte es?"
„Das weiß ich doch nicht."
„Wollte dich nur testen."
„Schlaf jetzt, du Schlaubergerin."
„Ja doch."

Cléo starrte in die Dunkelheit. Morgen würden sie also nach Berlin zurückfliegen und dann hieße es endgültig Abschied von Mimi und Adamo nehmen. Ihr wurde schwer ums Herz. Was hatte sie sich eigentlich von dieser Reise versprochen? Hatte sie geglaubt, in Paris würden die Lösungen auf der Straße herumliegen? Oder in der rue Cambon 31 in den Regalen ausgestellt sein? *Darf ich Ihnen Ihre Lösung hübsch verpacken? Aber gern, Madame. Bitte sehr und viel Freude mit Ihrer Lösung. Wir hätten da auch noch ein kleines Wunder im Angebot.* Das war ja lächerlich. Cléo lauschte Mimis Atemzügen, die tief und gleichmäßig geworden waren.

Und dann musste auch sie eingeschlafen sein, denn die vermaledeiten Zahlen begannen schon wieder an allem zu nagen, was da war.

„Lasst meinen Traum in Ruhe!", rief Cléo, aber es war zu spät.

Etwas zart Gewobenes, Schillerndes zerfiel zu einer Wolke und löste sich in Luft auf.

SECHZEHN

Adamo nippte an seinem Espresso. „Wir können noch etwas Schönes unternehmen, der Flug geht erst heute Abend." Er sah Mimi an. „Ich würde gern ins Musée d'Orsay gehen."

„Museum?" Mimi machte ein langes Gesicht. „Och, nee."

„Und Sie, Signora?"

„Es gibt hier in der Nähe einen Blumen- und Vogelmarkt, den …"

„Ich komme mit!", schrie Mimi.

„Nicht so laut", schimpfte Adamo.

„Ich komme mit", flüsterte Mimi.

„Aber es sieht nach Regen aus."

„Der Markt ist überdacht", sagte Cléo. „Wissen Sie was? Sie gehen ins Museum und wir zu den Vögeln und Blumen, und am Nachmittag treffen wir uns wieder, was meinen Sie?"

„Gut", sagte Adamo.

Wenig später stiegen Cléo und Mimi die Treppe zur Métro hinab.

„Ich liebe diesen einzigartigen Geruch." Cléo hob die Nase. „Es riecht nach Metall, nach etwas Überhitztem und …"

„Und nach Pipi", unterbrach Mimi.

„Ach, Mimi-Magdalena!", rief Cléo lachend.

„Ist doch wahr."

Sie fuhren bis Châtelet und liefen dort durch endlos erscheinende Gänge.

„Jetzt steigen wir in die lila Linie, und dann ist es nur noch eine Station", erklärte Cléo. Sie war aufgeregt. Gleich wären sie ganz in der Nähe von Notre Dame und den Bouquinistes, den Buchhändlern, mit ihren Ständen am Seine-

Ufer. Sie würde zu gern dort mal wieder entlangflanieren und in antiken Schwarten stöbern. Doch die Zeit war knapp geworden. *Ach, Paris.*

Ob Adamo recht hatte? Tausend Euro für ein Zimmer unter dem Dach? Konnte das wahr sein? Doch warum sollte er sie anschwindeln?

„Müssen wir nicht aussteigen?“, fragte Mimi. „Cité?“

Cléo schreckte auf. „Allerdings.“

Kurz bevor sich die Métrotüren wieder schlossen, sprangen sie hinaus.

„Das war knapp“, sagte Mimi erfreut.

Sie stiegen viele Stufen hinauf, bis sie endlich oben angekommen waren.

Die Wolken hatten sich verzogen, inzwischen schien die Sonne.

„Bevor wir auf den Markt gehen“, japste Cléo, „möchte ich dir noch etwas zeigen. Man kann nicht in Paris gewesen sein, ohne Notre Dame gesehen zu haben.“

Sie gingen bloß ein paar Schritte, dann ragte die eindrucksvolle Westfassade der Kathedrale vor ihnen auf. Ihr heller Sandstein setzte sich postkartenverdächtig gegen den blauen Himmel ab.

„Riesig“, murmelte Mimi beeindruckt.

„Man kann die Türme besichtigen“, sagte Cléo, „von dort oben hat man den schönsten Blick über die Stadt.“

„Schöner als vom Eiffelturm?“

„Ich finde schon, denn wenn man auf dem Eiffelturm steht, dann fehlt er einem ja in der Aussicht.“

Mimi lachte. „Das stimmt allerdings.“

„Aber was noch viel beeindruckender ist als der Blick …“, fuhr Cléo mit geheimnisvoller Stimme fort, „das sind die vielen Gargouilles, die dort oben hausen.“

„Gar-was?“

„Wasserspeier, Chimären."
„Verstehe ich nicht."
„Es sind mysteriöse Fabelwesen, einige haben Flügel und Hörner, andere Schnäbel."
„Sind die echt?", fragte Mimi mit weit aufgerissenen Augen.
„Sie sind zu Stein erstarrt, aber man sieht ihnen ganz genau an, dass sie nachts zum Leben erwachen."
„Toll!" Mimi klatschte in die Hände. „Lass uns dort hingehen!"
„Hast du die Warteschlange gesehen? Da stehen wir bestimmt zwei Stunden an, und das wäre schade um die Zeit."
„Ein anderes Mal", sagte Mimi.
Cléo nickte.
Sie kehrten um und näherten sich kurz darauf wieder dem Vogelmarkt. Lautes Gezwitscher schallte ihnen entgegen.
„Oh, sieh nur: Gänse!", rief Mimi aufgeregt. „Kann man die kaufen?"
„Ja, natürlich."
„Und Hühner! Wer kauft sich denn in Paris ein Huhn?"
„Das frage ich mich auch", erwiderte Cléo.
Endlose Käfigreihen säumten ihren Weg. Sie kamen an Nymphensittichen, Tauben und Papageien vorbei. Kanarienvögel sprangen unruhig zwischen den Stäben hin und her. Ein Kakadu legte den Kopf schief und sah Cléo an.
„Weißt du noch, der dumme Wellensittich, der in deinen Balkon-Käfig geflogen ist?", fragte Mimi.
„Ja, ich erinnere mich", antwortete Cléo. Auf einmal fühlte sie sich elend.
„Ein eingesperrter Vogel ist und bleibt eine traurige Angelegenheit", sagte sie und schaute sich um. „Es sind auch so viele in diesen winzigen Käfigen, sie …" Sie brach ab.
Mimi berührte ihren Arm. „Wir lassen sie einfach alle frei!"

„Das wäre wundervoll!“, rief Cléo. „Stell dir vor: Mit einem einzigen großen Rauschen würden sie alle gemeinsam auffliegen, die kunterbunten Finken, die blau-grünen Wellensittiche, die gelben Kanaris, die weißen Gänse. Sie würden noch eine große Runde über Paris drehen und dann nach Hause fliegen.“

„Schön“, murmelte Mimi.

Was wohl aus meinen Vögeln wird, wenn ich nicht mehr da bin, fragte sich Cléo, wenn die Käfige abgenommen sind und jemand stattdessen Sonnenschirme oder Satellitenschüsseln aufgestellt hat? Sie war ganz sicher, dass sich ihre (doch recht exklusive) Futterstelle unter den Vögeln herumgesprochen hatte, denn sie kamen zahlreich. Sogar Nachtigallen hatten sie beehrt. Cléo wusste, dass Rotkehlchen gern Obst pickten und Amseln Rosinen. Die Meisen liebten gehackte Walnüsse. Und dem etwas behäbigen Ringeltauben-Paar stellte sie immer ein Extra-Tellerchen mit handverlesenen Kernen und Körnern hin. Die beiden waren zu groß, um in die Käfige zu gelangen. Sie hatten es tatsächlich versucht. Cléo hatte hinter der Gardine gestanden und sich köstlich amüsiert.

„Ach, Kind, ich mag nicht mehr hierbleiben“, brach es jetzt aus ihr heraus. „Vogelmarkt klang so heiter. Ich weiß gar nicht, was ich mir darunter vorgestellt hatte, aber es ist ja ein einziges Gefängnis.“

„Dann gehen wir eben jetzt zu den Blumen“, sagte Mimi, „denen ist es egal, wie viele von ihnen in einer Vase stecken, und sie sind auch nicht so laut.“

„Was bist du doch für eine kluge Person“, erwiderte Cléo.

„Tja“, machte Mimi.

Doch das Bild der Käfige ließ Cléo nicht los. Warum rührte es sie so stark? Gab es vielleicht etwas zu erkennen, was sie selbst betraf? Sie würde später darüber nachdenken müssen, in aller Ruhe.

Sie ließen die Vögel hinter sich und gelangten zum Blumenmarkt. Es wurde ruhiger, dafür begann es zu duften.

„Hmmm." Mimi hob das Näschen.

„Jasmin", sagte Cléo, „ein Hauptbestandteil von Chanel No. 5."

„War das ihre Lieblingsblume?", fragte Mimi.

„Oh nein. Sie schätzte Jasmin natürlich sehr, aber ihre Lieblingsblume war die Kamelie, weiß und duftlos."

„Duftlos?"

„Das ist interessant, nicht?"

Ungläubig schüttelte Mimi den Kopf. „Sie war schon ein schräger Vogel, diese Mademoiselle!"

Cléo begann zu lachen.

„Gibt es hier Kamelien?", fragte Mimi. „Ich will wissen, wie die aussehen."

„Monsieur", fragte Cléo den Verkäufer, „est-ce que vous avez des camélias?"

Er schüttelte den Kopf.

Sie gingen weiter.

Lautstark sog Mimi die Luft ein. „Schön hier."

Tulpen säumten ihren Weg, Ranunkeln, Lavendel und Rosmarin. Sie bewunderten Kübel voller Hortensien in verschiedenen Blau- und Violetttönen. Und dann kamen die Rosen.

„Das ist meine Lieblingsblume", sagte Cléo, „wobei mir die Farbe ganz egal ist."

„Dürfen sie duften oder nicht?", fragte Mimi.

„Ich bitte darum." Cléo lachte wieder. Es ging ihr nun viel besser.

Sie hockte sich vor einen Rosenstrauch und versenkte ihr Gesicht in der rosafarbenen Pracht. „Das ist Perfektion", murmelte sie. Blütenblätter strichen über ihre Wange, sie atmete tief ein, und ein rosa Feuerwerk explodierte in ihrem

Kopf. Es kam ihr vor, als würde sie vom Duft geküsst, und ihr ganzer Körper, bis in seine kleinste Zelle, wurde von ihm durchdrungen. Ein verschwommenes Bild von zwei kleinen Mädchen in einem Rosenbeet erhob sich. Wie aus weiter Ferne hörte sie ihre Schwester Mathilde wieder lachen.

„La Rose d'Ispahan", sagte die Verkäuferin schmunzelnd.

„Einfach überwältigend." Cléo räusperte sich. „Das muss ich mir merken."

Auch Mimi beugte sich über die Rose und schnupperte. „Uiiii." Mit verklärtem Blick sah sie Cléo an. „So riechen bestimmt Engel."

„Ziemlich sicher." Beim Versuch, sich wieder aufzurichten, gaben Cléos Knie ein knackendes Geräusch von sich.

„Hast du dir jetzt die Beine gebrochen?", fragte Mimi schaudernd.

„Ich glaube nicht, aber es wäre nett, wenn du mir aufhelfen würdest."

Kichernd zog Mimi sie in die Höhe, dann spazierten sie weiter.

„Wie schön es wäre, wieder einen Garten zu besitzen", murmelte Cléo, und ein weiteres Bild trat vor ihr inneres Auge: Hinter dem Rosenbeet im elterlichen Garten zerfiel der Weg allmählich und da er nie repariert worden war, bröckelte seine Einfassung immer mehr auseinander, löste sich schließlich auf, weiße Kieselsteine lagen versprengt im Gras und wurden mit jedem Schritt tiefer getreten. An regnerischen Tagen sah es aus, als versänke der Weg im Erdreich und führte direkt zu den Fabelwesen der Unterwelt.

„Du hast doch deinen Balkon, der ist wie ein kleiner Garten", riss Mimi sie aus ihren Gedanken.

Cléo nickte etwas benommen. Wie lange noch? dachte sie. Sie musste an ihre alte Baumfreundin, die Akazie, denken, an das Stimmengemurmel aus den Cafés, und dann stieg ihr tatsächlich (konnte das überhaupt möglich sein?) der Geruch von Curry und Kardamom in die Nase.

„Guck mal!" Mimis Stimme ließ Cléo aufschrecken. „Hätte Mademoiselle das gefallen?" An einem Stand wurden glasierte Keramikfrösche und Elfen aus Kunstharz angeboten.

„Ach, du liebes bisschen!", rief Cléo und begann zu lachen. „Nein, kein bisschen."

Mimi fiel in das Lachen mit ein.

Neben Sonnenblumen und Moosröschen-Sträußen entdeckten sie schließlich weiße Kamelien.

„Sie passen schon sehr gut zu Mademoiselle", befand Mimi.

„Ihre allererste Kamelie bekam sie von ihrem Geliebten Arthur Capel geschenkt", erklärte Cléo. „Er ist dann leider sehr jung bei einem Autounfall ums Leben gekommen."

„Die arme Mademoiselle!", rief Mimi. „Wie traurig."

„Ja, die arme Mademoiselle."

Die Zeit heilt keine Wunden, dachte Cléo und war froh, dass sie es nicht laut ausgesprochen hatte.

„Geben Sie mir bitte zehn Kamelienzweige", rief sie stattdessen dem Verkäufer zu.

„Wie willst du die denn nachher mit ins Flugzeug nehmen?", fragte Mimi.

„Ich möchte sie Mademoiselle bringen." Cléo reichte dem Verkäufer einen Geldschein. Plötzlich hatte sie es eilig.

„Ich muss mich richtig von ihr verabschieden."

❋

„Erst machen wir uns zurecht", entschied Mimi, als sie wenig später das Hotel wieder betraten.

„Wir haben gar kein Zimmer mehr", wand Cléo ein, „aber alles was wir brauchen, habe ich in meiner Handtasche."

Sie gingen zu den Toilettenräumen und stellten sich dort vor den Spiegel. Cléo sah eine ziemlich alte Frau (das musste sie sein), den Arm voller Kamelien, und neben sich ein wunderhübsches kleines Mädchen mit Augen wie Kirschen. Meine Mimi, dachte Cléo, und ihr Herz wollte überschäumen vor lauter Liebe. Sie trugen jede ein schwarzes Kleid, schwarze Ballerinas und um den Hals weiße Perlen.

„Genau das Richtige für unseren Anlass", sagte Cléo.

Sie legte die Kamelien auf dem Waschbeckenrand ab und holte eine Bürste aus ihrer Tasche, mit der sie erst Mimi, dann sich selbst die Haare kämmte. Dann wuschen sie sich die Hände, Cléo puderte ihre Nase und nach kurzer Diskussion auch die von Mimi. Schließlich kam der zeremonielle Moment des Parfümierens.

„Fertig", rief Mimi. „Jetzt können wir unserem Schicksal begegnen."

Cléo reichte ihr fünf Kamelienzweige. „Damit gehen wir jetzt in die rue Cambon 31."

„Da werden aber viele Leute sein", gab Mimi zu bedenken.

„Nein, bestimmt nicht." Cléo schüttelte den Kopf. „Die Boutique ist geschlossen. Heute ist doch Sonntag."

Sie behielt recht. Die schmale Straße lag menschenleer vor ihnen. Kaum vorstellbar, dass Mademoiselle hier jeden Tag entlanggekommen war. Schweigend liefen sie nebeneinander her. Cléo konnte die weißen Markisen mit dem schwarzen Schriftzug CHANEL bereits erkennen. Sie presste die Kamelien an ihr wild schlagendes Herz.

Dann hatten sie die Boutique erreicht. Die Schaufenster waren beleuchtet. Cléo hob den Blick.

„Mir ist nie aufgefallen, dass sich direkt über der Eingangstür ein Mädchenkopf aus Stuck befindet."

„Ob sie auch nachts lebendig wird?“, fragte Mimi. „Wie die Steinmonster von Notre Dame?“

„Das kann ich mir gut vorstellen.“ Cléo lächelte. „Und dann erzählt sie all die Geschichten, die sich in diesem Hause zugetragen haben.“

„Die würde ich gerne hören!“, rief Mimi.

„Oh, ich auch.“

„Sie würde auch was über dich erzählen können.“

„Das stimmt“, sagte Cléo nachdenklich.

„Was denn?“

„Wie gern ich in dieses Haus gekommen bin und mit wie viel Freude ich Mademoiselles Kreationen vorgeführt habe.“

Sie schwiegen.

„Über dich könnte sie aber auch etwas erzählen“, sagte Cléo. „Du bist das Mädchen mit den schönen Augen, das seinen ersten Flakon Chanel No. 5 in dieser Boutique geschenkt bekommen hat.“

Mimi lächelte. „Und das jetzt mit Kamelien vor der Tür steht.“

„Ja, siehst du, so gehen wir in die Chanel-Geschichte ein.“

Rechts neben der Eingangstür konnte man durch eine vergitterte Schaufensterscheibe hindurch das strahlend weiße Foyer mit der Schwarz-Weiß-Fotografie von Coco Chanel sehen.

„Da waren wir gestern“, murmelte Mimi.

Im vorderen Bereich war alles beleuchtet, doch die Treppe lag bereits im Zwielicht und ihre Stufen führten in die Dunkelheit.

„Wollen wir die Blumen hier vor das Gitter legen?“, fragte Cléo. „Das ist doch ein guter Ort.“

„Ich hatte schon Angst, wir gehen auf den Friedhof.“

„Nein. Ich mag keine Friedhöfe.“

„Wo ist denn Mademoiselle beerdigt?"

„In Lausanne, das liegt in der französischen Schweiz."

„Warum nicht in Paris?"

„Sie wollte es so. Mademoiselle hielt sich gern in Lausanne auf, sie liebte den See und seine Ruhe."

„Meine Mama liegt auf dem Nordfriedhof in Düsseldorf."

Cléo sah, dass die Kamelien in Mimis Armen ein wenig zitterten.

„Sie fehlt dir sehr." Es war keine Frage.

Mimi starrte zu Boden. „Meine Mama war sehr krank, und dann ist sie gestorben."

„Was hatte sie?"

„Sie konnte nicht mehr atmen", flüsterte Mimi.

„Es tut mir so leid, mein Kind."

„Jetzt muss ich lernen, ohne meine Mama zu leben."

„Ja."

Mimi sah zu ihr auf. „Und ohne dich", sagte sie leise.

Cléos Magen krampfte sich zusammen, sie ließ die Kamelien fallen, und im nächsten Moment gaben ihre Beine nach. Weinend sank sie neben Mimi auf die Knie.

„Na, na", machte Mimi und klopfte ihren Rücken. „Es wird schon alles gut werden."

Da versucht sie mich zu trösten, wo sie doch selbst so unglücklich ist, dachte Cléo und weinte umso heftiger. Sie brauchte eine Weile, bis sie sich beruhigt hatte. Schließlich schaute sie Mimi zärtlich an: „Du bist der tapferste, stärkste, klügste und liebreizendste Mensch, der mir jemals begegnet ist, Mimi-Magdalena."

„Danke sehr." Mimi lächelte. „Komm, ich helfe dir hoch, aber nicht wieder knacken."

„Das kann ich leider nicht verhindern."

Etwas wackelig kam Cléo auf die Beine. Sie putzte sich die Nase und rieb ihr Kleid sauber. Mimi hob die Kamelien auf.

Dann sah Cléo noch einmal an der Fassade empor: Im ersten Stock war Mademoiselles Vorführsalon (mit dem Laufsteg in der Mitte) gewesen, im dritten das Schneider-Atelier voll von emsigen Arbeiterinnen und schnurrenden Nähmaschinen und dazwischen ... das Appartement, ein Universum mit eigenen Regeln, opulent, voller Aberglauben, Rätsel und Magie.

Cléo legte die fünf weißen Kamelien vor das schwarze Gitter. Sie war jetzt wieder ganz gefasst und spürte, wie wichtig dieser Moment für sie war. Einen Moment lang betrachtete sie das Foto von Coco Chanel, die stolz und kritisch über ihre Schulter auf Cléo hinabblickte. Alors, Cléopâtre? schien sie zu fragen. Was machst du als Nächstes?

Cléo holte tief Luft. „Au revoir, Mademoiselle Chanel“, sagte sie.

„Au revoir, Mademoiselle Chanel“, wiederholte Mimi, knickste tief und legte weitere fünf Kamelien nieder.

„Bravo“, sagte Cléo, „das war sehr anmutig.“

„Wie im Kino.“

„Viel besser. Komm jetzt.“

Hand in Hand gingen sie davon. Einmal drehte Cléo sich noch um, dann bogen sie um die nächste Straßenecke.

„Oh, oh“, machte Mimi und schaute auf ihr Handy.

„Was denn?“

„Mein Papa hat sechsundzwanzig Mal versucht uns anzurufen.“

„Wieso bist du nicht rangegangen?“, fragte Cléo erschrocken.

„Ich habe auf leise gestellt“, erklärte Mimi mit wichtiger Miene, „schließlich hatten wir zu tun.“

„Wie spät ist es überhaupt?“ Cléo schaute auf ihre Armbanduhr. „Grundgütiger! Wir werden unseren Flug verpassen!“, seufte sie entsetzt.

„Dann lass uns rennen“, rief Mimi über ihre Schulter und war im nächsten Augenblick verschwunden.

Cléo begann zu laufen. „Oh Gottogottogott“, jammerte sie.

Wieso war sie denn jetzt schon außer Atem?

Weil du nicht mehr siebzehn bist, beantwortete sie sich selbst diese Frage und stieß mit einem dicken Mann zusammen. „Pardon!“, schrie sie und rannte weiter.

Endlich erreichte sie das Hotel. Mimi saß mitten in der Halle auf dem Gepäck.

„Wo waren Sie denn den ganzen Tag?“, rief Adamo. „Ich habe mir solche Sorgen gemacht.“

„Pfffff“, antwortete Cléo mit hochrotem Kopf.

„Signora?“ Er sah verwundert an ihr herab.

„Du hast einen Schuh verloren“, johlte Mimi.

„Pfff-was?“ Tatsächlich: Sie hatte einen ihrer Ballerinas verloren. Vermutlich bei dem Zusammenstoß mit dem korpulenten Herrn. Und sie hatte es nicht einmal bemerkt. Wie kopflos ich neuerdings bin, schalt sie sich. Wer verliert denn unterwegs seinen Schuh?

„Wir müssen jetzt sofort mit dem Taxi los.“ Adamo klatschte in die Hände.

„Aber Cléo hat doch einen nackten Fuß“, gab Mimi zu bedenken.

„Ich … gehe, pfff-pfff, schnell meinen Schuh holen …“, gab Cléo japsend von sich.

„Nein, Sie steigen ins Taxi, Signora. Es ist billiger, ein Paar Schuhe am Flughafen zu kaufen als drei Flugtickets.“

„Ich brauche auch neue Schuhe!“, rief Mimi.

Adamo griff nach den Koffern und scheuchte Mimi und Cléo vor sich her. „Einsteigen und Abfahrt!“, befahl er in einem Ton, der selbst Mimi verstummen ließ. Die Autotüren fielen zu, der Fahrer gab Gas.

Das abrupte und ziemlich skurrile Ende einer Reise, dachte Cléo.

Hinter der Scheibe glitt noch einmal der Eiffelturm vorbei, kurz darauf rasten sie auch schon über die Autobahn in Richtung Flughafen.

SIEBZEHN

Wolken türmten sich zu gebirgigen Ungeheuern auf. Plötzlich brach die Abendsonne noch einmal mit voller Wucht hervor und badete alles in goldenes Licht. Über Mimis Kopf hinweg genoss Cléo diesen Ausblick, dann drehte sie sich zu Adamo um, der neben ihr saß und die Augen geschlossen hatte. Selbst im Schlaf sah er noch angestrengt aus.

Auf der Autobahn waren sie in einen Stau geraten, am Flughafen angekommen, hatte der Taxifahrer eine lächerlich hohe Summe gefordert. Sie hatten lange an den Sicherheitskontrollen angestanden, waren unfreundlich behandelt worden, und Cléo hatte sich mit ihrem nackten Fuß schrecklich geschämt. In großer Eile hatte sie schließlich Schuhe gekauft (billige, unbequeme, hässliche). Sie waren weitergehetzt, bis sich herausstellte, dass ihr Flug über eine Stunde Verspätung haben würde.

Um sich die Zeit zu vertreiben, gingen sie zum Dutyfree-Bereich, wo Mimi sich großzügig mit Chanel No. 5 einsprühte.

„Hmm, dieser Duft belebt ungemein“, sagte sie, und plötzlich war Adamo wütend geworden.

„Kleine Mädchen sprechen nicht so, und kleine Mädchen sollen auch nicht riechen wie Frauen.“

„Nach was sollen sie denn riechen?“, fragte Cléo. „Nach Erdbeerkaugummi?“

„Das wäre zumindest kindgerecht.“

„Es gibt keine Vorschriften, wie Kinder zu riechen haben!“

Mitten in dieses Wortgefecht hatte Mimi „Chanel No. 5 ist, was ich will!“ gerufen und wild um sich gesprüht.

„Sie hört sich ja an wie ein Werbeslogan!“ Adamo hatte seiner Tochter den Flakon entrungen und kurzerhand zurück ins Regal gestellt, und dann hatten sie nicht mehr viel miteinander gesprochen.

Cléo seufzte leise. Das goldene Licht war erloschen.

„Jetzt sind die Wolken alle graublau“, sagte Mimi.

„Das ist auch hübsch“, meinte Cléo.

„Vorher war hübscher.“ Mimi holte das Bordmagazin aus der Sitztasche und schlug es auf.

Cléos Rücken schmerzte, ihre Knie auch. Ihre Füße sowieso. Sie fühlte sich unwohl, der Sitz war so eng, sie hatte kaum Platz für ihre Beine, aber das war es nicht, was sie quälte. Sie wurde verfolgt von einem Bild, das sie bis ins Herz getroffen hatte und das sie bis ans Ende ihres Lebens niemals vergessen würde: Mimis todtraurige Augen. *Meine Mama war sehr krank … Sie konnte nicht mehr atmen.*

Cléo unterdrückte mit Mühen ein Schluchzen, das ihr weit oben in der Kehle saß. Sie tat so, als müsste sie husten und schnaubte sich möglichst unauffällig die Nase.

Mimi schien nichts bemerkt zu haben. Sie blätterte in der *Air France Madame*.

Verstohlen beobachtete Cléo sie. Wie lebensbejahend dieses Kind war, trotz der rabenschwarzen Traurigkeit, die in ihm wohnte.

Jetzt muss ich lernen ohne meine Mama zu leben … und ohne dich.

Cléo putzte sich erneut die Nase. Ich sollte mir ein Beispiel an ihrer Tapferkeit nehmen, dachte sie, an ihrer Stärke.

„Sie haben sich erkältet, Signora“, sagte Adamo mit tiefer, besorgter Stimme.

„Ja, leider“, krächzte Cléo.

„Ich hole Ihnen einen Tee.“

„Aber die Stewardessen sind ja gleich da.“

„Sie brauchen sofort etwas Heißes.“ Adamo stand auf und ging in den hinteren Teil des Flugzeuges, wo zwei Flugbegleiterinnen mit dem Getränkeservice beschäftigt waren. Cléo sah ihn kurz verhandeln, dann kam er mit einem dampfenden Pappbecher zurück.

„Vielen Dank“, sagte sie. „Wie lieb von Ihnen.“

„Verzeihen Sie, wenn ich vorhin …“

„Nein, Sie haben ja recht. Bitte verzeihen Sie mir, dass …“

„Bitte trinken Sie den Tee, es ist etwas Zitronensaft darin, ich hoffe, Sie mögen das.“

„Oh, ich liebe Zitronensaft.“

Mimi kicherte. „Ihr seid schon lustig, ihr beide.“

Mit kleinen Schlucken trank Cléo ihren Tee aus. Dann lehnte sie den Kopf zurück und schaute wieder aus dem Fenster. Es war fast dunkel. Erschöpft schloss Cléo die Augen. Schnell wechselnde Bilder tauchten auf: zwei schwarze, ineinander verschlungene Cs, das Funkeln des Eiffelturms zur vollen Stunde, heruntergefallene Kamelien auf dem Trottoir, über Paris kreisende Gargouilles, gefangene Vögel und das Lächeln von Serge … Man kann die Vergangenheit nicht wiederholen, dachte Cléo, bevor sie in einen tiefen Schlaf glitt, man kann einfach nicht.

„Signora.“

Sie schreckte hoch. „Oui?“

„Sie müssen sich wieder anschnallen, wir landen gleich.“

„Oh.“ Sie war durcheinander.

„Du hast geschnarcht, und dein Mund ist aufgeklappt“, erzählte Mimi. „Papa hat mir leider verboten, ein Foto von dir zu machen.“

„Vielen Dank, Adamo“, murmelte Cléo und schloss ihren Sicherheitsgurt.

Er lachte gutmütig.

„Ooooh, ich sehe den Funkturm!“, rief Mimi.

Cléo schaute hinaus. „Tatsächlich. Von hier oben sieht er ziemlich klein aus.“

„Er ist nicht so toll wie der Eiffelturm", befand Mimi.
„Ich mag ihn trotzdem gern."
„Ich natürlich auch", sagte Mimi eilig.
Sie überflogen ein glitzerndes Meer mit dunklen Stellen, die aussahen wie schwarze Löcher. Dann wieder leuchtende Inseln, funkelnde Ströme, Lichtadern. Berlin.
Ob es an diesem fulminanten Ausblick lag oder mit einem leichten Sauerstoffmangel zu tun hatte, vielleicht war es auch der Heißhunger, der sie gerade überfiel, Cléo hätte es nicht sagen können, aber sie fühlte sich auf einmal so lebendig.
„Hmmm", machte sie ganz leise.
„Was ist?", fragte Mimi.
„Nichts."

Eine Stunde später hielt das Taxi in der Akazienstraße.
„Vielleicht macht uns Narami noch etwas Chicken Tikka Masala fertig", sagte Cléo.
„Es ist schon spät." Adamo trug die Koffer zur Haustür und schloss auf.
„Ich frage sie mal."
„Ich komme mit!", rief Mimi.
Die beiden betraten das indische Restaurant. Sitar-Musik erklang.
„Hallo, Narami!", Cléo winkte. „Wären Sie so freundlich und …"
„Natürlich." Narami lachte fröhlich. „Nummer siebzehn, nicht zu scharf? Ich lasse es Ihnen gleich hochbringen."
„Ach, Sie sind ein Schatz, und falls noch etwas vom Safrankuchen übrig sein sollte …"
„Natürlich."
Cléo zahlte und gab ein großzügiges Trinkgeld. „Vielen Dank, Narami."
Sie traten wieder hinaus auf die sommerliche Straße. Die

Café-Terrassen waren voller Leute, die redeten und lachten. Windlichter flackerten auf den Tischen.

„Schau nur, sie haben alle eine gute Zeit“, sagte Cléo lächelnd.

Im Treppenhaus war gefegt worden. Drei Besen lehnten an der frisch verputzten Wand, neue Lampen waren angebracht worden.

„Es geht voran“, murmelte Cléo.

Mimi gähnte.

„Ab mit dir.“ Cléo gab ihr einen Klaps auf den Po. „Du musst essen und ins Bett.“

Wenig später saßen sie zu dritt auf dem Balkon und ließen sich ihr Mitternachtsmahl schmecken.

„Das ist das beste Chicken Tikka Masala der Stadt“, sagte Cléo mit vollem Mund. Immerhin hatte sie die Hand vorgehalten.

„Stimmt.“ Mimi nickte. „Einfach himmlisch.“

„Dass dir das schmeckt“, wunderte sich Adamo, „wo du sonst so zimperlich mit dem Essen bist.“

„Mögen Sie es nicht?“, fragte Cléo.

„Es geht so.“ Er zuckte entschuldigend mit den Schultern. „Mir ist es zu stark gewürzt. Ich bin eher der Freund von Rosmarin, Lorbeer und Thymian.“

Cléo lächelte ihn an. „Würden Sie noch einmal für uns kochen, lieber Adamo?“

„Mit dem allergrößten Vergnügen, Signora. Was darf es sein?“

Cléo brauchte nicht lange nachzudenken.

„Spaghetti alla puttanesca“, sagte sie.

„Oh ja“, rief Mimi, „Puten-Spaghetti!“

*

Als Cléo am nächsten Morgen erwachte, wusste sie erst gar nicht, wo sie war. Sie sah eine Stuckrosette, Samtgardinen, Pfauenfedern in einer Vase … Ich bin zu Hause, dachte sie dann lächelnd.

Das markerschütternde Kreischen einer Metallkreissäge ließ sie auffahren.

„Ja, allerdings."

Sie krabbelte aus dem Bett, ging kurz ins Bad und dann in die Küche. Auf dem Tisch lag ein Zettel:

Verehrte Signora,

wir müssen einiges erledigen. Am Nachmittag sind wir wieder da.

Liebe Grüße,
Adamo und Mimi.

„Ach", murmelte Cléo betroffen, „ich habe gedacht, die beiden schlafen noch."

Sie war also ganz allein in der Wohnung. Wie früher. Sie stellte den Wasserkessel auf den Herd. Dann griff sie sich einen Staublappen und begann damit herumzuwandern, wischte gedankenverloren über Möbel und Bilderrahmen. Schließlich blieb sie vor dem Foto von Mademoiselle Chanel stehen.

„Ich war noch einmal da", flüsterte sie, „rue Cambon 31."

Mademoiselle schien das nicht zu interessieren.

„Ich habe Ihnen Blumen gebracht."

Cléo seufzte. Sprach sie wirklich zu einer Fotografie? Kopfschüttelnd ging sie auf den Balkon. „Guten Morgen,

Frau Akazie." Es war ein warmer sonniger Morgen. Cléo goss frisches Wasser in die Vogeltränke und streute Futter in alle sieben Käfige. Dann begann sie, die Pflanzen zu wässern. Der Schnittlauch hatte violette kugelige Blüten entwickelt. „Das ist aber sehr hübsch“, lobte Cléo. Sie stellte die schwere Kanne ab und setzte sich auf die Bank. Pfefferminzduft lag in der Luft, und auch das Basilikum schickte seinen unverwechselbaren Wohlgeruch vorbei. Cléo schloss kurz die Augen, sie war so bewegt, berührt, getroffen, beseelt, durchdrungen von … vom Leben. Gutes, Schlechtes, Trauriges, Fröhliches – all die Facetten, die dazugehörten, hatten sich in schneller Folge, kaleidoskopisch präsentiert. Und nun saß sie wieder hier. Hatte sie sich lediglich einmal im Kreis gedreht? Nein!

Sie öffnete die Augen und blickte direkt in das kleine Vogelgesicht eines Spatzes, der sich zwischen die Geranien gesetzt hatte und sie interessiert beobachtete.

„Hallo“, sagte Cléo leise.

Der Spatz legte den Kopf schief.

„Möchtest du mir etwas sagen?“

„Tschilp“, machte der Spatz.

Cléo lächelte. „So, so.“

„Tschilp-Tschilp-Tschilp!“ Nach dieser Ansprache flog der Spatz davon, und der Wasserkessel begann zu pfeifen.

Nachdenklich ging Cléo in die Küche zurück, um Kaffee zu machen. Auf die altmodische „Runterdrück-Weise“, denn wenn sie ganz ehrlich war, schmeckte er ihr so am besten.

Sie nahm einen Schluck, dabei schweifte ihr Blick durch die Küche. In der Obstschale lag ein schrumpeliger Apfel, von Obstfliegen umschwirrt. Cléo griff nach ihm, darunter kam ein Umschlag zutage. *Für so viel Kuchen wie Sie mögen. Guten Appetit!!!* Mimi hatte lila Ponys darauf geklebt.

Cléos Herz begann schneller zu schlagen. Ob sie es noch einmal versuchen sollte? Sie könnte sich vor die Bäckerei stellen und auf die Brötchen-Oma warten, und wenn sie wieder nicht kam, dann würde sie eben einen neuen Umschlag schreiben: *Alles Gute für das Baby* oder *Danke für die schöne Musik.* Damit wäre Operation No. 5 endgültig abgeschlossen. Dreizehnte Fee hin oder her.

„So mache ich es", murmelte Cléo ganz leise, denn eigentlich wollte sie ja keine Selbstgespräche mehr führen. Sie trank ihren Kaffee aus und bereitete sich vor. Eine Viertelstunde später verließ sie die Wohnung.

„Guten Morgen", grüßte Jussuf. „Sie riechen wieder so gut."

„Danke schön."

„Wie geht es Ihnen?"

„Sehr gut. Und wie geht es Ihrer kleinen Familie?"

„Alles bestens, Madame."

Cléo winkte und ging weiter. Unten hielt ihr Malte März die Tür auf.

Ich werde sie vermissen, die freundlichen Herren Bauarbeiter, dachte sie und machte einen jungmädchenhaften Sprung auf die Akazienstraße hinaus.

Und dann sah sie sie.

Ihren quietschenden Einkaufsroller hinter sich herziehend, lief die Brötchen-Oma geradewegs an Cléos Haustür vorbei. Sie trug wie immer einen grauen Mantel und trotz ihrer durchgetretenen Schuhe schlängelte sie sich erstaunlich flink an den Passanten vorbei.

Cléo heftete sich an ihre Fersen. Die Brötchen-Oma blickte starr geradeaus, dann bog sie in die Belzigerstraße ein. Cléo warf im Vorübergehen einen Blick ins Fenster der Stadt-Schlümpfe, und was sie sah, ließ ihr Herz vor

Glück einen kleinen Satz machen: ein brandneues buntes Bälle-Bad, in dem einige Kleinkinder gerade viel Spaß hatten. In flottem Tempo ging es weiter bis zum Rathaus Schöneberg.

Wo will sie denn bloß hin, fragte sich Cléo und blieb kurz stehen, um Luft zu holen. Dann musste sie sich schon wieder beeilen, denn die Brötchen-Oma war hinter dem Rathaus in eine kleine Straße eingebogen.

Sie geht zum goldenen Hirsch, durchfuhr es Cléo. Und so war es. Gerade lief sie eine breite Treppe hinab, der Wagen rumpelte abenteuerlich hinter ihr her. Unten angekommen blieb sie stehen. Sie strich ihren Mantel glatt, und dann schritt sie auf den von Platanen umstandenen Brunnen zu. Sie schien es nun nicht mehr eilig zu haben.

Obwohl der Krach der Stadt noch zu hören war, herrschte hier eine andere Atmosphäre. Das Spritzen und Rauschen des Wassers, die Erhabenheit des goldenen Hirsches, der seinen Blick auf das Rathaus gerichtet hatte, und die hohen Bäume trugen dazu bei, dass man unweigerlich innehielt. Ein paar Männer spielten Boule und lachten. Sie beachteten die alte Frau gar nicht, die sich jetzt an den Rand der Brunnenanlage gesetzt hatte.

Cléo verbarg sich hinter einem Baum, dann pirschte sie in ein Gebüsch und beobachtete gespannt, was nun geschehen würde.

Die Brötchen-Oma legte beide Hände in den Schoß und … tat nichts.

„Auf was wartet sie denn?“, murmelte Cléo. Das Mittagsläuten der Freiheitsglocke vom Schöneberger Rathaus erklang. Cléo musste an Mimis *Dong-Dong-Dong* denken und lächelte. Sie fehlte ihr, sie hatte sie ja heute noch gar nicht gesehen.

Da begann die Brötchen-Oma zu winken.

Aha, sie ist also verabredet. Cléo kam sich vor wie Miss Marple. Vorsichtig steckte sie den Kopf aus dem Gestrüpp und sah einen Jungen näherkommen. Er hatte einen Ball unter dem Arm. Ihr Enkel, kombinierte Cléo, oder ihr Urenkel. Der Junge ließ den Ball fallen, kickte ihn viele Meter weit über die Wiese und rannte hinterher. „Nanu", wunderte sich Cléo, denn er machte keinerlei Anstalten zurückzukommen. Im Gegenteil: Jetzt begann er mit einigen Kindern Fußball zu spielen.

„Hallo!", rief die Brötchen-Oma.

Das Läuten war verklungen.

„Nun komm schon her!"

Auf einmal begriff Cléo, dass sie gemeint war. Sie lief dunkelrot an. „Wie unendlich peinlich", murmelte sie und begann, sich rückwärts aus dem Busch zu schieben, um dann einfach fortzulaufen, aber dabei wäre sie beinahe in einen großen Hundehaufen getreten.

„Wie lange soll ich denn noch warten?", hörte sie die Brötchen-Oma rufen.

Aufseufzend kam Cléo hervor. Sie versuchte dabei auszusehen, als wäre es das Normalste auf der Welt, um zwölf Uhr mittags zerzaust aus dem Gebüsch eines Stadtparks zu treten.

Die alte Frau winkte sie zu sich heran. „Was möchtest du von mir?"

„Ich … ähm, gar nichts, ich …" Cléo kam sich sehr, sehr dumm vor. Was sollte sie denn sagen? *Ich renne Ihnen seit Tagen hinterher, um Ihnen fünfhundert Euro zu schenken und außerdem haben Mimi und ich Sie im Verdacht, eine dreizehnte Fee zu sein?*

„Sag schon", murmelte die Alte.

„Wenn das so einfach wäre", Cléo setzte sich neben sie an den Rand des Brunnens.

„Ist es schwierig, die Wahrheit zu sagen?"

„Nun, es hat sich alles verkompliziert und …"

„Ich frage noch einmal: Was möchtest du von mir?", unterbrach die Alte.

Cléo holte tief Luft und dann wusste sie nicht mehr, was sie tat. Ihr Mund öffnete sich, und heraus quoll die ganze Geschichte. Sie erzählte von der Mieterhöhung, von Mimi und Adamo, dem gefundenen Geld im Rucksack und der Operation No. 5, von Paris und Mademoiselle Chanel, von Neapel und der bevorstehenden Trennung. Als sie geendet hatte, wollte sie sich erschöpft zurücklehnen und wäre dabei fast in den Brunnen gefallen, deswegen sackte sie bloß in sich zusammen und machte: „Puh." Was ist denn mit mir los, fragte sie sich. Was tue ich, wenn sie jetzt schnurstracks zur Polizei läuft? Wie konnte ich bloß?

„Wenn ich recht verstehe, möchtest du mir fünfhundert Euro schenken", sagte die Brötchen-Oma, die schweigend zugehört hatte, „für Kuchen?"

„Ja." Gott, was kam sie sich dumm vor.

„Wo ist das Geld?"

Mit klopfendem Herzen holte Cléo den Umschlag aus ihrer Handtasche und legte ihn in die aufgehaltene Hand der Alten.

„Das ist sehr nett von dir, mein Kind."

Mein Kind? Cléo horchte auf. Wann hatte sie jemand zum letzten Mal mein Kind genannt? Es fühlte sich merkwürdig an, es wieder zu hören, aber auch tröstlich und vertraut. Wie ein kleines Mädchen kam sich Cléo kurz vor. Vielleicht war die Brötchen-Oma ja schon hundert Jahre alt. Bei genauerer Betrachtung ihres Gesichtes konnte das durchaus möglich sein, und damit hätte die Bezeichnung ihre absolute Berechtigung. Für diese Frau war sie ein junger Hüpfer. Cléo verbot sich ein Grinsen.

„Und wissen Sie was?“, fuhr sie etwas aufgekratzt fort (es tat so gut zu reden). „Mimi und ich hielten Sie für so etwas wie eine dreizehnte Fee, wir hatten den Eindruck, dass ein Fluch auf uns lastet, weil wir Sie nicht gefunden hatten und ...“

„Was machst du jetzt?“, unterbrach die Brötchen-Oma und ließ den Umschlag in ihrem Einkaufsroller verschwinden. Sie würde wohl nicht zur Polizei gehen.

„Ich, äh, muss Zitronen kaufen und dann ...“

„Das meine ich nicht.“

Cléo schwieg verwirrt. „Ach so?“

„Das kleine Mädchen Mimi, das in eine ferne Stadt gehen soll und das du nicht wiedersehen wirst ...“, half ihr die Brötchen-Oma auf die Sprünge.

„Oh, ich werde sie schon wiedersehen“, rief Cléo, „ich werde sie in den Sommerferien besuchen.“

Die Alte schüttelte den Kopf. „Nein, das wirst du nicht, deswegen frage ich ja: Was machst du jetzt?“

„Ich kann ja gar nichts machen!“, rief Cléo verzweifelt. „Ich habe versucht, Adamo umzustimmen, aber ich verstehe ja auch, dass er nicht zeitlebens bei einer alten Dame zur Untermiete wohnen will. Er ist jung, er hat Ziele, er hat Verantwortung. Ach, wenn wir mehr Geld hätten, wenn ich doch bloß ...“ Sie brach ab und stöhnte laut auf.

Die Brötchen-Oma nickte. „Du hast nicht mehr viel Zeit.“

Dong-Dong-Dong, dachte Cléo, und ihr wurde kalt. „Was soll ich denn tun?“

„Das weißt du schon.“

„Nein!“, schrie Cléo. „Ich weiß es eben nicht!“

Die Alte stand auf.

„Bitte bleiben Sie! Geben Sie mir einen Rat!“ Cléo war versucht, sie am Ärmel ihres grauen Mantels festzuhalten, wagte es aber nicht.

„Denk nach, Kind. Es gibt für alles eine Lösung."

Mit diesen Worten lief sie los, blieb nach wenigen Schritten noch einmal stehen und drehte sich um.

„Dreizehnte Fee sagtest du, ja? Tsssss."

Bevor Cléo antworten konnte, war die Brötchen-Oma mit ihrem quietschenden Wagen weitergegangen und im nächsten Augenblick zwischen den Bäumen verschwunden.

ACHTZEHN

„Waaas?", schrie Mimi und warf ihrem Vater einen bitterbösen Blick zu. „Da taucht die Brötchen-Oma wieder auf, und ich bin nicht dabei, weil ich langweilige Schulsachen einkaufen gehen muss?" Wutentbrannt stampfte sie mit dem Fuß auf.

„Es war ja ein Zufall, dass sie gerade vorbeikam", versuchte Cléo sie zu besänftigen.

„Hat sie sich über das Geld gefreut?", wollte Mimi wissen.

„Ich glaube schon."

„Hat sie sich bedankt?"

„Nein, eigentlich nicht."

„Was hat sie denn gesagt?"

„Nicht viel."

„Ja, aber was denn?"

„Dass ich nicht mehr viel Zeit habe und nachdenken soll", antwortete Cléo.

„Hm." Mimi runzelte die Stirn. „Das hätte ich dir auch sagen können."

„Aber wie sie es gesagt hat, Mimi." Cléo erschauderte. „Sie hat mich so merkwürdig angeschaut dabei."

„Hat sie dir Angst gemacht?"

„Schon ein bisschen."

„Was hatte sie denn für eine Augenfarbe?"

Cléo dachte nach. „Ich weiß es nicht mehr", sagte sie verblüfft, „ich weiß es einfach nicht mehr."

„Dann ist sie tatsächlich eine dreizehnte Fee", murmelte Mimi, „die haben alle merkwürdige Augen."

Sie gingen auf den Balkon und setzten sich auf die Bank.

„Papa hat so eine dämliche Liste von Onkel Alfonso bekommen und lauter Schulsachen für mich gekauft. Schnellhefter und Buchhüllen." Mimi verdrehte die Augen. „Und, stell dir vor, Sportsachen."

„Ich hole uns mal eine Limonade", sagte Cléo und stand auf.

Adamo saß mit seinem Laptop am Küchentisch.

„Signora." Er lächelte sie an.

„Wann werden Sie abreisen?", fragte Cléo.

„Nun, ich dachte Anfang nächster Woche."

Du hast nicht mehr viel Zeit, mein Kind.

„Bleiben Sie doch noch, bis die Ferien vorbei sind!", rief Cléo.

Er schüttelte den Kopf. „Mimi soll sich in aller Ruhe eingewöhnen, und ich will so schnell wie möglich wieder arbeiten."

Cléo konnte sehen, dass er die Seite einer Billigfluggesellschaft aufgerufen hatte. War er etwa schon dabei, Flüge zu buchen? *Was mache ich bloß? Denk nach, denk nach. Ich könnte Mimis Pass verschwinden lassen. Ich könnte eine Krankheit vortäuschen oder … Aber das waren doch alles keine Lösungen.*

Cléo riss die Kühlschranktür auf und steckte ihren hitzigen Kopf hinein. Es gibt für alles eine Lösung, hatte die Brötchen-Oma gesagt.

„Es gibt nicht für alles eine Lösung", murmelte Cléo und lehnte die Wange gegen eine Flasche Mineralwasser, „manches bleibt für immer ungelöst." Davon könnte Frau Irene Fischer bestimmt ein Lied singen: Wie war das mit der antiken Statue aus der Alten Nationalgalerie, die nie wieder aufgetaucht war? Und mit der Viertelmillion in einem geblümten Kinderrucksack? Cléo kicherte leise. Auch dies war ein ungelöster Fall. Wenn sich tatsächlich für alles auf dem blauen Planeten eine Lösung finden ließe, warum gab es dann Kriege und Krankheiten? Cléo kühlte sich die Stirn am Eisfach und atmete tief durch. *Immer eins nach dem anderen …* Vielleicht sollte sie nicht versuchen, die ganze

Welt auf einmal zu retten. Sie könnte damit beginnen, ihr eigenes Problem zu lösen. Was bedeutete Lösung überhaupt? Die Brötchen-Oma hatte so wenig gesagt, dass jedes einzelne Wort auf die Goldwaage gehörte.

„Signora?", hörte sie die besorgte Stimme von Adamo hinter sich.

Hastig zog sie den Kopf aus dem Kühlschrank. „Ich suche den Krug mit der Zitronenlimonade."

„Da steht er doch, neben der Milch."

„Ja, richtig, ja, richtig. Wenn ich meine Brille nicht trage, bin ich blind wie ein Maulwurf, haha."

Sie griff nach dem Krug, holte drei Gläser aus dem Schrank und schenkte ein. Plötzlich sah sie Adamo an. „Würden Sie in Ihrem Lapp-Topp etwas für mich nachschauen?"

„Natürlich." Er lächelte.

„Was bedeutet das Wort Lösung?"

„Ah, für Ihr Kreuzworträtsel?"

„Nein, ich hätte gern eine Definition des Wortes, um es richtig zu begreifen."

„Moment." Er begann zu tippen. „Hier ist es schon: ein homogenes Gemisch aus mindestens zwei chemischen Stoffen …"

„Nein, nicht solche Lösungen", unterbrach Cléo.

„Was man braucht, um ein Problem oder eine Aufgabe zu bewältigen oder den Sinn eines Rätsels zu entschlüsseln …"

„Das klingt schon besser, vielen Dank."

Er nickte ihr zu.

Sie dachte kurz nach. „Sagen Sie, Adamo … es scheint so einfach zu sein, Informationen aus diesem Lapp-Topp herauszubekommen. Ob ich das auch könnte?"

„Aber klar doch. Ich zeige es Ihnen gern, Signora. Setzen Sie sich neben mich."

„Oh, ich weiß nicht.“ Sie zögerte. „Ich bin vielleicht zu alt, um es zu verstehen.“

„Unsinn.“ Er zog einen zweiten Stuhl heran, auf den sich Cléo setzte. „Hier oben tippen Sie auf *Google*“, erklärte er.

„Kugel?“, fragte sie irritiert.

Er lachte auf. „Ja, es ist beinahe so etwas wie eine Kristallkugel, in die man schaut, wenn man etwas wissen möchte. Es steht jede Menge Hokuspokus darin, aber auch viel Wissenswertes.“

„Und dann?“, fragte Cléo.

„Schauen Sie, ich gebe zum Beispiel *Neapel* ein, und schon haben Sie eine Fülle von Informationen: Wetter, Reiseführer, Karten, Fotos.“

„Tatsächlich.“ Hingerissen starrte Cléo auf den Bildschirm. „Das ist ja puppenleicht.“

Er lachte.

„Vielen Dank, Adamo, mille grazie.“

„Aber gern.“

Zufrieden kehrte Cléo auf den Balkon zurück.

„Wo warst du denn so lange?“, fragte Mimi.

„Ich …“ – *versuche, meine Aufgabe zu bewältigen* – „… hier deine Limonade.“

„Danke, hast du herausbekommen, was im Einkaufsroller der Brötchen-Oma ist?“

„Nein.“

„Und hast du sie gefragt, wo sie die ganze Zeit gewesen ist?“

„Nein.“

Mimi seufzte. „Dass ich das verpasst habe.“

Sie tranken.

„Papa hat gesagt, dass die schmutzige Aurora ein Fest für uns feiern will und die ganze Nachbarschaft einlädt.“

„Ja, sie freut sich sehr auf euch.“

„Ich mich aber nicht. Ich mag da nicht hin."

„Warum eigentlich nicht?"

„Weil ich bei dir bleiben will."

Aufseufzend legte Cléo ihren Arm um Mimi.

Ich könnte wirklich ein wenig kosmischen Rückenwind gebrauchen, dachte sie. Oder zumindest ein Zeichen. Ein Zeichen wäre überaus hilfreich.

Sie beobachteten eine Meise, die in der Vogeltränke ein Bad nahm.

„Soll ich dir sagen, warum meine Mama Tante Aurora die Schmutzige genannt hat?", fragte Mimi.

„Oh Gott, ja, unbedingt", rief Cléo.

„Du müsstest mal ihre Küche sehen: Der Fußboden klebt, die Töpfe sind verdreckt, und überall sind Katzen." Mimi schüttelte sich voller Abscheu. „Sie spazieren auf dem Esstisch herum, und wenn man sie nicht verscheucht, fressen sie dir die Muscheln aus den Spaghetti vongole."

„Pfui! Das ist ja mehr als unhygienisch!"

„Meine Mama war sehr sauber", fuhr Mimi fort. „Sie mochte den Geruch von Katzenpipi in Auroras Haus nicht."

„Das kann ich sehr gut verstehen."

„Meine Mama hätte dir gefallen."

„Oh, Mimi, da bin ich ganz sicher, ich hätte deine Mama genauso lieb gehabt wie dich."

Es klingelte an der Wohnungstür.

„Nanu?" Cléo stand auf und ging öffnen.

Ein junger Mann in Jeans, T-Shirt und Flip-Flops lächelte sie breit an. „Hallo."

„Sie wünschen?" Cléo starrte auf seine Füße. *Ich habe gerade ein schreckliches Déjà-vu.*

„Ich komme wegen des Bettes", sagte er.

„Ich verstehe nicht …"

„Ach, Sie sind schon da?" Adamo gab ihm die Hand.

Verwundert trat Cléo beiseite.

Die beiden Männer gingen ins Wohnzimmer und stellten sich vor Mimis Klappbett. „Ja, wunderbar, ich nehme es gleich mit“, hörte Cléo den Flip-Flop-Mann sagen.

„Könnten Sie nicht nächste Woche wiederkommen?“, erwiderte Adamo leise.

„Nee, jetzt oder nie.“

„Na schön.“

Ein Geldschein wechselte seinen Besitzer, und eine Minute später trug der junge Mann das Klappbett an Cléo vorbei in den Hausflur hinaus.

„Stolpern Sie nicht“, sagte sie ihm kühl zum Abschied, dann schloss sie die Tür.

„Wie konnten Sie nur?“, zischte sie Adamo an.

Es war ihm sichtlich peinlich. „Dann haben Sie das nicht auch noch am Hals, wenn wir weg sind“, murmelte er.

„Und wo soll Mimi jetzt schlafen?“

„Ich schlafe bei dir!“, rief Mimi vom Balkon.

„Ach, Kind, natürlich, so machen wir es.“ Cléo setzte sich wieder zu ihr. „Wo waren wir stehen geblieben?“

Es klingelte erneut.

„Herrschaftszeiten!“, rief Cléo, aufspringend. „Was ist denn heute los?“

Vor der Tür standen Jussuf und ein Kollege.

„Wir müssten mal etwas von Ihrem Küchenfenster aus vermessen“, erklärte Jussuf. „Dort führt der Fahrstuhlschacht vorbei, und wir haben ein paar Probleme mit der Stahlkonstruktion. Die Hauswand ist an dieser Stelle sehr schadhaft …“

Probleme mit der Stahlkonstruktion klingen gut, dachte sich Cléo. Dann dauert es sicher noch ein bisschen, bis die Mieterhöhung kommt.

„Bitte schön, bitte schön.“ Sie wies mit der Hand ans Ende des Korridors. „Sie kennen ja den Weg. Und nehmen Sie sich von der Zitronenlimonade.“

Sie ging auf den Balkon zurück.

„Hier geht's ja zu wie in einem Taubenschloss“, sagte Mimi auf ihre altkluge Weise.

Cléo lachte. „Das heißt Taubenschlag.“

Im nächsten Moment hörten sie es klirren.

„Was war das?“, fragte Mimi.

Sie liefen in den Korridor.

„Oh nein!“ Cléo hielt sich beide Hände vor den Mund. „Mademoiselle ist von der Wand gefallen.“

„Das tut mir so leid.“ Jussuf sah sehr unglücklich aus. „Ich muss mit der Schulter dagegen gekommen sein.“

„Scherben bringen Glück“, murmelte sein Kollege.

„Aber doch nicht Glasscherben!“, schrie Mimi, flitzte in die Küche und ließ eine Porzellantasse auf dem Fußboden zerschellen. „Puh“, machte sie erleichtert, „das gleicht es wieder aus.“

„Magdalena!“, brüllte Adamo sie an. „Hast du deinen Verstand verloren?“

„Überhaupt nicht!“, schrie sie zurück.

„Die Fotografie ist heil geblieben, Madame“, sagte Jussuf. „Ich werde sofort einen neuen Rahmen besorgen, es tut mir so unendlich leid …“

„Magdalena, du kannst gleich mitgehen und der Signora von deinem Taschengeld eine neue Tasse kaufen.“

„Ich habe ja zwanzigtausend Mäuse!“, krähte Mimi.

„Wo ist der Handfeger?“, fragte Jussuf mit zerknirschter Miene.

„Bitte!“, rief Cléo in dieses Durcheinander. „Es ist doch alles nicht so schlimm.“

Eine Stunde später war wieder Ruhe und Ordnung eingekehrt: Cléo hatte Adamo davon überzeugen können, dass Mimi eine wertlose Tasse von Woolworth kaputt gemacht hatte, Jussuf hatte das Foto neu gerahmt und einen kräftigeren Nagel in die Wand geschlagen, Splitter und Scherben waren entfernt worden.

War das jetzt schon ein Zeichen? fragte sich Cléo. Und wenn ja, was zum Kuckuck sollte es bedeuten?

❋

Am Abend hackte Adamo Knoblauch, Sardellen und Petersilie. Auf seinem Gesicht lag ein seliges Lächeln.

„Papa macht Puten-Spaghetti", erklärte Mimi.

„Signora!", rief er. „Der Wein ist schon entkorkt, würden Sie ein Glas mit mir trinken?"

„Sehr gern." Cléo schenkte ein. Mimi bekam Traubensaft.

„Auf ein baldiges Wiedersehen", sagte Adamo und hob sein Glas.

Sie nahmen alle einen Schluck. Dann wandte sich Adamo wieder seinen Töpfen zu.

„Weißt du noch, was Kapern sind, Mimi?", fragte er, während er Tomaten würfelte.

„Ja, weiß ich."

„Dann sag es mir."

„Blütenknospen", antwortete sie. „Und Sardellen sind kleine Fische."

Cléo stimmte ihre Antwort traurig. Sie hörte sich so erwachsen an.

Wenig später aßen sie.

„Es schmeckt mal wieder überwältigend", sagte Cléo.

„Ich schreibe Ihnen das Rezept auf."

„Nein, Adamo, Spaghetti alla puttanesca möchte ich nur von Ihnen zubereitet essen."

„Es ist ganz einfach."

Sie schüttelte den Kopf. „Bekomme ich noch einen Schluck Wein?"

Er schenkte ihr nach.

„Schmeckt es dir, Mimi?"

„Ja, lecker."

„Du siehst müde aus." Adamo legte ihr eine Hand auf die Stirn.

„Die viele Aufregung der letzten Tage …" Mimi fächelte sich mit ihrer Serviette Luft zu. „Darf ich mich zurückziehen?"

Cléo unterdrückte einen Seufzer. Gleich würde Adamo wieder kritisieren, dass Mimi sich nicht wie ein achtjähriges Kind ausdrückte. Aber zu ihrer Überraschung sagte er bloß lächelnd: „Selbstverständlich, principessa."

Mimi räumte ihren Teller in die Spüle. Dann ging sie hinaus.

„Sie ist so still." Sein Lächeln war verschwunden.

Cléo nahm einen großen Schluck Wein. „Es geht mich ja nichts an, aber ich habe den Eindruck, sie freut sich nicht besonders auf … ihre Tante."

„Ich habe einfach keine Alternative. Meine Schwester ist die einzige Familie, die ich noch habe. Und ich brauche jetzt leider etwas Hilfe, um mein Leben wieder in den Griff zu bekommen." Er schob seinen Teller von sich. „Eins können Sie mir glauben: Ich setze alles daran, so schnell wie möglich alleine klarzukommen."

Cléo nahm noch einen Schluck Wein, sonst hätte sie sich nicht getraut, die nächste Frage zu stellen: „Mimi erwähnte, dass ihre Mutter sich nicht so gut mit Aurora verstanden hat?" Meine Güte, du schrecklich neugieriges Weib, schimpfte sie sich.

Adamo nickte. „Meine Schwester war eifersüchtig. Ich bin doch immer ihr süßer, kleiner Bruder gewesen, und sie war der Meinung, dass Letizia mich ihr weggenommen hat. Was natürlich Blödsinn ist. Ein Bruder ist ein Bruder und ein Ehemann ist ein Ehemann, nicht wahr?"

„Letizia?", wiederholte Cléo sanft.

„Ja, das ist … Das war der Name meiner Frau."

Cléo schluckte. Ihr war ein wenig schwindelig.

„Hätten Sie … würden Sie …"

Adamo sah sie fragend an.

„Ein Foto", krächzte Cléo, „ich möchte sie so gern einmal sehen."

„Ja, natürlich." Er holte sein Portemonnaie hervor, zog eine leicht zerknitterte Fotografie heraus und reichte sie Cléo.

„Meine Brille", murmelte sie mit Herzklopfen. Sie setzte sie sich auf die Nase, dann griff sie nach dem Foto und betrachtete es.

„Mein Gott." Cléo schaute geradewegs in das Gesicht einer erwachsenen Mimi. „Sie ist wunderschön", flüsterte sie.

„Ja", erwiderte Adamo rau.

Die Frau auf der Fotografie hatte dunkles Haar, das ihr in Wellen über die Schultern fiel. Den Kopf zur Seite geneigt, sah sie den Fotografen mit fröhlichem Ausdruck an. Sie schien etwas sagen zu wollen, ihr Mund war leicht geöffnet. Die Sonne schien in ihre mandelförmigen Augen und ließ deren tiefdunkelbraune Farbe aufleuchten.

Das Foto in Cléos Hand begann zu zittern. „Von ihr hat Mimi die Kirschaugen", sagte sie leise.

„Ich mache mich mal ans Dessert." Adamo stand auf.

Cléo konnte ihren Blick einfach nicht abwenden von Letizia Savelli. Warum musste sie so früh sterben? Und andere lebten so lange?

Aus dem Boudoir erklang *Das Lied der Helene.* Romy Schneiders melancholische Stimme floss über den Korridor in die Küche. *„Als du fortgingst von hier, blieb dein Lächeln bei mir …"*

„Oh, Mimi", murmelte Cléo, „trauriger geht es ja wohl nicht mehr."

Sie beobachtete Adamo, der frische Feigen entstielte und Kreuze hineinschnitt. Er verrührte Sahne mit Zucker und Cognac, gab gemahlene Mandeln und gehackte Pistazien darunter und goss das Gemisch schließlich über die Früchte.

„Köstlich", sagte Cléo.

Er schaute auf. „Die kommen jetzt kurz in den Ofen. Und für Mimi gibt es Schokopudding."

„Kann ich helfen?" Cléo erhob sich und stellte erschrocken fest, dass sich die Küche ein wenig drehte. Sie hätte das zweite Glas Wein nicht so schnell trinken dürfen. Sie hätte es überhaupt nicht trinken dürfen. Jetzt war sie definitiv beschwipst. Sie atmete tief durch und setzte sich wieder.

„Nein danke, ich bin schon fertig", sagte Adamo zum Glück.

Er nahm das Foto seiner Frau wieder an sich, küsste es und legte es in sein Portemonnaie zurück. Dann rief er nach Mimi.

Kurz darauf erschien sie: in Cléos altem Chiffonkleid von Chanel. Bunte Glasperlenketten baumelten um ihren Hals, und auf dem Kopf trug sie ein dunkelgrünes Pillbox-Hütchen.

„Und?" Mimi stellte sich in Positur.

„Ich wäre nicht auf diese Kombination gekommen, aber es hat was", antwortete Cléo.

„Sneakers mit Chanel?", fragte Adamo mit skeptischem Blick auf Mimis karierte Stoffturnschuhe.

„Warum nicht?" Mimi setzte sich und bekam eine Schale

mit Schokoladenpudding vorgesetzt. „Puh“, machte sie, „ich dachte schon, ich muss diese verschrumpelten Säckchen essen.“

Adamo lachte auf. „Die sind für die Erwachsenen.“

Er reichte Cléo zwei überbackene Feigen, die einen köstlichen Duft verströmten. Nach warmem Zucker und Butter und verfliegendem Cognac. Sie begannen zu essen.

„Das ist so gut“, murmelte Cléo, „das müssen sie später unbedingt auf die Speisekarte von Trattoria Adamo setzen.“

Er nickte. „Ja, später …“

„Oh!“, machte Mimi erschrocken und blickte auf ihren Schoß. Ein großer Klecks Schokoladenpudding war ihr vom Löffel gefallen. Mit ihrer Serviette begann sie auf dem Chiffon herumzureiben.

„Nein! Nicht!“ Adamo sprang auf. „Um Gottes willen!“ Er stürzte sich auf Mimi und zog ihr das Kleid über den Kopf.

Cléo begann zu kichern.

Hektisch tupfte er an dem großen braunen Fleck herum. „Ich werde es morgen früh gleich in die Reinigung bringen, aber ich befürchte …“ Er brach ab und sah Cléo bekümmert an. „Ich weiß nicht, ob ich Ihnen das ersetzen kann.“

In ihrer geblümten Unterwäsche schaute Mimi betroffen unter dem schief sitzenden Hütchen hervor.

„Es sieht aus wie ein Kuhfladen“, schnaubte Cléo, und dann musste sie so sehr lachen, dass es sie beinahe vom Stuhl fegte.

„Jetzt flippt sie aus“, rief Mimi ängstlich. „Es tut mir so leid, Cléo!“

„Gnaaa-ha-ha-haaaa …“

„Bitte entschuldige.“

Vergeblich versuchte Cléo sich zusammenzureißen. Während Adamo und Mimi sie ratlos ansahen, schüttelte sie ein weiterer Lachkrampf. „Buhu-huuu“, machte sie hinter vorgehaltenen Händen.

„Nicht weinen.“ Mimi klopfte ihr auf die Schulter. „Bitte nicht weinen.“

„Signora?“

Cléo wischte sich die Lachtränen aus dem Gesicht. „Es ist doch bloß ein … Kleid“, sagte sie.

„Ein Kleid von Chanel“, korrigierte sie Mimi.

„Und wenn schon.“ Cléo hatte sich beruhigt. „Ein Kleid ist ein Kleid.“ Sie lächelte Mimi an. „Es gibt wirklich Wichtigeres.“

„Ich werde irgendwie dafür aufkommen“, sagte Adamo, „das verspreche ich.“

„Geben Sie mir lieber noch so eine leckere Feige“, erwiderte Cléo und schob ihren Dessertteller quer über den Tisch.

„Warum hast du so gelacht?“, fragte Mimi, als sie neben Cléo im Bett lag. Das Nachttischlämpchen verströmte gemütliches orangefarbenes Licht.

„Weil ich noch niemals Schokoladenpudding auf einer von Mademoiselles Kreationen gesehen habe.“

Mimi kicherte. „Es tut mir wirklich ganz doll leid.“

„Vergiss es.“

„Okay.“

Plötzlich blähte sich die Gardine, und ein Windstoß kam ins Zimmer.

„Ui“, machte Mimi. „Wie bei Mary Poppins, weißt du noch?“

„Oh ja.“

„Wind dreht nach Ost, Nebel kommt auf“, sang Mimi leise, „der Himmel sieht plötzlich so merkwürdig aus.“

„Was uns bevorsteht, das zu sagen ist schwer“, stimmte

Cléo mit ein, „doch ich fühle es kommt was, es kommt was daher."

Sie lauschten dem Wind, der durch den unfertigen Fahrstuhlschacht heulte. Im Hof knallte irgendwo ein Fenster zu.

Cléo knipste das Licht aus. „Gute Nacht, Mimilein."

„Gute Nacht."

... es kommt was, es kommt was daher ...

Mit weit aufgerissenen Augen starrte Cléo lange in die Dunkelheit. Sie hatte das Gefühl, Letizia Savelli etwas schuldig zu sein.

NEUNZEHN

Und dann passierte etwas Merkwürdiges. Das Schicksal schenkte ihr Zeit. Nicht viel, lediglich ein kleiner Aufschub wurde ihr bewilligt, aber Cléo verstand. Plötzlich ergab sich ein Sinn, alles fiel an die richtigen Stellen zurück und fügte sich zu einem Bild zusammen, zu einem wunderschönen Zukunftsszenario, wie es sein könnte, wenn sie endlich den entscheidenden Schritt machte. Jetzt war sie am Zuge. Sie allein: Cléopâtre Aglaïde Victorine de Pierret-Monchouaris.

Der nächste Morgen war windig und grau. Im Haus wurde gearbeitet, Cléo spielte mit Mimi am Küchentisch Mensch ärgere dich nicht. Gerade klappte die Wohnungstür, Adamo war wieder da. Er hatte das Chanel-Kleid zur Reinigung gebracht und auf dem Wochenmarkt Parmesan, Zwiebeln und Auberginen gekauft. Als er die Tüten auf dem Küchentisch abstellte, klingelte sein Handy.

„Hallo?"

Er schwieg kurz, dann sagte er etwas auf Italienisch, das Cléo nicht verstand. Sie nippte an ihrer Kaffeetasse. Gerade wollte sie würfeln, als ihr Blick auf Mimi fiel, die die Augen weit aufgerissen und den Mund zu einem runden O geformt hatte.

„Was ist denn los?", fragte Cléo.

Adamo steckte sein Handy wieder ein. „Meine Schwester und Alfonso sind krank geworden. Sie haben eine Salmonellenvergiftung."

„Wer wollte die denn vergiften?", rief Mimi aufgeregt.

„Niemand natürlich. Sie haben etwas Falsches gegessen, und jetzt leiden beide unter Brechdurchfall." Adamo seufzte.

„Brechdurchfall", murmelte Mimi, „das ist aber ekelig. Heißt es, dass sie gleichzeitig kotzen und k…"

„Ja, das heißt es", unterbrach Cléo.

„Und es heißt auch, dass wir vorerst nicht anreisen können“, sagte Adamo.

„Juppiiiii!“, schrie Mimi.

Adamo sah sie strafend an. „Man freut sich nicht über das Leiden anderer.“

Mimi kletterte auf Cléos Schoß. „Ich freue mich ja bloß, weil ich länger bei Cléo bleiben darf“, erklärte sie und legte ihr beide Arme um den Hals.

„Ich gehe noch mal los.“ Mit eiligem Schritt verließ Adamo die Wohnung.

„Was ist denn das für eine Vergiftung?“, fragte Mimi.

„Das haben wir gleich.“ Cléo zog Adamos Laptop zu sich heran.

„Wie hieß noch gleich das lustige Zauberwort? Google“, murmelte sie, „und Enter.“

„Sehr gut“, lobte Mimi. „Du wirst immer cooler.“

Cléo lächelte stolz und begann vorzulesen: „Eine Salmonellenvergiftung ist eine von Bakterien ausgelöste Gastroenteritis …“

„Was?“

„Eine Magen-Darm-Erkrankung, die durch verseuchte Lebensmittel oder aufgrund mangelnder Küchenhygiene …“

„Alles klar“, murmelte Mimi.

„Die Bakterien können zum Beispiel über verunreinigte Schneidebretter ins Essen gelangen“, las Cléo weiter vor, „Salmonellen siedeln sich vor allem auf rohem Fleisch und in Eiern oder auf deren Schale an. Sie vermehren sich schnell bei einer Temperatur zwischen zwanzig und vierzig Grad Celsius. Deswegen sollte man im Sommer besonders vorsichtig sein und Speisen wie Mayonnaise und Eiersalat stets gekühlt aufbewahren.“

Mimi grinste breit. „Hat sie ihr Tiramisu wieder einmal draußen stehen lassen.“

Cléo räusperte sich. „Erwachsene können auch nach Abklingen von Durchfall und Erbrechen bis zu vier Wochen ansteckend sein."

„Bingo!", schrie Mimi.

In Cléos Kopf schwirrten die Gedanken umeinander: Vier Wochen! Aber was hilft der eine Monat? Er wird einfach so vergehen, nichts passiert von allein. Ereignisse sind immer Ergebnisse von Handlungen und Haltungen. Denk nach, altes Mädchen, denk nach. Irgendwo tief in mir scheint eine Antwort vor sich hinzuschlummern. *Dong-Dong-Dong.*

Mimi streckte sich und glitt von Cléos Schoß. „Wollen wir Eis essen gehen?"

Was habe ich schon zu verlieren?

„Hallo?"

Die Angst zu versagen? Und wenn schon. Dann hättest du es wenigstens versucht und nicht wie ein dummer Wellensittich im offenen Käfig gehockt. Gib dir einen Ruck, altes Mädchen.

Mimi tippte ihr auf die Schulter. „Cléo?"

Sie schreckte auf. „Ja?" Plötzlich fühlte sie sich sehr wach. „Ich glaube, ich habe etwas verstanden."

„Das Internet?", fragte Mimi.

Cléo lachte auf. „Na ja, lediglich die Spitze vom Eisberg ..." Dann wurde sie wieder ernst. „Genug der Zeichen, Mimilein", flüsterte sie, „ein Spatz versucht mir etwas mitzuteilen, eine dreizehnte Fee spricht zu mir, ein Bild fällt von der Wand ..."

„Und der Wind dreht", unterbrach Mimi.

„Ganz richtig." Cléo dachte kurz nach. „Wenn ein Bild von der Wand fällt, hat es meistens mit zu dünnen Nägeln zu tun, doch welches Bild ist runtergefallen, Mimi? Das Stillleben mit den roten Äpfelchen im Wohnzimmer? Nein. Es war das Foto von Mademoiselle. Sie will mir etwas sagen."

Mimi schluckte hörbar. „Was denn?"

„Seit wir in der Chanel-Boutique waren, geht mir eine Sache nicht mehr aus dem Kopf“, antwortete Cléo, und auf einmal kribbelten ihre Beine. Sie stand auf. „Ich habe mich nur nicht getraut weiterzudenken.“

„Warum?“

„Weil es so verrückt ist.“ Cléo begann herumzugehen. „Aber dann traf ich die Brötchen-Oma, die mir sagte, ich wüsste schon, was ich zu tun habe. Und sie hatte recht.“

Mimi begann auf der Stelle zu hüpfen. „Was denn?“

„Nun“, Cléo wand sich, „ich habe gestern Nacht noch die Kugel befragt, weil ich nicht schlafen konnte.“

„Was hast du gemacht?“

„Na, im Internet, da kann man doch …“

„Ah, du meinst Google“, Mimi kicherte. „Und was hast du herausbekommen?“

„Dass es in Berlin eine Agentur gibt, die nur für *Best Äidscher* zuständig ist. Das ist Englisch und bedeutet so viel wie *Leute im besten Alter.* Also, um es kurz zu machen, ich möchte wieder als Mannequin arbeiten.“

Mimi starrte sie an, und sofort sank Cléo der Mut.

„Ich würde mich ja erst einmal vorstellen“, räumte sie ein, „die Agentur ist nicht weit von hier, es ist einen Versuch wert, selbst wenn …“

Mimi begann zu kreischen wie eine Feuerwehrsirene, und zu ihrer eigenen Überraschung fiel Cléo in höchsten Tönen mit ein. Sie umarmten sich, sprangen umher und schrien immer weiter, bis sie heiser waren.

„Wir müssen dich zurecht machen“, rief Mimi außer Atem.

„Ja, das müssen wir.“

Hand in Hand rannten sie ins Boudoir.

Mimi riss die Schranktüren auf und ließ es Kleidungsstücke regnen. „Was willst du anziehen?“

„Mir gefiel dein Outfit von gestern“, sagte Cléo. „Etwas Elegantes mit Turnschuhen. Das ist modern und hat ein Augenzwinkern.“

„Leider nicht meine Idee“, gab Mimi zu, „habe ich in einer Zeitschrift gesehen.“

„Oh? Ist das wahr?“

„Ja, das hat Karl Lagerfeld erfunden.“

Cléo lachte. „Kein Geringerer?“

„Ob es Mademoiselle gefallen hätte?“, fragte Mimi.

„Nein“, sagte Cléo, „sicher nicht.“

„Egal, wenn du Lust darauf hast, dann mach es einfach.“

Cléo nickte und fühlte sich auf einmal herrlich unartig.

„Ich würde gern meine schwarze Hose anziehen“, sagte sie, „mit dieser himbeerfarbenen Seidenbluse, dazu Perlenketten und weiße Sniii…“

„Sneakers“, beendete Mimi den Satz und strahlte Cléo an. „Dann lass uns schnell welche kaufen gehen.“

„Ja und eine rosa Sonnenbrille hätte ich auch gern.“

Sie besprühten sich mit No. 5 und waren im nächsten Moment zur Haustür hinaus.

❇

„Und Sie haben schon als Model gearbeitet?“

„Oh ja.“

„Kann ich bitte Ihr Book sehen?“

„Welches Buch?“

„Ihre Fotomappe.“

Cléo holte einen Umschlag aus ihrer Tasche. „Hier sind einige Aufnahmen.“

Der Mitarbeiter der Agentur *Silverseniors* holte ein paar Schwarz-Weiß-Fotos heraus und betrachtete sie erstaunt.

„Von wann sind die denn?“

„Das müsste 1965 gewesen sein“, antwortete Cléo.

„Da war ich noch nicht geboren!“

„Tja“, machte Cléo, „das tut mir leid für Sie.“ Sie mochte den Mann nicht. Er hatte etwas Herablassendes.

„Wir brauchen aktuelle Fotos“, sagte er und gab ihr den Umschlag zurück. „Kommen Sie wieder, wenn Sie welche haben.“

„Das überlegen wir uns noch“, erwiderte Cléo und stand auf. „Komm, Mimi.“

„Das überlegen wir uns noch“, echote Mimi ebenso reserviert.

„Auf Wiedersehen.“

Sie gingen hinaus.

„Das war wohl nichts“, murmelte Cléo, als sie wieder auf der Straße standen.

„*Silverseniors*“, zischte Mimi verächtlich, „was für ein Kasper!“

„Aber er hat natürlich recht.“ Cléo seufzte. „Ich brauche wohl eine Fotomappe.“

Mimi nickte. „Bei Germanys Next Topmodel haben die das auch alle.“

Cléo fühlte ihren Optimismus schwinden. Was für eine idiotische Idee hatte sie da bloß geritten? Mit siebzig wieder Mannequin werden zu wollen? Mademoiselle hätte sich totgelacht. Na und, zwitscherte ein Stimmchen in ihr, sie hätte auch deine neuen weißen Sneakers nicht gemocht. Und deine rosa Sonnenbrille bestimmt auch nicht.

„Nicht weit von hier gibt es noch eine andere Agentur“, sagte Cléo.

„Woher weißt du denn das?“

„Das Internet.“ Cléo zuckte mit den Schultern. „Puppenleicht.“

„Und da gehen wir jetzt hin?“, fragte Mimi.

„Ja, warum nicht. Wir müssen auf dem Gebiet ja erst mal Erfahrungen sammeln. Was meinst du?“

„Klar!“ Mimi lachte fröhlich auf. „Aber vorher holen wir uns eine Kugel Eis.“

„Nein, Mimi-Magdalena.“

„Oooch, wieso denn nicht?“

„Weil wir uns zwei Kugeln holen werden. Ich kann mich nämlich nie zwischen Erdbeere und Stracciatella entscheiden.“

Eine halbe Stunde standen sie vor der Tür von *First Ladys*. Cléos Herz raste.

„Warte.“ Sie tupfte sich noch etwas Lipgloss auf den Mund und schob sich die rosa Brille ins Haar. Mimi rückte ihr die Perlenketten zurecht, zupfte einen Fussel von der Seidenbluse und sah ihr prüfend ins Gesicht.

„Besser geht's nicht“, sagte sie, „toi toi toi.“

„Danke.“

„Soll ich dreimal spucken?“

„Ich glaube, das wird nicht nötig sein. Aber du könntest klingeln … einmal bloß, Mimi!“

Eine ältere Dame öffnete.

„Mein Name ist Cléopâtre de Pierret-Monchouaris“, stellte sich Cléo etwas atemlos vor, „und ich habe leider bloß Fotos, die fünfzig Jahre alt sind, aber …“

„Alle sagen Cléo zu ihr“, unterbrach Mimi, „den Rest kann sich ja kein Mensch merken.“

Die Dame lachte. „Und wer bist du?“

„Ich bin Magdalena Beatrice Savelli.“

„Sehr erfreut Magdalena und Cléo, mein Name ist Theresa. Bitte kommen Sie doch herein.“ Sie ging voraus und betrat einen großen, lichten Raum, in dem lediglich ein gläserner Schreibtisch und fünf Stühle aus weißem Leder standen.

„Setzen Sie sich“, sagte Theresa. „Möchten Sie etwas trinken? Kaffee oder Saft?“

„Nein danke.“ Cléo zitterte, sie hätte keine Tasse halten können.

„Ein Saft wäre schön“, hörte sie Mimi sagen.

Sie nahmen auf den weißen Stühlen Platz.

Bitte lass es keinen Kirschsaft sein, betete Cléo stumm.

Kurz darauf reichte Theresa Mimi ein Glas lila Traubensaft, dann setzte sie sich hinter ihren Glasschreibtisch. „Ich habe diese Agentur vor zehn Jahren gegründet und mir mit meinen Models einen sehr guten Ruf erarbeitet.“

Sie deutete auf die großformatigen Portraits, die an den Wänden hingen: Frauen mit langen, grauen Haaren, mit Bubikopf, Sommersprossen, Augenfalten. Lachend, nachdenklich, fröhlich, ernst. Alle nicht mehr jung, alle wunderschön.

Cléo nickte beeindruckt. Wie sollte sie bloß bestehen? Hatte sie wirklich gedacht die einzige hübsche alte Dame von Berlin zu sein?

„Nun, Cléo“, sagte Theresa und lehnte sich lächelnd vor, „erzählen Sie mir von sich.“

„Sie ist für Mademoiselle Chanel gelaufen!“, rief Mimi.

Der Traubensaft schwappte bis an den Rand des Glases.

„Das ist sehr beeindruckend“, sagte Theresa.

„Mimi, halt dein Glas gerade“, flüsterte Cléo, dann räusperte sie sich. „Ja, die Zeit mit Mademoiselle Chanel war einmalig und hat mich zeitlebens geprägt. Sie war eine große Künstlerin, auch wenn sie niemals so bezeichnet werden wollte. Sie hielt Mode nicht für Kunst. Aber ich schon. Mode ist Schöpferkraft, Mode treibt Dinge voran, Mode spiegelt den Zeitgeist. Denken Sie bloß an Alexander McQueen, seine Hochzeitskleider und Totenköpfe. Oder an den Damen-Smoking von Yves Saint Laurent und an das legendäre Hummerkleid von Elsa Schiaparelli. Oh, was hat

Mademoiselle sie gehasst!“ Cléo lachte auf, dann wurde sie wieder ernst. „Ich schweife ab, entschuldigen Sie. Also, ich habe von 1963 bis zu ihrem Tod für Mademoiselle Chanel als Mannequin gearbeitet. Es scheint wie Fahrradfahren zu sein, man verlernt es nicht …“

„Wir kommen gerade aus Paris“, meldete sich Mimi wieder zu Wort, „und in der Chanel-Boutique ist sie losgelaufen wie ein Topmodel.“

Theresa hatte aufmerksam zugehört. „Haben Sie auch Erfahrungen als Fotomodel?“

„Ja.“ Cléo klopfte auf ihre Handtasche. „Möchten Sie sehen?“

„Sehr gern.“

„Hier, bitte.“ Cléo reichte ihr den Umschlag mit den alten Fotografien. Theresa nahm sie heraus und betrachtete sie: eine blutjunge Cléo im Minirock, ihre Chanelhandtasche schwenkend, im Hintergrund, leicht unscharf: der Louvre. Cléo mit toupiertem Haar, lachend auf den Stufen vor der Opéra Garnier, Cléo im Abendkleid auf der Pont d'Alexandre bei Nacht.

„Zauberhaft“, murmelte Theresa. Dann hob sie den Kopf und sah Cléo an. „Warum möchten Sie wieder modeln?“

„Weil ich etwas tun muss“, rief Cléo voller Leidenschaft, „wissen Sie, ich mag alt aussehen, aber mein Herz ist lange nicht so faltig wie mein Gesicht, ich habe viel Energie und …“

„Oh ja“, unterbrach Mimi, „das können Sie ihr glauben.“

„Und …“, Cléo seufzte, „ich will ganz ehrlich mit Ihnen sein, Theresa. Es geht mir auch ums Geld. Ich muss Geld verdienen, um das tun zu können, was ich tun möchte.“

„Selbstverständlich.“ Theresa lächelte sie an. „Das finde ich höchst professionell.“

„Ich weiß auch, dass ich mir erst ein Buch mit aktuellen Fotos anlegen muss“, sagte Cléo, „aber Sie können mir bestimmt den Namen eines Fotografen nennen.“

„Die Test-Fotos mache ich am liebsten selbst“, erwiderte Theresa. „Wenn es Ihnen recht ist, jetzt gleich?“

„Jetzt?“

„Ja, ich möchte gern sehen, wie fotogen Sie sind. Dort hinten ist unser Umkleidezimmer, ich rufe schnell unsere Stylistin an.“

„Coooool“, wisperte Mimi, und dann kleckerte sie vor lauter Aufregung doch etwas Saft auf das weiße Leder, was allerdings niemand bemerkte, denn nun begannen die Vorbereitungen für Cléos Fotoshooting.

Seit dem letzten waren mehr als vier Jahrzehnte vergangen. Aber was machte das schon?

❊

Die Stylistin Masha ließ Cléo einen mitternachtsblauen Hosenanzug aus Seide anziehen. Sie puderte ihr Gesicht hell ab, zauberte einen rosa Hauch auf ihre hohen Wangenknochen und schminkte ihre Lippen korallenrot. Dann tuschte sie ihre Wimpern. Am Schluss kämmte sie Cléos Haar und zerstrubbelte es wieder.

„Wunderbar.“ Masha legte zufrieden den Kopf schief. „Jetzt sehen Sie aus, als hätte der Wind Sie geküsst.“

„Wie überaus poetisch“, lachte Cléo.

„Du bist sehr hübsch“, sagte Mimi. „Wie die Königin der guten Feen.“

„Ach, meine Mimi! Danke schön, wünsch mir Glück.“

„Mach ich. Die ganze Zeit schon.“

Und dann ging es tatsächlich los: Ein wenig unsicher blinzelte Cléo in die Kamera.

„Bewegen Sie sich", sagte Theresa, „vertrauen Sie mir."

Jetzt aber los, schrie es in Cléo, stell dich nicht an. Sei ein Profi, denn das bist du schließlich … das warst du jedenfalls einmal. Sie atmete tief durch, ließ die Schultern fallen und schaute direkt in das Objektiv hinein. In ihrem Magen begann es zu flattern. Ja, dachte sie, so war das. Sie spürte, wie etwas übernahm, und ihr Lächeln vertiefte sich.

Es klickte mehrfach.

Man würde ihre Falten sehen, aber in diesem Moment war es Cléo ganz egal. Sie wusste um die Schönheit ihrer himmelblauen Iris, sie hatte eine hübsche kleine Nase, ihr Haar war dicht und schimmerte wie Eis, und der neue windzerzauste Look, den Masha kreiert hatte, gefiel ihr. Sie begann sich wohler zu fühlen, drehte sich von links nach rechts, blickte über ihre Schulter in die Kamera, wurde ernst, dann lachte sie wieder. Sie war nun nicht mehr siebzig, sie war einfach … Cléo, eine Frau, die liebte und leben wollte, die noch so viel zu geben hatte und nicht bereit war, sich kampflos trübsinnigen Entwicklungen hinzugeben.

Theresa ließ den Fotoapparat sinken. „Danke, Cléo, das reicht schon."

„Ach, schade, ich war gerade richtig in Schwung gekommen."

Theresa lachte. „Wir schauen uns das jetzt gleich mal am Computer an."

Kurz darauf hatten sich Masha, Cléo und Mimi hinter Theresa gestellt, die an ihrem Glasschreibtisch saß und die eben gemachten Fotos auf einem Bildschirm begutachtete.

Cléos Gesicht in Großaufnahme. Cléo, mit Haarsträhnen über den Augen. Cléo, den Kopf zurückgeworfen, lachend, mit blitzenden Zähnen.

„Boooah, siehst du klasse aus", schnaufte Mimi.

„Ja, das muss ich auch sagen." Masha nickte.

Theresa klickte sich mit ernstem Gesicht durch die Fotoserie. „Also, es tut mir wirklich leid, aber …"

„Aber was?", rief Mimi ängstlich.

Theresa schaute auf. „So etwas ist mir noch nie passiert, ich weiß gar nicht, welches Foto ich nehmen soll, weil …" Sie starrte wieder auf den Bildschirm.

„Weil?", fragte Masha.

Cléo schluckte … *weil sie so unglaublich schlecht sind?*

„Weil sie alle erstklassig sind!", rief Theresa.

Mimi schrillte los wie eine Feuersirene.

„Liebe Cléo!", schrie Theresa lachend gegen dieses Kreischen an. „Ich nehme Sie mit Freuden in meiner Agentur auf."

„Wirklich?" Cléo schlug beide Hände vor ihr Gesicht. „Ich kann es gar nicht fassen."

Theresa umarmte sie. „Herzlich Willkommen bei *First Ladys*."

ZWANZIG

„Was war denn das für ein Hummerkleid?“, fragte Mimi.

Cléo hatte die Füße hochgelegt und saß mit geschlossenen Augen auf dem Balkon. Sie musste noch verarbeiten, was in den vergangenen Stunden passiert war.

„Elsa Schiaparelli war eine Modeschöpferin“, antwortete sie mit müder Stimme. „Sie sah sich als Künstlerin und arbeitete eng mit anderen Künstlern zusammen.“

„Was hat denn das mit dem Hummer zu tun?“

„Ach, Mimi.“ Cléo stöhnte leise auf und öffnete die Augen. „Du Quälgeist.“

„Süßer Quälgeist.“

„Ja, allerdings.“

„Also?“

„Das Hummerkleid war ein schlichtes weißes Abendkleid, auf das Salvador Dalí einen orangefarbenen Hummer gemalt hatte.“

„Coole Sache.“

„Ja, das war ziemlich … sensationell.“

Mimi hatte begonnen, Abendkleider aus einem Modekatalog herauszuschneiden. „Und warum hat Mademoiselle diese Elsa gehasst?“, fragte sie, während sie mit der Nagelschere herumhantierte.

„Na ja, die beiden waren Konkurrentinnen. Elsa war die Wildere, Mutigere. Das hat Mademoiselle natürlich überhaupt nicht gepasst. Und was sie von einem Hummer auf einem Kleid gehalten hat, kannst du dir wohl denken.“

„Oh ja, oh ja.“ Mimi nickte wissend. „Erzähl mir mehr.“

„Es gab da eine Geschichte“, fuhr Cléo fort, „nicht mehr als ein Gerücht: Mademoiselle soll auf einem Kostümfest die als Baum verkleidete Elsa in einige Kerzen gestoßen haben.

Der Baum fing an zu brennen, konnte aber schnell wieder gelöscht werden."

Mimi kicherte.

„Wenn ich es recht bedenke", sagte Cléo grinsend, „halte ich diese Geschichte für gar kein Gerücht."

„Was hat Elsa noch entworfen?"

„Oh, einen sehr witzigen Schuh-Hut, einen Schleifen-Pullover und sie hat sogar eine neue Farbe kreiert: Shocking Pink."

„Eine neue Farbe?", fragte Mimi beeindruckt. „Kann man das einfach?"

„Warum nicht?"

Sie schwiegen.

Eine Meise flog in einen der Käfige und holte sich einen Sonnenblumenkern.

„Früher hatte ich überhaupt keine Idee, was ich mal werden will, wenn ich groß bin." Mit roten Wangen schnippelte Mimi ein Cocktailkleid aus dem Katalog, „aber jetzt weiß ich es." Sie sah kurz auf und schaute in den Himmel. „Ich werde die schönsten Prinzessinnen-Kleider entwerfen, und eine neue Farbe erfinde ich natürlich auch. Sie soll glitzern wie Feenstaub und schimmern wie Meerjungfrauenschuppen und …" Offensichtlich überwältigt von der Intensität ihrer eigenen Aussage verstummte sie.

„Das ist eine wunderbare Idee, Mimilein. Ganz wunderbar. Man sollte immer tun, was das Herz einem rät." Cléo schloss wieder die Augen. Sie war so müde. Ihr Elternhaus tauchte auf: Türmchen, Tauben, Treppen. „Das Leben dreht sich immer weiter", murmelte sie. „Man tut gut daran, sich in der richtigen Richtung mitzudrehen."

„Wie meinst du das?"

„Mein Vater schaute sich jeden Tag aufs Neue an, wie sein Leben zerbröckelte. Er hielt an dem alten Familienanwesen fest, weil er glaubte, nur dort die Erinnerung meiner Mutter bewahren zu können. In den blind werdenden Spiegeln glaubte er ihren Widerschein zu sehen und nachts auf den Korridoren. Er war sich ganz sicher, ihre Nähe nur an diesem Ort zu spüren, woanders wäre sie verblasst. Also blieb er, und sein ganzen Leben war mit Tod behaftet."

„Was war mit ihr?"

Cléos Hals schnürte sich zu. „Sie starb bei der Geburt meines kleinen toten Bruders."

„Das wusste ich nicht."

„Ich spreche nicht gern darüber."

Mimi streichelte Cléos Handrücken. „Ich verstehe."

„Ich war zehn, meine Schwester dreizehn."

„Und was passierte dann?"

Cléo setzte sich auf und putzte sich die Nase. „Wir blieben bei unserem Vater, bis er starb. Kurz danach heiratete meine Schwester und ging ins Ausland. Mich zog es nach Paris, wo ich bei Mademoiselle Arbeit fand. Na ja, das weißt du ja bereits."

„Was ist aus dem Schloss geworden?", fragte Mimi.

„Wir verkauften es zum Schleuderpreis, inzwischen ist es ein Hotel. Ich war noch einmal dort. Der Weinkeller ist jetzt ein Fitnessraum, der unterirdische Geheimgang wurde zugeschüttet."

„Oooh", rief Mimi empört, „mitsamt Dienstmädchen-Geist?"

„Wahrscheinlich." Cléo lächelte. „Der Dienstbotentrakt ist ein Swimmingpool geworden. Und weißt du was, Mimi? Das ist auch gut so."

„Findest du?"

Cléo war jetzt wieder hellwach. „Ja! Das Leben geht immer nach vorne, niemals rückwärts."

„Hm-hm“, machte Mimi altklug und wandte sich wieder ihren Abendkleidern zu.

Als hätte sie die leiseste Ahnung, was ich meine, dachte Cléo amüsiert, aber wer weiß? Sie ist so eine kluge, kleine Person.

Sie beobachtete, mit wie viel Geschick Mimi die ausgeschnittenen Kleider nun in ein Heft klebte. *Mimi-Magdalenas Mode* stand in bunten Buchstaben darauf.

„Weißt du, was ich auf meine alten Tage gelernt habe?“, fragte Cléo.

„Was denn?“

„Dass man immer etwas in seinem Leben ändern kann, und wenn es bloß seine Haltung ist, aber das wird irgendein Türchen öffnen und ein wenig Wind wird hereinkommen und Neues mit sich bringen.“

„Wind dreht nach Ost, Nebel kommt auf“, sang Mimi, „der Himmel sieht plötzlich so …“

Das Telefon klingelte.

❇

„Meiner Schwester geht es wohl etwas besser“, sagte Adamo ein paar Tage später.

„Das freut mich sehr.“ Cléo holte gerade ihre Tarte aux pommes aus dem Ofen. Die Küche war erfüllt vom Duft warmer Äpfel.

„Das sieht aber gut aus, Signora.“

„Ich gebe Ihnen das Rezept.“

„Ja, gern.“

„Wo Sie gerade vor mir stehen …“ Sie lächelte ihn an. „Ich muss mit Ihnen sprechen.“

„Heute Nachmittag?“ Er schien in Eile zu sein.

„Ja, das wäre prima. Dann können wir auch gleich die Apfel-Tarte probieren.“

„Wunderbar, bis später."

Nachdem er die Wohnung verlassen hatte, ging Cléo ins Boudoir. „Heute reden wir mit deinem Vater", sagte sie zu Mimi, die sich gerade mit einer lila Federboa schmückte.

„Na endlich."

Es war wärmer geworden.

„Lass uns ein bisschen im Park spazieren gehen", schlug Cléo vor. „Mir fällt hier die Decke auf den Kopf."

„Okay."

„Willst du die Federboa umbehalten?"

„Ja", antwortete Mimi bestimmt. „Dazu trage ich meinen neuen Jeans-Minirock und ein gelbes T-Shirt. Ich finde, Lila und Gelb passen gut zusammen. Was hätte Mademoiselle dazu gesagt?"

„Sie mochte weder Jeans noch Miniröcke", antwortete Cléo.

„Macht ja nichts." Leichtherzig schlüpfte Mimi in ihre Ballerinas. „Lass uns gehen."

Sie schlenderten über die Liegewiese im Volkspark und kamen schließlich zum goldenen Hirsch.

„Hier habe ich das Geld gefunden", flüsterte Mimi und deutete auf ein Gebüsch, gar nicht weit entfernt von der Stelle, wo Cléo sich vor der Brötchen-Oma versteckt hatte.

„So viel ist seitdem passiert", sagte Cléo.

„Lass uns mal unauffällig bei Walter und Purzel vorbeigehen." Mimi grinste. „Die sitzen meistens da hinten auf der Bank."

Wenig später hatten sie sie gefunden.

„Schau mal!", flüsterte Mimi aufgeregt. „Purzel hat ein kuscheliges Hundekörbchen bekommen. Ist das nicht toll?" Vor lauter Freude begann sie auf und ab zu springen.

„Und Walter hat sich Schokolade gekauft", stellte Cléo im selben Moment fest.

Zufrieden betrachteten sie die Szene, die sich ihnen bot: Im sonnengetupften Schatten eines uralten Baumes saß Walter auf einer Bank, die Beine weit von sich gestreckt. Hin und wieder nahm er sich aus einer Schachtel eine Praline, betrachtete sie genießerisch von allen Seiten und schob sie sich dann in den Mund. Mit der anderen Hand streichelte er das Hundebaby Purzel, das in einem hellblauen Plüschkörbchen schlief.

„Weißt du“, sagte Cléo, „das kleine Glück ist oft sehr viel größer, als wir denken.“

Sie gingen weiter.

„Ich möchte die Brötchen-Oma wiedersehen“, sagte Mimi plötzlich.

„Nein, Mimi, auf keinen Fall. Wer weiß, was dann wieder passiert.“

„Nur einmal klingeln und ihr einen schönen Tag wünschen. Sie wohnt doch gleich da vorne.“

„Also, wie du dir das immer vorstellst.“ Cléo wurde ganz heiß. „Du kannst doch nicht einfach …“

„Klar kann ich.“ Und schon war Mimi losgelaufen.

Kurz darauf hatte Cléo sie vor dem mit Graffiti beschmierten Neubau eingeholt.

„Hab schon geklingelt“, teilte ihr Mimi mit.

Der Türdrücker summte. Sie traten in den Hausflur. Cléos Herz schlug so heftig, dass sie kaum atmen konnte. Es wäre einfach zu dämlich, jetzt an Herzversagen zu sterben, dachte sie und lehnte sich an die Wand. Mit ausgestrecktem Zeigefinger näherte sich Mimi dem Klingelschild, auf dem Korhonen stand. In diesem Moment wurde die Wohnungstür geöffnet. Ein großer, gut aussehender Mann stand vor ihnen. „Hyvää päivää!“, sagte er freundlich.

„Äääh“, machte Mimi. „Ist Ihre Großmutter zu Hause?“

„Mummi?“, fragte er.

Die gegenüberliegende Tür öffnete sich. „Ach, ihr schon wieder?“ Der rothaarige, junge Mann mit Nasenring kam heraus. „Sucht ihr immer noch eure Oma?“

„Ja“, rief Mimi.

„Die wohnt hier nicht.“ Er schloss seine Wohnungstür ab und deutete grinsend auf seinen Nachbarn. „Der Typ da ist Miika aus Helsinki, und der steht auf jüngere Frauen.“

„Näkemiin“, sagte der Finne.

Etwas benommen waren Cléo und Mimi wenig später wieder auf der Straße.

„Sie hat sich in Luft aufgelöst“, murmelte Mimi.

„Du hast dich wahrscheinlich bloß geirrt, und sie wohnt ganz woanders.“

Mimi schüttelte den Kopf. „So ist das mit Feen, wenn sie ihre Arbeit beendet haben.“

„Was du alles weißt, Mimilein.“

Hand in Hand machten sie sich auf den Heimweg.

„So viele äs“, kicherte Mimi, „hähähä.“

„Nun, jede Sprache hat ihre eigenen …“

„Und is, hihihi.“

Cléo versuchte ernst zu bleiben, aber es gelang ihr nicht.

Lachend kamen sie zu Hause an. In der Wohnung duftete es nach Espresso.

„Papa!“, rief Mimi. „Wir müssen mit dir reden.“

Zehn Minuten später saßen sie gemeinsam am Küchentisch. Cléo schnitt die Apfel-Tarte an. „Ich gebe immer eine dünne Schicht Aprikosenkonfitüre auf den Boden, bevor ich die Apfelscheiben darauf verteile.“

„Und wie sieht es mit Zimt aus?“, fragte Adamo. „Ich persönlich liebe Zimt, aber er ist doch recht dominant und gerade in Verbindung mit dem Aprikosenaroma, könnte ich mir vorstellen …“

„Adamo!", rief Cléo, die sich nicht länger zusammenreißen konnte. „Ich möchte Ihnen ein Angebot machen."

„Ja? Signora?"

„Ich hoffe, Sie überdenken Ihre Zukunftspläne noch einmal, wenn Sie hören, was passiert ist."

Sein Gesicht verschloss sich. „Ich habe es Ihnen doch erklärt: Ich habe keine Wahl."

„Aber ich", erwiderte Cléo. „Ich kann demnächst die Miete problemlos bezahlen und wollte Ihnen anbieten, vorerst mit Mimi hier wohnen zu bleiben."

Er sah sie belustigt an. „Haben Sie eine Bank ausgeraubt?"

„Nein."

„Ah, Sie haben wieder Schüler." Er nickte. „Sehr vernünftig."

„Gott bewahre. Ich habe ... Kontakte aufgenommen."

„Kontakte aufgenommen", echote Mimi mit ernstem Gesicht.

„Zu einer namhaften Agentur", fuhr Cléo fort.

„Zu einer sehr namhaften Agentur", bestätigte Mimi.

„Kannst du bitte aufhören, ein Papagei zu sein?", fuhr Adamo sie an.

„Pfff", machte Mimi beleidigt.

„Was ist denn das für eine Agentur?", wollte Adamo an Cléo gewandt wissen.

„Es ist eine Model-Agentur."

Adamo starrte sie an. Sein Mund stand ein wenig offen.

„Also, Sie müssen wirklich nicht so entgeistert dreinschauen", wies sie ihn zurecht, „das ist wenig schmeichelhaft."

„Aber sie sind siebzig, Signora!"

„Bald einundsiebzig. So alt wie Mademoiselle Chanel war, als sie nach Paris zurückkehrte, um die Modewelt ein zweites Mal auf den Kopf zu stellen. Ein recht interessantes Alter, das werden Sie auch eines Tages feststellen."

Er rieb sich verwirrt den Nacken. „Ist denn das alles seriös?"

„Ja, selbstverständlich, ich habe meine ehemalige Französischschülerin Irene Fischer angerufen, und sie hat mir einen Rechtsanwalt empfohlen, der sich die Verträge angesehen hat. Es ist alles in Ordnung."

„Herzlichen Glückwunsch, Signora, das sind wunderbare Neuigkeiten. Trotzdem ist das kein Fundament, auf das man bauen kann."

„Sie ist ja noch gar nicht fertig", krähte Mimi mit vollem Mund.

Cléo fühlte sich erröten. „Also, wie soll ich das ausdrücken? Ich habe einen Job."

Sie hatte das Wort noch nie benutzt, aber es gefiel ihr. Es klang so unprätentiös. „Ich werde Werbung für ein Kreuzfahrtschiff machen. Es ist alles schon unterschrieben, und dafür bekomme ich …"

„Tausendzweihundert Piepen!", schrie Mimi.

„Euro?", fragte Adamo ungläubig.

„Ja. Pro Tag." Cléo kicherte. „Und das Shooting soll voraussichtlich drei Tage dauern."

„Das muss sie natürlich versteuern", bemerkte Mimi mit erhobenem Zeigefinger, an dem noch etwas Aprikosenkonfitüre klebte.

„Es gibt bereits eine weitere Anfrage von einer Autofirma", erzählte Cléo und bemühte sich vergeblich um einen gelassenen Gesichtsausdruck.

Adamo erhob sich. „Ich freue mich sehr für Sie." Er drückte sie fest an sich.

„Sehen Sie", japste sie, „Sie können mietfrei hierbleiben und in aller Ruhe die Trattoria Adamo zum Leben erwecken."

„Das ist lieb von Ihnen." Er sah sie voller Dankbarkeit an.

„Aber für mich ist die Problematik dieselbe, ich kann und möchte nicht auf Ihre Kosten leben."

Mimi klatschte in die Hände. „Wir sind ja immer noch nicht fertig, denn jetzt kommt mein Angebot. Ich borge dir meine zwanzigtausend aus dem Monopoly-Spiel und verzichte auf das Rennpferd, dafür möchte ich einen kleinen Hund. Und die neue Barbie-Superprinzessin wird ja wohl auch noch drin sein."

„Das kommt überhaupt nicht infrage, Magdalena!", rief Adamo.

„Gut, dann eben keine Barbie-Superprinzessin. Aber auf den Hund bestehe ich."

„Dieses Geld, das mir sowieso die ganze Zeit Bauchschmerzen macht, wird für dich angelegt und nicht angerührt. Und sobald es Tante Aurora wieder gut geht, reisen wir ab."

„Er versteht es einfach nicht", rief Mimi und schaute hilfesuchend zu Cléo.

„Sie nehmen Mimi das Geld doch nicht fort", versuchte Cléo mit ruhiger Stimme zu erklären, „und im Moment braucht sie es sowieso nicht. Sehen Sie die Investition in die Trattoria als Investition in Mimis Zukunft, und denken Sie nur: Schon bald könnte es Ihr eigenes kleines Restaurant geben. Das war doch immer Ihr Traum."

Adamo war bleich geworden. Seine Hände zitterten.

„Sie bräuchten vielleicht nicht einmal mehr einen Kredit", fuhr Cléo fort. „Ihre zwanzigtausend und Mimis zwanzigtausend, das müsste doch reichen für ein kleines Geschäft zur Miete, eine Theke, ein paar Tische und Stühle, karierte Tischdecken, Geschirr, eine Espressomaschine."

„Santo cielo", murmelte Adamo und bekreuzigte sich.

„Also, was sagst du, Papa?", fragte Mimi.

„Ich bin verwirrt, ich … weiß nicht", stammelte er.

„Ich dachte, du freust dich“, rief Mimi. Ihre Augen füllten sich mit Tränen.

„Adamo“, Cléo legte ihre Hand auf seinen Unterarm. „Als Sie sich vor gar nicht langer Zeit bei mir vorgestellt haben, da fragten Sie Mimi, ob sie lieber bei der Familie mit einem kleinen Mädchen wohnen wollte oder bei mir. Dass Ihnen die Meinung Ihrer Tochter wichtig war, hatte mir sehr imponiert. Warum fragen Sie sie nicht jetzt noch einmal? Schließlich geht es auch um sie.“

„Ja, frag mich doch“, sagte Mimi mit bebender Unterlippe. Eine dicke Träne lief auf höchst herzzerreißende Weise über ihre Wange.

„Ich weiß ja, was sie will.“ Er fuhr sich durch das Haar. „Aber ob es auch das Richtige ist? So viele Dinge sind zu bedenken, wenn …“

„Wissen Sie was?“ Cléo zog ihre Hand zurück und richtete sich kerzengerade auf. „Ich sag Ihnen jetzt mal was, Adamo: Sie haben Angst vor der eigenen Courage. Das ist die Wahrheit.“

„Ich? Ich habe doch keine Angst!“

„Sie sind ein fifone!“, schrie Cléo ihn an. „Nichts weiter als ein Angsthase!“

Adamo schnappte vor Empörung laut nach Luft.

„Genau“, schrillte Mimi, mein Papa ist ein Schisser!“

„Magdalena!“, brüllte er.

„Jetzt lassen Sie Ihre Wut nicht an dem Kind aus“, schrie Cléo, obwohl ihr Mimis Wortwahl nicht angenehm war. „Wir präsentieren Ihnen Lösungen auf dem Silbertablett und Sie? Sie haben einfach nicht den Mumm!“ Cléos Stimme begann heiser zu werden. „… Sie wollen sich lieber bei Ihrer schmutzigen Schwester verkriechen, anstatt die Chance Ihres Lebens zu ergreifen. Himmelherrgott!“ Sie warf ihre unbenutzte Kuchengabel durch die Küche. „Ich kann das einfach nicht verstehen!“

„Aber Signora …“

„Ich auch nicht“, kreischte Mimi und schmiss ihre Gabel hinterher.

„Eins sage ich Ihnen!“ Cléo stand auf und sah Adamo von oben herab ins Gesicht. „Das werden Sie bereuen. Im Leben kommt es nicht oft so günstig zusammen.“

Mimi nickte wissend. „Das Leben dreht sich nämlich immer weiter“, sagte sie, „und wenn man schlau ist, dann dreht man sich mit. So!“

„Ein gutes Schlusswort, Mimilein!“, rief Cléo.

„Sind Sie fertig?“, fragte Adamo.

Cléo ballte die Hand zur Faust und ließ sie mit voller Wucht auf den Küchentisch knallen. „Voilà!“, schrie sie. „Jetzt bin ich fertig!“

EINUNDZWANZIG

Nach dem ganzen Lärm kam die Stille. Das Baugerüst, das viele Wochen im gewölbeartigen Eingangsbereich gestanden hatte, war verschwunden. Stucksäulen leuchteten in reinem Weiß und setzten sich gegen die beigefarbenen Wände ab. Unter dem Linoleum waren schwarz-weiße Bodenfliesen zum Vorschein gekommen. Die beiden restaurierten Engel hatten nun wieder die Eingangstür im Blick. Es konnte weitergehen mit dem menschlichen Kommen und Gehen.

„Wie hast du das mit deinen Augen gemacht?"

„Was meinst du, Mimilein?"

„Als du sauer auf Papa geworden bist, sahen deine Augen aus wie Eiswürfel."

„Oh, das war mir nicht bewusst."

„Das Blau ist irgendwie heller geworden, und die Pupillen waren riesengroß. Richtig gruselig."

„Vielleicht könnte ich damit im Zirkus auftreten?"

Mimi winkte ab. „Brauchst du nicht, du kannst dich ja vor lauter Jobangeboten kaum retten."

Cléo lächelte geschmeichelt. Keine Eitelkeiten, altes Mädchen, rief sie sich jedoch sofort zur Ordnung.

„Du bist Cara Delevingne in alt", fuhr Mimi fort.

„Wer?"

„Also wirklich!", wies Mimi sie zurecht. „Du solltest dich in der Branche schon etwas besser auskennen. Google die mal."

„Das werde ich tun."

Sie saßen in der Küche und spielten Mensch ärgere dich nicht.

„Es langweilt mich, dieses Spiel", sagte Mimi und fasste

sich theatralisch an die Stirn. „Es ist reine Glückssache, ob man gewinnt oder nicht."

„Was möchtest du denn lieber tun?"

Mimis Augen begannen zu glitzern.

„Oh nein", rief Cléo, „ich kenne diesen Ausdruck."

„Ich möchte …"

„Mach's nicht so spannend." Cléo begann das Mensch-ärgere-dich-nicht-Spiel aufzuräumen.

„Ich möchte eine Tarotkarte ziehen."

„Nein!"

„Warum?"

„Weil uns das beim letzten Mal sehr in Aufruhr gebracht hat, falls du dich nicht erinnerst."

„Der Aufruhr kam doch sowieso, die Karte hat uns nur darauf hinweisen wollen."

„Mimi, das ist alles Unsinn. Nichts und niemand kann dir deine Zukunft voraussagen."

„Ein Engel könnte es bestimmt", sagte Mimi.

„Es ist aber leider gerade keiner hier." Cléo stand auf und brachte das Spiel zurück ins Boudoir.

Es klingelte.

„Nanu?", murmelte sie. Vielleicht war es Adamo? Er war nach dem Streit vor ein paar Tagen aus der Wohnung gerannt und hatte erst am Abend angerufen: „Ich brauche ein bisschen Zeit für mich, Signora. Ich muss nachdenken, bitte verstehen Sie."

„Selbstverständlich", hatte sie mit frostiger Stimme geantwortet. Am liebsten hätte sie ihn wieder angeschrien: *Was gibt es denn da überhaupt nachzudenken?* Seitdem kam er immer erst spät abends in die Wohnung zurück, und nach einem schnellen Espresso früh am Morgen war er schon wieder verschwunden.

Dong-Dong-Dong, dachte Cléo. Manchmal flüsterte sie es

auch vor sich hin, wenn sie nachts mit klopfendem Herzen wach lag und die schlafende Mimi betrachtete.

Es war aber nicht Adamo, der an diesem Vormittag vor der Tür stand, sondern Jussuf mit seiner Frau, die hinter einem gepunkteten Kinderwagen stand.

„Ich möchte mich verabschieden", sagte Jussuf lächelnd.

„Ooooh-oh!" Cléo breitete die Arme aus. Sie drückte erst ihn, dann seine Frau an ihr Herz, dann beugte sie sich über den Kinderwagen und schaute verzückt in das kleine Babygesicht. „Bahar, Schätzchen", gurrte sie, „was für ein hübsches Mädchen du bist."

Jussufs Frau hielt ihr einen mit Frischhaltefolie abgedeckten Teller hin. „Habe ich für Sie gebacken. Puderzuckerplätzchen."

„Wie lieb von Ihnen, Hala. Herzlichen Dank. Bitte kommen Sie herein."

„Nein, nein, wir wollen nicht stören …"

„Ich bestehe darauf." Cléo öffnete die Tür weit und geleitete ihre Gäste in die Küche. „Hier ist es irgendwie am gemütlichsten", sagte sie, „oder möchten Sie lieber ins Wohnzimmer?"

„Aber nein."

Hala schob den Kinderwagen in den Korridor und holte das in eine elfenbeinfarbene Häkeldecke gewickelte Baby heraus.

„Schau nur, Mimi, wir haben Besuch!", rief Cléo.

„Hallo", sagte Mimi.

„Heute bastelt ihr nichts?", fragte Jussuf und deutete auf den aufgeräumten Küchentisch.

Cléo hatte das abscheuliche Gefühl, ihr Magen würde sich umdrehen. „Hmpf", machte sie.

Jussuf zwinkerte ihr zu.

„Wir haben ja damals mit Spielgeld gebastelt“, quakte Mimi los, „und …“

„Und Spielgeld ist bekanntlich nicht echt“, fügte Cléo hinzu, während sie wie besessen Kaffeepulver in die Kanne häufte. „Auch wenn unser Spielgeld …“, sie räusperte sich, „sehr echt ausgesehen hat und …“ Sie wusste nicht weiter.

„Der Fahrstuhl ist heute Morgen freigegeben worden“, sagte Jussuf lächelnd. „Ich hoffe, Sie haben keine Lärmbelästigung damit?“

„Oh nein, ich habe überhaupt nichts gehört.“

„Sehr gut.“

„Was?“ Mimi sprang auf. „Faaahrstuhl faaahren!“, schrie sie und rannte hinaus.

Lachend schauten die Erwachsenen wenig später aus dem Küchenfenster. Mimi schwebte gerade durch den gläsernen Fahrstuhlschacht in die Höhe, sie strahlte und winkte.

„Ein liebes Kind“, sagte Hala.

„Ja, das ist sie.“ Cléo nickte. „Kinder bringen so viel Frohsinn in unser Leben.“

„Könnte ich Bahar schnell mal wickeln?“, fragte Hala und sah sich suchend um.

„Aber natürlich, im Wohnzimmer auf dem Sofa vielleicht? Ich bringe Ihnen ein sauberes Handtuch, brauchen Sie Wasser und Seife? Und einen Waschlappen? Wie macht man das heutzutage überhaupt?“ Cléo war ganz aufgeregt.

Lachend winkte Hala ab. „Ich habe gerade eine wunderbare Wickeltasche gekauft, da ist alles drin: eine Unterlage, ein Extra-Täschchen für den Schnuller, eine rosa Fleecedecke, wobei ich die nicht brauche. Ich habe ja diese handgemachte Decke aus Merinowolle. Meine Mutter hat sie für Bahar gehäkelt und mit der Post geschickt. Sehen Sie nur, ist sie nicht schön? Und so weich.“

Cléo nickte abwesend. In ihrem Kopf kreisten die Gedanken durcheinander … Punkte auf dem Kinderwagen, eine elfenbeinfarbene Decke … du bist ja geschickt wie ein Eichhörnchen, hörte sie ihre eigene Stimme widerhallen.

Mit dem Baby auf dem Schoß hatte sich Hala auf das Sofa gesetzt und begann nun in der Wickeltasche herumzuwühlen.

Nachdenklich ging Cléo in die Küche zurück, wo Jussuf noch am Fenster stand. „Mimi fährt immer noch auf und ab“, sagte er und drehte sich lachend um.

„Jussuf“, flüsterte Cléo. „Ich muss, ich möchte … ich …“

„Ich weiß“, flüsterte Jussuf, „ich weiß.“

Sie starrte ihn an.

„Als Hala mir den Umschlag zeigte, den sie im Kinderwagen gefunden hatte, war mir alles klar.“

Cléo begann zu zittern.

„Ich habe Mimis Glitzeraufkleber sofort wiedererkannt“, fuhr Jussuf leise fort, und er sah aus, als versuchte er ein Lachen zu unterdrücken. „Rosa Ponys und Hello Kitty. Davon lagen ja genug auf dem Küchentisch herum.“

„Was werden Sie … jetzt tun?“, wisperte Cléo.

Jussuf machte einen Schritt auf sie zu. „Ihnen danken“, sagte er.

Erstaunt sah Cléo ihn an.

„Mit dem Geld haben wir nicht nur die Wickeltasche gekauft, sondern auch ein Flugticket. Nächste Woche kommt Halas Mutter aus der Türkei zu uns und wird ihr Enkelkind kennenlernen. Meine Frau ist überglücklich.“

„Wunderbar“, murmelte Cléo. Eine Welle von Glück rauschte durch ihren Körper.

Sie ließ sich auf einen Stuhl fallen. „Sie fragen sich sicher, was das alles soll, und ich kann versuchen, es Ihnen zu erklären …“

„Ich habe keine Ahnung, wovon Sie reden.“

„Oh.“

„Sie können versichert sein, dass ich nichts verrate“, flüsterte Jussuf. „Egal woher Sie so viel Geld haben, Madame. Ich bin mir sicher, Sie haben es niemandem gestohlen. Und Sie hätten uns nicht glücklicher machen können.“ Er legte beide Hände auf sein Herz. „Ich werde dieses Geheimnis mit in mein Grab nehmen“, versprach er feierlich.

„Vielen Dank, Jussuf.“

„In-mein-Grab“, wiederholte er, „nicht einmal Hala weiß etwas.“

„Sie sind wirklich ein Engel, ich …“

„Kein Wort mehr“, zischte er.

In diesem Moment trat Hala mit dem Baby in die Küche.

„Möchten Sie Bahar mal halten?“, fragte sie Cléo.

„Du lieber Himmel, du meine Güte, ich werde sie fallen lassen, ich werde …“

„So.“ Im nächsten Moment hatte Hala ihr ihre kleine Tochter in die Armbeuge gelegt. „Ist ganz einfach.“

Cléo verstummte. Sie spürte das zarte Gewicht des Babys, seine Wärme, die Intensität des Lebens, die es ausstrahlte. Mit Tränen in den Augen strahlte sie Jussuf an, der ihr aufmunternd zulächelte.

„Wo sind die Teller?“, fragte Hala, denn Cléo hatte ja nun keine Hand mehr frei.

„Da drüben.“ Mit dem Kinn wies Cléo zum Geschirrschrank. Dann schaute sie wieder auf Bahar hinab. „So was Hübsches, Kleines, Niedliches …“

„Nachts ist sie ganz schön laut“, sagte Jussuf und goss den Kaffee auf.

„Das ist ja gar nicht möglich …“ Völlig verzaubert gurrte Cléo das Baby an.

„Probieren Sie meine Un Kurabiyesi.“ Hala hielt Cléo ein Plätzchen vor den Mund, den sie gehorsam öffnete.

„Hmmm.“

Puderzucker stäubte aufs Baby.

„Ich hätte nicht gedacht, dass Bahar noch süßer sein könnte“, rief Cléo lachend. „Und dieses U-Kura-bi… ist ein Traum.“

Jussuf schenkte Kaffee ein, dann war Mimi wieder da.

„Ich bin fünfzehnmal rauf- und wieder runtergefahren“, berichtete sie atemlos und biss in einen Keks. „Boah, hammerlecker.“

„Danke“, sagte Hala, „nimm dir noch mehr.“

In diesem Moment wurde die Wohnungstür aufgeschlossen.

„Halli-Hallo!“, rief Adamo über den Flur.

Cléo und Mimi wechselten einen Blick.

Adamo verschwand kurz im Badezimmer, dann kam er in die Küche.

„Darf ich vorstellen?“ Cléo deutete auf ihn. „Das ist Adamo Savelli, Mimis Vater, mein Untermieter und Freund. Und das sind Jussuf, seine Frau Hala und ihre entzückende Tochter Bahar. Auch Freunde.“

Adamo lächelte. „Freut mich sehr.“

„Setzen Sie sich doch und probieren Sie Halas Kekse.“

„Gern.“

„Wo warst du denn, Papa?“

„Ich versuche Ordnung in meinen Kopf zu kriegen.“

Sie schwiegen. Mimi schmiegte sich an Cléo und schnupperte an ihrem Hals.

„Was für ein schönes Bild“, sagte Adamo. „Darf ich ein Foto machen?“ Und nachdem Hala es erlaubt hatte, holte er sein Handy heraus und fotografierte Cléo, die in einem Arm das schläfrige Baby hielt und im anderen die hellwache Mimi.

Wenig später brachen Jussuf und seine kleine Familie auf.

„Bitte besuchen Sie mich bald wieder“, sagte Cléo zum Abschied. „Ich würde mich so freuen.“

„Ganz sicher", versprach Hala, und Jussuf nickte lächelnd.

Cléo schloss die Tür. „Hach, reizende Leute", murmelte sie und ging kurz auf den Balkon, wo sie all die Eindrücke von eben verarbeitete: das Baby mit seinen dunkelblauen Augen, das offene, freundliche Gesicht von Hala, Jussufs Versprechen, auf dass sie sich verlassen konnte, und nicht zuletzt die Puderzuckerkekse, die einem im Mund zerfallen waren. „Hach", machte Cléo noch einmal, dann winkte sie der Akazie zu und kehrte in die Küche zurück, wo Adamo gerade seinen Kaffee austrank.

„Ganz schön stark geraten", murmelte er.

Sie schwiegen.

Adamo sah sie an. „Sie haben mich eben als Ihren Freund vorgestellt."

„Natürlich sind Sie mein Freund."

„Was auch immer ich entscheiden werde?"

Sie zögerte kurz. „Ja", sagte sie dann. „Was auch immer."

„Was soll denn das heißen?", fragte Mimi und sah ihren Vater an.

Er seufzte. „Ich weiß einfach nicht, was ich tun soll."

„Ich habe eine Idee!" Mimi rannte hinaus. Nur wenige Augenblicke später war sie wieder da und hielt ihrem Vater eine Schachtel hin. „Zieh eine", befahl sie.

„Was ist das?", fragte Adamo.

„Nein, nein, nein." Cléo versuchte vergeblich, Mimi das Päckchen mit den Tarotkarten zu entringen.

„Er soll eine ziehen", schrie Mimi in höchsten Tönen. „Er soll eine Karte ziiiehen!"

„Magdalena!", brüllte Adamo.

Mimi verstummte, rückte die Karten aber trotzdem nicht heraus. Plötzlich war es ganz still in der Küche. Nur das leise Schnurren des Fahrstuhls war neuerdings zu hören.

„Glaubst du wirklich, dass ich eine Lebensentscheidung

von einem alten Stück Pappe abhängig machen werde?", fragte Adamo.

„Nun …" Cléo hatte das Gefühl, ihre schönen alten Karten in Schutz nehmen zu müssen. „Sie sind tatsächlich nicht mehr die jüngsten, aber ich habe sie von meiner Großmutter, und sie sind handbemalt und …"

„Darum geht es nicht", unterbrach Adamo ungeduldig.

„Schrei meine Cléo nicht an!" Mimis Augen funkelten.

„Verzeihen Sie, Signora."

Cléo winkte ab. „Schon gut."

Sie setzten sich alle drei wieder an den Küchentisch.

„Jede Entscheidung ist mit so vielen Konsequenzen verbunden." Adamo stöhnte auf und stützte seinen Kopf in beide Hände.

„Tja, mein Lieber, so ist das Leben eben", erwiderte Cléo lächelnd. „Aber wenn man aus lauter Angst, Fehler zu machen, gar nichts tut und am Ende gezwungen ist, irgendeine Entscheidung zu treffen, weil einem gar nichts anderes mehr übrig bleibt, dann …"

„Dann ist das auch Murks", beendete Mimi den Satz, und in ihren Kirschaugen leuchtete die Gewissheit eines alten Indianerhäuptlings, der bereits viele Monde hatte vergehen sehen und das Prinzip des Lebens verstanden hatte.

„Papa", sagte sie leise, „ich will mit dir hierbleiben, bitte."

Cléo hatte die Hände gefaltet. Ihr lieben Schutzengel, betete sie stumm, lasst ihn doch bitte entscheiden, in Berlin zu bleiben. Und zwar bald, denn ich halte das alles nicht mehr lange aus. Vielleicht wurde Cléos Hilferuf von den beiden restaurierten Stuckengeln im Hauseingang empfangen, schließlich kannten sie Cléo schon so viele Jahre. Vielleicht war es auch Mimis eindringliches Bitten … jedenfalls streckte Adamo die Hand aus, fuhr damit zuerst Mimi über die Wange, dann deutete er auf die Tarotkarten.

„Ich ziehe eine", sagte er mit wackeliger Stimme.

Cléos Herz begann zu rasen. Das kann jetzt aber gründlich schiefgehen, dachte sie sich. Was, wenn er den zusammenbrechenden Turm zieht oder den Teufel? Du liebe Güte, du liebe Güte, wir setzen alles auf eine … Karte.

Doch bevor sie etwas sagen konnte, hatte Mimi die Tarotkarten bereits aus der Schachtel geholt und ihrem Vater gereicht. „Mischen", befahl sie.

Er schloss die Augen, dann mischte er die Karten und legte den Stapel auf den Tisch zurück. Seine Hände zitterten.

„Jetzt zieh eine", flüsterte Mimi mit beschwörender Stimme.

Adamo bekreuzigte sich.

„Sie sollten bedenken, dass …" Cléo konnte nicht zu Ende sprechen, denn Adamo hatte bereits eine Karte herausgezogen.

„Dreh sie um!", schrie Mimi.

Cléo schnappte nach Luft.

Adamo drehte die Karte herum.

„Was bedeutet das?", fragte Mimi aufgeregt.

„Das sind die vier Kelche", murmelte Cléo und betrachtete mit klopfendem Herzen die Karte, auf der ein unter einem Baum sitzender Mann abgebildet war. Vor ihm standen drei Kelche der Fülle, ein vierter wurde ihm soeben aus einem kleinen Wölkchen gereicht. Doch der Mann saß mit verschränkten Armen da und schien nichts wahrzunehmen.

„Dieser Mann ignoriert ein Angebot, das ihm direkt aus dem Himmel gemacht wird."

„Passt!", befand Mimi.

„Das interpretieren Sie jetzt bloß so", sagte Adamo verärgert.

„Vor lauter Grübeln steigert sich der Mann in eine ablehnende Haltung hinein“, fuhr Cléo mit leiser Stimme fort, „der Fragesteller nimmt die Chance auf Glück und Erfolg nicht an.“

„Unsinn!“, rief Adamo.

„Was hast du denn für eine Frage gestellt?“, wollte Mimi wissen.

„Gar keine.“

„Was?“

„Du hast mir nicht gesagt, dass ich eine stellen muss“, verteidigte sich Adamo.

„Hach, Papa, du bist wirklich ein schwieriger Fall.“ Mimi schüttelte den Kopf.

„Die Karte beschreibt den Istzustand“, murmelte Cléo, „sie zeigt, wie es gerade ist.“

Adamo sprang auf. „So ist es, ja? Ich bin der dumme Trottel, der seine Chance nicht ergreift? So sehen Sie das, Signora. Aber ich sehe das ganz anders.“

„Ja“, erwiderte Cléo kühl, „das habe ich bereits festgestellt.“

„Dieses Wölkchen mit dem vierten Kelch …“ Erregt fuchtelte er mit beiden Händen durch die Luft, „das könnte doch auch die Entscheidung sein, zu meiner Schwester nach Italien zurückzukehren.“

„Was sagt denn Ihr Bauch?“, fragte Cléo.

„Mein Bauch sagt gar nichts.“

„Wissen Sie“, fuhr Cléo fort und bemühte sich um einen ruhigen Tonfall, „es geht immer um den Bauch. Als mir die Brötchen-Oma sagte, ich wüsste schon längst, was ich zu tun habe, da verstand ich plötzlich ganz kristallklar, und nun bin ich wieder Mannequin und verdiene Geld.“

Mimi nickte heftig.

Adamo stöhnte auf. „Die Brötchen-Oma?“

„Ja, die Brötchen-Oma“, rief Mimi.

„Das ist mir alles zu konfus, ich brauche Fakten, ich brauche realistische Perspektiven, ich brauche …“

„Sie brauchen nur zuzugreifen“, unterbrach Cléo, und vorbei war es mit dem ruhigen Tonfall. „Sie haben die Chance, Ihren Lebenstraum zu erfüllen. Mon Dieu, Sie bekommen ihn frei Haus serviert.“

Adamo verzog das Gesicht und verschränkte die Arme vor der Brust.

„Jetzt siehst du genauso aus wie der Mann auf der Karte“, sagte Mimi.

„Ich hätte mich nicht auf dieses Spielchen einlassen sollen“, rief Adamo und ließ die Arme schnell wieder fallen.

Cléo stand auf. Sie musste auf den Balkon, sie brauchte frische Luft. Langsam ging sie zur Tür. Dort drehte sie sich noch einmal um. Sie sah Mimi auf ihrem Stuhl sitzen, bleich wie eine Marmorstatue und ebenso reglos. Adamo hatte sich die Hände auf die Schultern gelegt, als umarmte er sich selbst. Er vermisst seine Frau so sehr, dass es ihn zerreißt, durchfuhr es Cléo.

„Adamo“, rief sie leise.

Er sah auf.

„Wenn Sie es selbst nicht wissen“, sagte Cléo sanft, „dann fragen Sie sich, was Letizia gewollt hätte.“

Augenblicklich wich die Härte aus seinem Gesicht. Er rang nach Luft, dabei entfuhr ihm ein Schluchzen. Mit gesenktem Kopf eilte er an Cléo vorbei und aus der Wohnung hinaus.

Wieder vergingen ein paar Tage.

Cléo spazierte mit Mimi zum goldenen Hirsch, das Rauschen des Brunnens wirkte auf sie beide entspannend. Sie saßen eine Weile auf dem Rand, dann schlenderten sie über den Wochenmarkt, kauften Kirschen, einmal fuhren sie zum

Zoo und waren sich einig, dass Elefanten die wundervollsten Tiere der Welt waren. Sie planten eine nächtliche Befreiungsaktion. „Aber was ist dann mit den Giraffen?“, rief Mimi. „Die müssen auch freigelassen werden.“

„Das stimmt allerdings.“ Cléo kratzte sich ratlos die Schläfe. „Es ist kompliziert.“

Eines Vormittags beobachteten sie die Brötchen-Oma, die gerade aus der Bäckerei trat und ein großes Kuchenpaket in ihrem Einkaufswagen verstaute.

„Sie ist wieder da“, flüsterte Mimi aufgeregt.

„Vielleicht war sie nie fort?“, erwiderte Cléo.

„Doch, doch“, Mimi nickte. „Sie ist wieder da, weil sie einen neuen Auftrag bekommen hat. Vom großen Gute-Feen-Vorstand.“

„Sie wird doch nicht so viel Torte essen“, murmelte Cléo besorgt.

„Sie hat Besuch aus dem Märchenland“, erklärte Mimi. „Guck mal, sie sieht aus, als hätte sie richtig gute Laune.“

„Das stimmt. Wer sie wohl besucht?“

„Ach, das könnte die Prinzessin auf der Erbse sein oder das Dummerchen, das die goldene Kugel in den Brunnen fallen lässt.“

Cléo lachte leise auf. Sie konnte nicht sagen, ob die Zeit für oder gegen sie arbeitete, sie hatte einfach keine Ahnung, was in Adamo vorging. Seitdem er die Tarotkarte gezogen hatte, war er in sich gekehrt. Bis spät in die Nacht schrieb er in einem Heft herum oder telefonierte mit gedämpfter Stimme.

Cléo hatte in dieser Zeit fünf Castings und wurde für zwei Werbekampagnen ausgewählt. Obwohl die eine etwas mit Wärmepflastern zu tun hatte, sagte sie zu und hatte damit die Miete für Monate im Voraus bezahlt.

Wie schnell etwas seinen Schrecken verlieren kann, dachte sie, aber trotzdem wollte sich keine Freude in ihrem Herzen regen. Sie hatte Angst. Angst, dass Mimi und Adamo bald fort wären, Angst, dass sie nichts mehr ausrichten konnte. Sie hatte alles getan, alles gesagt. Ihr fiel einfach nichts mehr ein.

❃

Cléo und Mimi räumten gerade die Schublade mit den Fächern und Handschuhen auf, als Adamo an die Tür des Boudoirs klopfte.

„Signora? Magdalena?"

Sie sahen ihn an.

„Ich möchte euch etwas zeigen."

Fünf Minuten später verließen sie die Wohnung. Adamo drückte auf den Fahrstuhlknopf. Zu dritt fuhren sie in die Tiefe.

„Wo gehen wir denn hin?", fragte Mimi.

Adamo antwortete nicht.

Sie nahmen einen Bus, fuhren ein paar Stationen, dann stiegen sie wieder aus. Schweigend ging Adamo vor.

„Er macht es ganz schön spannend", flüsterte Mimi und verdrehte die Augen. Sie bogen in eine schmale Straße ein, liefen bis zu ihrem Ende und kamen schließlich zu einem Platz, in dessen Mitte ein mächtiger Kastanienbaum stand.

Hier fuhren keine Autos.

„Eine alte Dorfaue, mitten in Berlin", sagte Cléo. „Wirklich hübsch."

„Schauen Sie." Adamo deutete auf ein Geschäft mit rotweiß gepunkteter Markise. *Das Schokomädchen* stand in dunkelbraunen Lettern darauf.

„Ein Schokoladen-Laden", jubelte Mimi. „Kaufen wir da jetzt was?"

Und schon war sie zum Schaufenster gerannt und bewunderte die vielen verschiedenen Figuren: Fische, Flugzeuge, Herzen und Marienkäfer, ein Obstkorb aus weißer Schokolade.

„Toll, toll, toll", flüsterte Mimi gegen die Scheibe, bis sie beschlug.

Ihr Firmenlogo in Schokolade gegossen stand auf einem Schild. *Hier Schokoladenbrunnen mieten* auf einem anderen.

„Lasst uns reingehen", sagte Adamo und betrat das Geschäft.

Sie wurden von einer fröhlichen jungen Frau in rot-weiß-gepunkteter Schürze begrüßt.

„Oh, wie wunderbar es hier duftet", rief Cléo.

Adamo lächelte. „Sucht euch etwas aus."

„Ich nehme ... ein Auto", rief Mimi. „Oh nein, lieber eine Zigarre."

„Ich hätte gern ein Häschen", sagte Cléo. „Danke schön."

Sie erhielten das Gewünschte.

„Essen Sie immer noch gern Schokolade?", fragte Cléo die junge Frau, die sie mit ihrem blonden Pferdeschwanz und den haselnussbraunen Augen sehr hübsch fand.

„Ich liebe Schokolade", antwortete sie mit strahlendem Lächeln, „sonst hätte ich dieses Geschäft nicht eröffnet."

„Haben Sie nicht daran gedacht zu expandieren?", wollte Adamo wissen. „Der Laden nebenan steht doch leer."

„Ja, das habe ich tatsächlich. Ich bekomme manchmal Aufträge für große Schokofiguren, und dann fehlt mir einfach der Platz. Aber der Laden nebenan ist schon vermietet." Sie lachte und zuckte die Schultern. „Macht nichts, vielleicht ist es besser so."

Adamo zahlte, dann gingen sie wieder hinaus. Auf dem Kopfsteinpflaster sprangen einige Spatzen herum.

Cléo biss in das Schokoladenhäschen. „Hmmm, ifft daff gut." Sie schluckte. „Pardon. Möchten Sie kosten?"

Adamo schüttelte lächelnd den Kopf. Er war stehen geblieben und blickte zurück. Rechts neben dem Schokoladen-Geschäft führten fünf Stufen zu einem Gründerzeit-Hauseingang. Auf der linken Seite war der leere Laden. Zwischen zwei ebenerdigen Fenstern befand sich eine hübsche alte Tür mit schmiedeeisernem Gitter.

„Das war vor langer Zeit einmal ein Milchgeschäft", sagte Adamo, „später wurden hier Hüte verkauft. Dann zog ein Schuster ein. Ein Secondhandshop hat ziemlich schnell wieder dicht gemacht. Nun wird bald ein Italiener sein Glück probieren."

Cléo und Mimi starrten ihn an.

„Signora", er faltete die Hände, „als Sie mir sagten, ich sollte mich fragen, was Letizia gewollt hätte, da war mir auf einmal alles klar."

Cléo gab einen erstickten Laut von sich.

„Ich werde bei meiner Nachbarin gleich mal fünfhundert Schokotäfelchen mit dem Schriftzug *Trattoria Letizia* in Auftrag geben", sagte Adamo und hielt mit unschuldigem Lächeln einen Schlüssel in die Höhe.

„Wir bleiben in Berliiiin", schrie Mimi und fiel ihrem Vater um den Hals.

Cléo schossen Tränen in die Augen, sie weinte und lachte immer abwechselnd, so sehr sie auch versuchte, sich zusammenzureißen.

Das Schokomädchen kam aus ihrem Laden gerannt, um zu wissen, was los war, und der Weinhändler von schräg gegenüber auch. Nachdem Adamo sich kurz erklärt hatte, redeten alle aufgeregt durcheinander.

Cléo wurde schwindelig. Sie fasste sich ans Herz, das wild zu flattern schien. Dann hatte sie das Gefühl, es würde sich öffnen und einen gefangenen Vogel freigeben, der nun mit kräftigen Flügelschlägen aufstieg und alles von oben betrachtete: den runden Platz mit der Kastanie, die gepunktete Markise vom Schokomädchen und daneben die Trattoria Letizia, wie sie eines Tages sein würde, mit Tischen, Stühlen und Sonnenschirmen auf dem grau-blau-gesprenkelten Kopfsteinpflaster.

„Signora?"

Sie schreckte auf.

„Ist alles in Ordnung mit Ihnen?"

„Ja." Sie lächelte Adamo an. „Es könnte mir nicht besser gehen."

„Kommen Sie!" Er nahm sie am Arm. „Der Weinhändler will eine Flasche Champagner für uns öffnen, und das Schokomädchen spendiert eine Runde Herzchen, kommen Sie."

Adamo schloss die Tür auf. Nacheinander traten sie ein und sahen sich andächtig um. Die Sonne hatte hübsche Quadrate an die Wände gemalt. Es war merkwürdig still in dem hellen Raum, als wollte die Zeit zwischen dem, was war, und dem, was kommen würde, noch kurz verweilen. *Trattoria Letizia* schrieb Mimi mit dem Finger in die Staubschicht auf dem Fußboden. Dann knallte der Champagnerkorken, Mimi bekam Orangenlimonade, und alle hoben ihre Gläser.

„Auf gute Nachbarschaft!"

„Viel Erfolg!"

„Santé!"

„Der Trattoria Letizia alles Gute!"

„Auf das Leben!", rief Cléo. „Auf das wundervolle Leben."

ZWEIUNDZWANZIG

Ein Jahr später

Es klingelt Sturm. Cléo eilt über den hell renovierten Flur. „Ja, ja, ja, bin ja schon da."

Kurz darauf springen die Fahrstuhltüren auf, und Mimi stürzt ihr juchzend entgegen. Sie hält einen kleinen schwarzen Hund an der Leine, der es genauso eilig hat wie sie, Cléo zu erreichen.

„Meine liebste Mimi", ruft Cléo und umarmt sie. Dann beugt sie sich zu dem Hund hinab: „Hallo, Coco, ist ja gut, ich freu mich ja auch ..."

„Hier bin ich immer am liebsten." Mimi lacht und hüpft in die Wohnung. „Obwohl ich jetzt ein echt schönes eigenes Zimmer habe."

„Das kannst du wohl laut sagen: Du hast ein Prinzessinnen-Zimmer mit sehr prächtigem Wandschirm à la Mademoiselle." Sie hatten stundenlang daran gebastelt, bei eBay alte Glanzbildchen, Briefmarken und Oblaten ersteigert mit Rosen, Engeln, Fesselballons, und natürlich hatten sie ganze Schwärme Goldfische auf den Wandschirm gemalt.

Cléo nimmt dem Hund die Leine ab. „Und das Beste daran ist, dass du nur um die Ecke von mir wohnst."

Mimi nickt fröhlich.

„Ich habe Zitronenlimonade gemacht", sagt Cléo. „Wollen wir auf dem Balkon sitzen?"

„Natürlich."

Kurz darauf schlürfen sie die Limonade.

„Hast du Erdnüsse?", fragt Mimi.

„Ja", antwortet Cléo, „aber die kriegst du nicht, weil wir jetzt gleich in der Trattoria Letizia zu Mittagessen gehen. Heute ist Spaghetti-puttanesca-Tag."

Mimi grinst.

„Und weißt du, wen ich dort treffe?“, fragt Cléo.

„Na?“

„Irene Fischer.“

„Haha.“

„Sie ist doch eigentlich eine nette Person, solange sie nicht versucht, Französisch zu sprechen.“ Cléo schmunzelt. „Sie arbeitet noch immer an dem mysteriösen Rucksack-Fall von Schöneberg, der wohl in die Annalen der ungelösten Fälle eingehen wird.“

„Das wird er wohl.“

„Komm, lass uns gehen. Ich habe einen Tisch reserviert. Wenn wir nicht pünktlich sind, ist er weg.“

„Als ob Papa einen Tisch weggeben würde, an dem du sitzen sollst.“

„Ich weiß, ich bin nur gern pünktlich, das bringt mein Beruf mit sich.“

„Wann bist du denn wieder weg?“, fragt Mimi und trinkt ihr Glas leer.

„Ich fliege nächste Woche nach Paris, Mimilein.“ Cléo strahlt. „Es wird eine große Modenschau geben, und ich darf sie eröffnen.“

„Kann ich mit?“, schreit Mimi.

„Von mir aus sehr gern. Wir fragen gleich deinen Papa.“

Mimi springt auf.

„Warte, ich möchte dir gern etwas schenken.“ Cléo geht ins Boudoir und kommt kurz darauf mit einem kleinen Schmuckdöschen wieder.

„Hier“, sagt sie, „wir kennen uns nun seit einem Jahr.“ Sie hält ihr das Döschen hin.

Mit leuchtenden Augen streckt Mimi die Hände danach aus und öffnet es. „Die Blumenkorb-Brosche“, murmelt sie andächtig.

„Sie gefiel dir doch so gut.“

Mimi nickt. „Jetzt habe ich etwas von deiner Mama“, sagt sie leise.

„Ja“, erwidert Cléo, „und das finde ich sehr schön. Komm, ich befestige sie an deiner Jeansjacke.“

„Ich werde sehr gut darauf aufpassen“, verspricht Mimi.

„Das weiß ich doch, mein Mimilein.“ Cléo lächelt ihr zu.

Sie gehen gemeinsam zur Wohnungstür. „Weißt du, dass Bahar inzwischen laufen kann?“, fragt Cléo.

„Das ist ja toll.“

„Sie war neulich mit ihrer Mama hier, und plötzlich steht die kleine Maus auf und läuft quer durch mein Wohnzimmer.“ Cléo kramt in ihrer Handtasche. „Ich habe es mit meinem Handy gefilmt. Ich zeig es dir gleich in der Trattoria.“

„Au ja.“ Mimi hat den Hund wieder angeleint und ist mit ihm zur Tür hinausgeflitzt. Im nächsten Augenblick ist sie wieder da. „Parfum!“, schreit sie.

„Das darf man nicht vergessen!“ Lachend greift Cléo zum Flakon, der auf der Garderobenablage steht und sprüht erst Mimi, dann sich selbst großzügig mit No. 5 ein. „Jetzt haben wir eine Zukunft.“

„Allerdings!“, sagt Mimi.

Cléo schließt die Wohnungstür ab. „Ich nehme die Treppe“, sagt sie, „das hält mich fit.“

„Ich nehme den Fahrstuhl, das macht mir Spaß.“

„Bis gleich, Mimi.“

Durch die Wohnung streicht der Sommerwind. Cléo hat vergessen, die Balkontür zu schließen. Eine Gardine bläht sich. Die Kristalltropfen im Lüster klirren leise. Ein Luftzug geht durch den Flur, vorbei an der gerahmten Fotografie von Mademoiselle Chanel, bis in die Küche hinein, deren Wände neuerdings in Pistaziengrün erstrahlen.

Gerade fliegt ein Spatz in einen der sieben Käfige, nimmt sich einen Sonnenblumenkern, dann flattert er wieder hinaus, schwirrt hoch in die Luft, verliert dabei den Kern, der fällt und fällt und im Volkspark am Rande einer Wiese landet, wo bald eine kleine gelbe Sonnenblume entstehen wird.

EPILOG

Eine junge Frau, die einst weinend auf einer Parkbank gesessen hat, fand einen Umschlag mit rosa Herzchen in ihrer Handtasche und konnte sich ein Flugticket kaufen, um ihren kranken Vater in Mombasa zu besuchen.

Ein Kinderheim im Norden Berlins legte im Garten einen Abenteuerspielplatz an.

Ein obdachloser Musiker kaufte sich ein Saxofon. Das erfüllte ihn mit so viel Freude, dass sein Leben viele unerwartete Wendungen nahm und er inzwischen eine Festanstellung in einem Blumenladen hat.

Ein junges Ehepaar konnte sich eine In-vitro-Behandlung leisten und erwartet nun Zwillinge.

Ein Fünfundachtzigjähriger flüchtete aus dem Altersheim, setzte sich mit dem Nachtzug nach Holland ab und lebt dort seitdem quietschvergnügt mit seinem besten Freund in einem Haus an den Grachten von Amsterdam.

Ein geblümter Rucksack und eine Contessa-Reiseschreibmaschine liegen auf dem schlickigen Grund der Spree.

REZEPT FÜR SPAGHETTI ALLA PUTTANESCA NACH ADAMO

Olivenöl
fünf bis sechs Sardellenfilets (in Öl eingelegt)
zwei Knoblauchzehen
eine kleine scharfe Chilischote
eine kleine Aubergine (muss nicht sein, passt aber gut)
acht bis zehn frische, reife Tomaten (oder aus der Dose)
zehn schwarze Oliven, ohne Stein, geschnitten
ein Esslöffel Kapern
Petersilie
Salz, Pfeffer
Spaghetti

Einen guten Schuss Olivenöl in eine hohe Pfanne geben und heiß werden lassen.

Die Sardellenfilets, den Knoblauch, die Chilischote, Aubergine, Oliven und Kapern (alles klein geschnitten) hinzugeben.
Köcheln lassen, bis das Gemüse golden ist und die Sardellen geschmolzen sind.
Pfeffern und vorsichtig salzen!
Die Tomaten dazu, eine Prise Zucker.

Abschmecken, falls noch etwas Salz oder Pfeffer fehlt.
Das Ganze behutsam kochen lassen.
Wenn die Zeit knapp ist, können die Spaghetti schon aufgesetzt werden. Es tut der Soße allerdings auch gut, ein Stündchen köcheln zu dürfen.

Am Schluss ein wenig frisch gehackte Petersilie unterrühren und alles mit den bissfest gekochten Spaghetti vermischen.

Das Rezept ist sehr variabel: Wer gern Oliven mag, der tut einfach ein paar mehr davon in die Soße.
Statt Petersilie eignet sich auch frisches Basilikum.

Buon appetito, wünscht Adamo.